Eduardo Mendoza

Le labyrinthe aux olives

roman

TRADUIT DE L'ESPAGNOL
PAR FRANÇOISE ROSSET

Éditions du Seuil

TEXTE INTÉGRAL

EN COUVERTURE :
illustration Sylvie Saulnier

Titre original : *El laberinto de las aceitunas*
Éditeur original : Seix Barral, Barcelone
ISBN original : 84-322-4500-3

ISBN 2-02-011476-3
(ISBN 1re publication : 2-02-008511-9)

Le labyrinthe aux olives

Voici à nouveau le jovial aliéné du *Mystère de la crypte ensorcelée* compromis cette fois dans une mission ministérielle. L'aventure, apparemment simple et sans danger, consiste à transporter une valise qui contient quelques millions de pesetas entre Barcelone et Madrid. En échange de sa liberté, le détective malgré lui accepte ce transfert qui bientôt se révèle avoir des dessous rocambolesques. Une opérette sanguinaire commence avec l'assassinat d'un serviteur manchot qui, par mégarde, avait pris à l'hôtel le lit du fou messager.

A partir de là, les aventures de la mallette, tantôt vide, tantôt pleine, vont conduire de tabassages en tentatives de meurtre, et d'agence de spectacles en restaurant chinois, une étrange équipe où le narrateur entraîne avec lui une séduisante (et séduite) actrice de troisième ordre, une journaliste hommasse et un professeur freluquet. Pour finir dans une fabrique d'olives, un monastère de montagne et un centre de surveillance spatiale.

Cette enquête détectivo-macaronique nous mène cette fois dans l'Espagne de l'après-franquisme. C'est en même temps un exercice de style époustouflant où l'étrangeté des réactions les moins canoniques se voit traduite dans le pompérisme le plus ronflant.

Un constat social cruel sous le couvert d'un constant éclat de rire.

Eduardo Mendoza est né à Barcelone en 1943 et a vécu à New York entre 1973 et 1982, où il a exercé le métier d'interprète aux Nations Unies. Le Mystère de la crypte ensorcelée *(Seuil, 1982) est son premier roman traduit en français. Il a été suivi par* Le Labyrinthe aux olives *(Seuil, 1985),* La Vérité sur l'affaire Savolta *(Flammarion, 1987) et* La Ville des prodiges *(Seuil, 1988) qui a été un grand succès de librairie et a été élu « Meilleur livre de l'année 88 » par la rédaction du journal* Lire.

Du même auteur

Le Mystère de la crypte ensorcelée
Seuil, 1982
coll. « Points Roman », nº 324

Le Labyrinthe aux olives
Seuil, 1985

La Vérité sur l'affaire Savolta
Flammarion, 1987

La Ville des prodiges
Seuil, 1988

1

Comment je fus séquestré et par qui

– Messieurs les passagers, le commandant Flippo – qui reprend aujourd'hui même son service après une récente opération de la cataracte – et son équipage sont heureux de vous accueillir à bord du vol 404 à destination de Madrid et vous souhaitent un bon voyage. La durée approximative du vol sera de cinquante minutes et nous volerons à une altitude, etc.

Plus habitués que moi, les rares passagers qui utilisaient alors le pont aérien de Barcelone à Madrid attachèrent leur ceinture de sécurité et se calèrent derrière l'oreille le cigare qu'ils venaient d'éteindre. Les moteurs ronronnèrent et l'avion se mit à avancer pris d'une inquiétante oscillation et je me dis que, s'il se comportait ainsi sur terre, que n'allait-il pas faire dans le ciel espagnol! Je regardai par le hublot pour voir si par miracle nous n'étions pas déjà arrivés à Madrid, mais je n'aperçus que l'image floue de l'aéroport du Prat qui s'éloignait dans l'obscurité et je ne pus m'empêcher de me demander ce que peut-être quelque avide lecteur se demande déjà, à savoir : que faisait un paumé tel que moi sur ce pont aérien, quelles raisons l'amenaient à la capitale du royaume et pourquoi il décrit avec une telle minutie ce calvaire auquel se soumettent journellement des milliers d'Espagnols? Je répondrai à cela que c'est à Madrid, précisément, qu'avait commencé une des aventures les plus dangereuses, les plus embrouillées et, pour celui qui saura tirer profit de ce récit, les plus édifiantes de mon existence mouvementée. Mais dire que tout commença dans un avion serait manquer à la vérité, car les événements avaient commencé à se dérouler en réalité la nuit précédente, date à laquelle, au nom de la rigueur chronologique, je dois faire remonter le début de mes tracas.

Le printemps était alors arrivé dans l'hémisphère septentrional où je me trouvais, et avec l'éclosion des premiers bourgeons le docteur Sugranes, qui ajoutait à ses solides connaissances médicales, à ses qualités administratives et à son sens aigu de la discipline un amour de la nature contraire à tout ce qui précède, m'avait confié une fois de plus le soin de dénicher avec art, de poursuivre avec zèle et d'exterminer avec ardeur de petits bousiers qui vivaient au détriment des rosiers, orgueil du docteur Sugranes, qu'au prix d'efforts opiniâtres nous parvenions à faire pousser dans l'aridité spirituelle et géologique qui nous entourait. Ces coléoptères, si on peut leur accorder un tel pedigree, se livraient à leurs agapes destructrices durant la nuit, et celle à laquelle j'ai fait allusion plus haut nous avait trouvés, Pepito Purulences – un quinquagénaire de Gérone qui avait poursuivi du haut de sa bicyclette le gouvernement civil de la « cité immortelle » – et moi-même, munis chacun d'un seau et d'un marteau, à quatre pattes dans les ronces, essayant sans succès de reproduire le cri de la femelle en rut. Je me rappelle que Pepito, novice dans ces combats, était excité outre mesure et qu'il n'arrêtait pas de faire des commentaires du genre :

– Dis-donc, je me demande pourquoi on ne nous envoie pas chasser les filles, au lieu de ces cafards.

Et que je l'enjoignais de garder le silence pour ne pas effaroucher le gibier. Mais il n'y avait pas moyen de le faire taire, encore moins lorsque, ayant cru, au toucher car la nuit était noire comme l'antre du loup, tenir la carapace d'un bousier et lui ayant assené un coup qui se voulait mortel, il s'écrasa l'ongle d'un orteil. J'essayais de ne pas trop lui prêter attention pour me concentrer sur ma tâche : si nous ne présentions pas un seau suffisamment rempli de parasites, le docteur Sugranes serait fâché et mes rapports avec lui n'étaient pas d'une solidité à toute épreuve, ce qui me préoccupait beaucoup car on annonçait pour cette semaine la retransmission par satellite depuis Buenos Aires du match décisif entre la sélection nationale et l'équipe argentine, match crucial pour la classification, et seuls les pensionnaires qui se seraient très bien conduits auraient la permission de suivre la partie devant l'unique poste de télévision que possédait notre misérable annexe de la Sécurité sociale. Ma conduite pourtant était à présent irréprochable, car, si à une époque déjà lointaine j'avais été, je l'avoue, assez querelleur et mal embouché, assez irrespectueux du bien d'autrui, de sa dignité et de son intégrité physique, bref, peu enclin à observer les règles élémentaires de la cohabitation humaine, les années de réclusion que j'avais passées dans cette institution, les soins que le docteur Sugranes et ses acolytes compétents m'avaient prodigués et surtout la bonne volonté avec laquelle je m'y étais prêté m'avaient converti, à mon avis du moins, en un délinquant repenti, un être neuf, j'irais même jusqu'à dire en un exemple de droiture, de bon ton et de sagesse. Malheureusement, conscient de m'être réhabilité, estimant donc inutile désormais la réclusion prescrite par les tribunaux, et désirant jouir enfin d'une liberté que je pensais mériter, je ne pouvais éviter d'être parfois trahi par mon impatience, de me battre avec quelque infirmier, de casser des objets qui ne m'appartenaient pas, de lutiner les infirmières ou les visiteuses d'autres internés qui, peut-être sans arrière-pensées, ne dissimulaient pas comme il eût été prudent de le faire leur condition féminine. Cela, ajouté à un excès de zèle de la part des autorités, à une certaine réticence de la part des médecins à signer ma feuille de sortie, sans compter la lenteur bien connue des formalités administratives, avait empêché que les innombrables requêtes – qu'avec une inlassable régularité j'adressais à toutes les hiérarchies, judiciaire et autres – obtiennent le résultat escompté et avait fait que mon séjour entre les murs de l'asile d'aliénés durait depuis six longues années déjà, au début du printemps dont il est ici question.

Cet état d'esprit amer ne m'empêcha pas de remarquer que, soudain, mon compagnon s'était tu. Au bout d'un moment, intrigué par son silence, je chuchotai :

– Pepito, qu'est-ce que tu fais?

Seul le murmure du feuillage répondit à ma question.

– Pepito, tu es là? insistai-je, toujours en vain.

Je sentis qu'un danger menaçait et, prêt à toute éventualité, je me tins aux aguets, bien que l'expérience m'ait appris que se tenir aux aguets revient habituellement à prendre un air finaud tout en se résignant d'avance à l'inexorable.

En effet, quelques secondes après tombèrent sur moi deux ombres corpulentes qui me plaquèrent au sol et m'enfoncèrent la tête dans la terre pour m'empêcher de crier. Je sentis qu'on me liait les mains, qu'on me bâillonnait et, sachant que toute résistance était inutile, je consacrai mes faibles forces à tenter de recracher le fumier et les bousiers dont ma bouche s'était remplie avant qu'un chiffon sale me bâillonne. Ayant échoué dans mon entreprise, je m'efforçai de ne pas avaler ma salive, chose malaisée comme pourra le constater toute personne désireuse de tenter l'expérience soit dans un but scientifique, soit par pure solidarité.

Ce n'était pas à ce dernier sentiment qu'obéissaient mes agresseurs : à peine m'eurent-ils transformé en paquet, ils me traînèrent sans égards le long de la roseraie, me hissèrent à bout de bras en arrivant au mur de l'asile par-dessus lequel ils me lancèrent et j'atterris sur le sol dur de la chaussée qui contournait le jardin. Je ne manquai pas, pendant mon séjour en l'air, d'apercevoir une voiture parquée non loin, ce qui m'amena à penser que je n'étais pas l'objet d'une plaisanterie mais la victime de quelque chose de plus grave. Entre-temps mes deux agresseurs avaient franchi le mur et recommençaient à me tirer par mes pauvres jambes. J'arrivai de cette façon peu digne jusqu'à la voiture dont la portière arrière s'ouvrit de l'intérieur et sur le plancher de laquelle je fus jeté, tandis qu'une voix qu'il me semblait reconnaître ordonnait :

– Démarre et fonce.

Ma posture et ma situation ne me permettaient de voir qu'une paire de chaussures vernies, des chaussettes blanches, deux rondelles de mollets poilus et le bas d'un pantalon de Tergal. Mes deux assaillants montèrent dans l'auto en m'utilisant comme marchepied, le moteur ronronna et nous voilà partis vers l'inconnu.

– Il était seul? demanda celui qui avait donné l'ordre du départ.

– Avec un autre zigoto, dit l'un des sbires.

– Qu'est-ce que vous en avez fait?

– On l'a neutralisé.

– Vous êtes sûr que personne ne vous a vus?

Les deux sbires se lancèrent dans des protestations réitérées et leur chef, convaincu que l'opération s'était déroulée sans bavure, commanda au chauffeur de quitter la grand-route et de s'arrêter en un lieu discret. Quand ce fut chose faite, quatre mains dénouèrent mes liens. Je me levai tant bien que mal et me trouvai nez à nez avec le visage toujours jovial du commissaire Flores, bien connu de ceux qui récidivent dans la lecture de mes écrits. Pour le néophyte, je dirai que, sans pour autant qu'on puisse nous prendre pour des amis, les caprices du destin nous avaient réunis depuis longtemps, le commissaire Flores et moi, rendant nos trajectoires vitales à la fois parallèles et divergentes, si je puis me permettre un paradoxe, vu qu'il avait grimpé à mes dépens jusqu'aux cimes de son tableau d'avancement tandis que j'avais dégringolé sous son égide jusqu'à toucher le bas de l'échelle sociale, aboutissant à l'institution de bienfaisance dont je viens de parler. Le commissaire Flores était un homme au physique agréable, vêtu avec soin, d'aspect viril et de parole aisée, bien que la faux impitoyable du temps ait ôté de l'aisance, sinon de l'allure, à son élégante silhouette, gonflant ses joues, dégarnissant son crâne, cariant ses molaires, arrondissant des bourrelets à sa ceinture et activant sous tout climat, en tout lieu et en toute circonstance la sécrétion de ses glandes sébacées. Je dois ici interrompre ma description, car l'heureux possesseur des attributs que je viens d'énumérer s'adressait à moi en ces termes :

– N'essaie pas de faire le malin ou je te laisse le nez plus aplati que notre revenu national brut.

A quoi il ajouta, constatant que j'avais enregistré le message :

» Je suppose, d'ailleurs, que tu dois être content de voir que c'est moi qui ai organisé dans ses moindres détails et mené à bien sans anicroche ton évasion, sachant toi-même que je n'agis qu'en pensant à ton bien et à celui de mes congénères. Et maintenant, si tu me promets de te conduire comme il faut, étant donné la reconnaissance que tu me dois, je peux faire enlever ton bâillon.

Je levai les sourcils en signe d'assentiment et, obéissant à un geste du commissaire, ses agents me délivrèrent du chiffon qui m'entrait dans la gorge, lequel, à en juger par son apparence et son goût, devait servir habituellement à éponger la graisse des bielles.

» Tu ne vas pas le croire, continua le commissaire tandis que l'auto regagnait la route et avalait l'asphalte en direction de Barcelone, mais cette petite comédie vise un but élevé. Rien n'est plus contraire à mes fonctions et à ma nature que l'arbitraire. Qu'il te suffise de savoir que je suis des instructions qui émanent de très haut et que la mission, dont tu es l'objet, est d'ordre confidentiel. En foi de quoi, tu n'as qu'à te taire.

Le trajet se poursuivit dans le plus grand silence et sans autres incidents que quelques bouchons sporadiques. Nous fîmes notre entrée dans les artères bigarrées de la ville dont la vue, après une si longue absence, me gonfla le cœur et me fit venir des larmes aux yeux, sans que je pusse donner libre cours à mes émotions dans la position incommode qui était la mienne : j'étais à genoux par terre sans autre support que les jambes des agents, contre lesquelles je n'osais trop m'appuyer, afin d'éviter des attouchements qui auraient pu être mal interprétés. Nous arrivâmes ainsi à une rue centrale mais peu passante où l'auto s'arrêta. Nous descendîmes, le commissaire, les agents et moi, et nous marchâmes jusqu'à une porte de fer, vierge de toute inscription, que le commissaire ouvrit et franchit aussitôt, et dont je passai le seuil, stimulé par les coups de pied des agents qui, cela fait, s'en allèrent.

Nous nous retrouvâmes, le commissaire Flores et moi, dans un passage bas de plafond, éclairé par des tubes au néon, et le long duquel s'alignaient des sacs d'ordures qui empestaient franchement. Mais le commissaire ne s'attarda pas à savourer ce genre de détails, il avança à grandes enjambées en me tirant par la manche jusqu'au moment où il dut ouvrir une deuxième porte qui nous barrait le passage. L'ayant franchie, nous fîmes, à ma grande surprise, irruption dans une immense cuisine où s'activaient une bonne douzaine de personnes vêtues de blouses blanches et coiffées de ces étranges bonnets tubulaires qui distinguent de toute autre dans le monde la profession de cuisinier. Les arômes exquis qui flottaient dans l'air et l'aspect merveilleux de certains plats prêts à être servis me firent penser que la cuisine en question devait appartenir à quelque restaurant de luxe, et je ne pus m'empêcher d'établir une douloureuse comparaison entre un tel Eden et la cuisine de l'asile avec son éternelle puanteur de fermentations organiques; bien qu'il me faille dire, en toute équité, que, dans ce sanctuaire de la gastronomie où je me trouvais momentanément, j'aperçus un cuisinier qui se rafraîchissait les pieds dans une énorme bassine de vichyssoise.

Nous traversâmes la cuisine sans que personne nous

interpelât et nous en sortîmes non par une des portes battantes qui sûrement donnaient sur la salle à manger, mais par une autre, identique à celles précédemment décrites, qui donnait sur un second couloir trop semblable au premier pour que j'en renouvelle la description, sauf que là il n'y avait pas d'ordures. Ce couloir dont je viens d'épargner la peinture au lecteur s'achevait au pied d'un monte-charge aussi vaste que vide, dans lequel nous franchîmes un nombre indéterminé d'étages et qui nous fit sortir dans une pièce où un chariot débordait de linge sale entassé. Toujours en quête d'horizons nouveaux, nous quittâmes cet endroit pour déboucher dans un autre vaste et long corridor. Le sol était recouvert d'une épaisse moquette, du plafond pendaient des lampes de cristal et d'autres objets de bon goût, et sur les murs brillaient obscurément d'innombrables portes de bois verni. Tout donnait à penser que nous étions dans un hôtel, mais lequel?

2

Et pourquoi

Le commissaire Flores ne me laissa pas moisir dans mes conjectures mais agit comme si ce soudain changement de décor n'existait pas, ni la moindre période d'adaptation, si brève fût-elle. Je le précédai dans le somptueux couloir, en veillant à ce que mes fesses soient toujours hors de portée du bout de ses chaussures et nous parvînmes ainsi au terme de notre périple, ce terme étant en l'occurrence une des portes, à la poignée de laquelle pendait un petit carton portant ces mots : NE PAS DERANGER SVP. Le commissaire heurta de ses phalanges le bois verni, une voix demanda de l'intérieur qui était là, à quoi le commissaire répondit que c'était lui, Flores, après quoi la porte s'ouvrit – bien que le petit écriteau comminatoire eût laissé prévoir un tout autre accueil – et nous entrâmes dans un salon trop meublé, non pas pour mes goûts spartiates mais pour que je puisse gagner la fenêtre et sauter sans être rattrapé à mi-chemin. Au vu de quoi je décidai de remettre à plus tard tout plan d'évasion et continuai à étudier le terrain. Je ne manquais pas d'être choqué, soit dit en passant, par le fait qu'une chambre dans un hôtel de cette catégorie n'offrît à la vue ni lit ni bidet. Elle avait par contre un occupant que je n'avais pas remarqué en entrant car il s'était tenu caché derrière la porte qu'il fermait maintenant – après avoir vérifié notre identité – d'un verrou, d'une clef et d'une chaîne. Celui qui agissait ainsi était un monsieur d'âge mûr et de constitution athlétique. Ses traits et ses façons reflétaient sa haute naissance. Il avait des cheveux gris joliment sculptés au rasoir, le teint bronzé, et de sa personne se dégageait cette aura de charcuterie fine qui flotte autour de tout quinquagénaire soignant son apparence. Là ne devait pourtant pas être le secret du bonheur, car le monsieur en question semblait inquiet, méfiant et quelque peu hystérique. Sans nous dire bonsoir ni s'intéresser le moins du monde à nous, il courut s'asseoir derrière un bureau qui occupait le centre de la pièce et sur lequel était posé, outre un téléphone, un cendrier de cristal taillé. La crainte sans doute qu'on ne lui prît son siège avait troublé le gentilhomme, car une fois assis il retrouva visiblement son calme, détendit son visage en un sourire bonasse et nous fit signe d'approcher. J'eus alors l'étrange mais nette impression d'avoir déjà vu ce personnage-là quelque part. Je cherchai à me rappeler où, mais l'étincelle était retombée dans le puits noir du subconscient, d'où la mémoire ne la ferait ressortir que bien plus tard, quand les choses seraient désormais sans remède. Nous nous approchâmes du bureau, celui qui se l'était approprié regarda le commissaire tout en me désignant du doigt et dissipa l'ambiguïté ainsi causée en demandant :

– C'est lui?

– Oui, Excellence, répondit le commissaire Flores.

Celui qu'on qualifiait ainsi replia l'index qu'il pointait vers moi et s'adressa à moi par le truchement de la parole.

– Sais-tu à qui tu parles, mon garçon? demanda-t-il. Je fis non de la tête.

» Instruisez-le, Flo-Flo, dit-il au commissaire.

Celui-ci s'approcha de mon oreille et me susurra, comme si l'intéressé ne devait pas entendre cette révélation :

– C'est Monsieur le Ministre de l'Agriculture : Cérégrume Lavache.

Sans perdre un instant, je fléchis les jambes, respirai profondément, j'allais me lancer dans les airs pour, sautant par-dessus le bureau, baiser la main de l'éminent personnage, et je serais parvenu à mes fins si le commissaire Flores ne m'eût décoché où je pense un coup de genou qui me fit voir trente-six chandelles. Le surhomme qui, dans sa grandeur, devait être immunisé contre le culte de la personnalité, rétablit aussitôt un climat de confiance familier par un sourire bienveillant et le simple geste de se curer le nez avec son petit doigt. Le commissaire approcha une chaise et s'assit. Je jugeai préférable de rester au garde-à-vous. Monsieur le Ministre releva ses manches et je remarquai qu'il avait, tatoué sur l'avant-bras, un cœur percé d'une flèche, qu'entourait cette inscription lapidaire : TOUTES DES PUTES.

– Tu dois te demander, mon garçon, dit Monsieur le Ministre en commençant son important discours, pourquoi je t'ai convoqué en ma présence et pourquoi cette entrevue a lieu dans l'anonymat d'un hôtel et non pas, comme il conviendrait à ma dignité, dans un palais de marbre. N'est-ce pas?

J'esquissai une génuflexion et le mandaté poursuivit :

» Que personne ne s'y trompe : j'ai beau être chargé du portefeuille de l'Agriculture, je m'occupe de problèmes qui relèvent de l'Intérieur. C'est le ministre de la Marine qui se charge de l'Agriculture. Un petit truc à nous pour éluder les responsabilités. Je te confie cela – il me désignait de nouveau d'un doigt au bout duquel était restée accrochée une boulette de morve – car le commissaire Flores, mis à part quelques réserves, m'a dit qu'on pouvait compter sur ta discrétion. Je me passerai donc de préambule. D'ailleurs, tout le monde sait quelle situation traverse actuellement le pays, et je suis optimiste quand je dis qu'il la traverse, car rien ne laisse prévoir que nous puissions nous en sortir. Le marxisme nous guette, le capitalisme nous critique à pleines dents et nous sommes la cible des terroristes, des espions, des agents provocateurs, des spéculateurs voraces, des pirates, des fanatiques, des séparatistes et des juifs omniprésents. La violence règne, la panique s'étend, la moralité publique s'en va à vau-l'eau, l'Etat essuie les pires tempêtes, bref, les institutions sont assises sur des sables mouvants. Ne me prenez pas pour un défaitiste : j'aperçois encore à l'horizon une lueur d'espoir.

Il fouilla sa poitrine et sortit un scapulaire de flanelle qu'il baisa avec une dévotion exemplaire.

» Elle ne nous abandonnera pas dans cette épreuve. Que diriez-vous d'une petite pause pour prendre un verre?

Il se leva et se dirigea vers une sorte de table de nuit qui se révéla être un réfrigirateur camouflé. Il sortit du congélateur une bouteille de champagne et la posa sur le bureau en s'écriant :

» Je ne sais pas où sont les verres. Mais tout peut s'arranger avec un peu de bonne volonté et d'ingéniosité. Je vais chercher un verre à dents que vous vous partagerez, moi, je boirai au goulot.

Il disparut par une porte et revint avec un verre dont les bords s'ornaient de demi-lunes laiteuses.

» Ne craignez rien : il n'y a que moi qui m'en suis servi, pour me rincer la bouche. S'il sent trop le dentifrice, je le passe à l'eau. Non? Parfait!

Il tendit la bouteille au commissaire.

» Débouchez-la, Flo-Flo, c'est vous le spécialiste en explosifs, ha,ha,ha!

Avec un sourire en biais, le commissaire Flores se mit à tirer sur le bouchon qui finit par sauter jusqu'au plafond, et de la bouteille jaillit une mousse abondante qui se répandit sur le tapis.

» Youpiiii!! cria tout excité Monsieur le Ministre.

Le commissaire remplit le verre à dents et passa la bouteille au ministre, qui en appliqua le goulot sur sa bouche en cul-de-poule, transvasa un demi-litre dans ses intérieurs, claqua la langue et beugla :

» Crénom! Ça me rappelle mon service militaire. Il ne nous manque plus que trois filles bien roulées. Flo, vous qui avez des relations, vous ne pourriez pas...?

Le commissaire Flores toussota comme pour appeler à la circonspection Monsieur le Ministre, qui eut une moue de résignation.

» Bien, bien, bougonna-t-il. Je me suis laissé emporter par cette ambiance si sympathique. A vrai dire, entre les devoirs de ma charge et ma vieille bique de femme, je mène une vie... Enfin – avec un soupir –, où en étions-nous?

– Vous veniez de nous décrire..., souffla le commissaire.

– ... la réalité des choses, vous avez raison. Et maintenant, avec votre permission, je passerai du général au particulier. Le fait est qu'hier a eu lieu un enlèvement. Vous me direz que ce n'est pas nouveau et que ça n'a pas la moindre importance. Sans doute. Mais dans le cas présent, et ne m'en demandez pas davantage, la chose a pris une vilaine tournure. Je me résumerai en disant que le Gouvernement, malgré la louable fermeté qu'on lui connaît, est prêt à payer la rançon. Une somme, soit dit en passant, si exorbitante que, pour la réunir, il a fallu mettre la main sur des comptes courants qui, si on venait à en connaître les titulaires, feraient tomber des têtes. Telle est la complexité de notre réalité politique. Si je vais trop vite, levez la main. Non? Bon, je continue. La remise de l'argent doit se faire demain matin dans un café discret de Madrid. L'opération ne présente absolument aucun danger. La seule chose indispensable, vous l'avez deviné, c'est un intermédiaire de toute confiance, qui par ses coordonnées personnelles n'ait aucun contact avec les médias, les groupes politiques, les milieux boursiers, les assemblées ecclésiastiques ou les antichambres militaires. C'est pourquoi je suis venu à Barcelone, une ville si européenne, parfaitement, et si, comment dirais-je?... d'un cosmopolitisme si provincial, où le toujours efficace commissaire Flores m'a suggéré ton nom, mon cher enfant.

Cette dernière phrase, bien que je me sois abstenu de le préciser, s'adressait à moi, ce qui me fit passer sans transition, comme cela m'est arrivé souvent, de spectateur attentif à protagoniste perplexe. Et, conscient du fait que de semblables présents doivent être refusés d'emblée si l'on ne veut pas se fourrer dans des complications sans fin, je me risquai à lever un doigt pour demander la parole. L'auguste personnage fronça les sourcils et demanda :

» Pipi?

– Non, Excellence Révérentissime, commençai-je.

Et à ce courtois préambule se borna mon discours, car je constatai, à ma grande confusion, qu'il sortait de ma bouche, propulsés par l'air que j'expulse toujours en parlant, des postillons pleins de terre et de fumier, restes du conglomérat que, à cause du bâillon d'abord, puis de la distraction provoquée par les événements qui suivirent, j'avais, depuis mon enlèvement jusqu'au moment présent, peu à peu avalé. Si bien que je décidai d'attendre une occasion plus propice pour faire mon exposé, et m'efforçai de regrouper les petits grumeaux qui maculaient la table du ministre pour les remettre dans ma bouche. Si je n'y parvins pas, c'est que déjà l'auguste et dynamique personnage les avait lancés d'un revers de la main à l'autre extrémité de la pièce et, avec cet aplomb dont seuls sont capables nos hommes politiques, il m'exhortait à poursuivre. Mais j'étais si troublé que j'oubliai, et ce que je voulais dire et les arguments par lesquels je pensais soutenir mes assertions.

3

Un mauvais pas

Me voici introduit, me dis-je, dans l'arrière-boutique de la machine de l'Etat. Puis je pensai à l'inexactitude de cette métaphore et à divers problèmes qui n'avaient rien à voir avec le sujet qui nous occupe à présent : soit, comme le docteur Sugranes l'insinuait parfois, pour fuir la réalité du moment, soit, comme le même docteur l'affirmait quand il était en colère contre moi, par incapacité mentale. Quoi qu'il en soit, je dormais presque quand je m'aperçus que Monsieur le Ministre fixait sur moi des yeux injectés de sang ou, peut-être, atteints de conjonctivite, au vu de quoi je simulai quelques hoquets, comme si mon silence était dû à un blocage non pas psychique mais du larynx, et je m'efforçai de rassembler les fils épars de mes pensées.

– Tu avais une question à me poser? s'enquit Monsieur le Ministre d'un ton encourageant.

– Oui, Excellence : que dois-je faire?

– Si tu poses des questions aussi directes, tu n'arriveras jamais à rien, dit le ministre en riant; mais peu importe, je te répondrai sans ambages. Il y a dans cette pièce une mallette pleine d'argent. Tu vas t'en charger et, il va sans dire, tu en seras responsable jusqu'au dernier centime. S'il te passait par la tête l'idée saugrenue d'en soustraire quoi que ce soit, souviens-toi que l'Inquisition n'est pas morte : elle n'est qu'assoupie. Je parle clair, il me semble. Bon, tu vas donc prendre cette mallette et tu vas aller à Madrid. Une place t'est réservée dans le vol de nuit. A Barajas, tu prendras un taxi, que tu paieras avec ce que le commissaire Flores aura la bonté de t'avancer car je n'ai sur moi, pour prouver ma confiance dans le système, que des bons du Trésor; et tu diras au chauffeur de te conduire à l'hôtel Fine Fleur de Castille où une chambre est également réservée, au nom de Pilar Canal. C'est ma secrétaire particulière et elle n'a pas beaucoup d'imagination pour les noms de guerre, mais je ne peux pas la congédier, je crains de l'avoir engrossée. Une fois à l'hôtel, tu t'enfermeras dans ta chambre pour plus de précaution. A neuf heures et demie du matin, tu sortiras de l'hôtel. La note est payée. Dans un autre taxi, tu iras au café Roncevaux. Je n'ai pas l'adresse, mais le chauffeur de taxi la connaît sûrement. A onze heures moins cinq, tu entreras dans le café. Tu peux prendre une consommation si tu veux, mais tu devras la payer de ta bourse car les crédits alloués pour cette opération ne permettent pas de dépenses somptuaires. Tâche de passer inaperçu, et ne lâche pas un instant la mallette. A onze heures pile, quelqu'un s'approchera de toi et te demandera l'heure. Tu répondras qu'on t'a volé ta montre dans le métro. On te dira qu'il n'y a plus de moralité et d'autres banalités de ce genre. Tu remettras la mallette au quidam et sans plus tarder tu prendras un troisième taxi, tu iras à l'aéroport, tu monteras dans le premier avion pour Barcelone, où tu t'efforceras d'oublier tout ce que tu auras vu et entendu. Il va sans dire que, s'il arrivait un accident, le ministère nierait connaître ton existence. A ton retour à l'aéroport du Prat, t'attendra le commissaire Flores qui te réintégrera à l'asile. Connaissant bien la nature humaine, je ne m'attends pas à ce que tu accomplisses cette délicate mission par patriotisme ou pour quelque autre noble motif. En bonne petite ordure que tu es, tu escomptes sans doute une récompense. Tu l'auras. Je ne sais pas de combien elle sera, ni quand tu la recevras, car nous n'avons pas encore établi le bilan pour 77, mais il y aura une petite gratte. Tu es content?

– Monsieur, balbutiai-je, si je puis me permettre... Je ne sais pas si le commissaire Flores vous a informé de ma situation. A vrai dire, Excellence, il y a maintenant six ans que je suis enfermé dans un hôpital psychiatrique. J'estime, en toute modestie, être presque guéri et les gens qui me soignent, en particulier le docteur Sugranes, notre éminent directeur, paraissent être du même avis. Ce n'est pas que j'aie subi de mauvais traitements ni que j'aie des plaintes à formuler, mais, Excellence, j'aimerais quitter cet endroit. Je ne sais pas si Votre Excellence a jamais été enfermée dans un asile d'aliénés, mais, si tel est le cas, vous devez savoir que ça manque de charme. Je ne suis plus aussi jeune que je l'étais en entrant. Les années passent, Excellence, et j'aimerais bien...

Je ne me fis pas trop d'illusions, voyant qu'au milieu de mon triste exposé Monsieur le Ministre sortait d'un tiroir un petit transistor et se le collait à l'oreille, tandis qu'il tambourinait sur la table, les yeux levés au ciel. Mais je ne me décourageai pas, sachant que la mémoire enregistre ce que l'intellect repousse, et je ne perdis pas l'espoir qu'une nuit prochaine Monsieur le Ministre fît un rêve confus qui, habilement décrypté par son analyste, lui rappellerait mes désirs. Poussé par ce faible espoir, j'achevai mon discours et repris l'attitude martiale que, emporté par mes paroles, j'avais quelque peu abandonnée. Monsieur le Ministre, voyant que je m'étais tu, posa le transistor sur son bureau, se leva pour la seconde fois au cours de notre entretien et se dirigea vers un sofa capitonné, de couleur grenat. Je m'attendais, je ne sais pourquoi, à ce qu'il pressât sur un ressort et convertît ce meuble en lit, spectacle qui m'a toujours plongé dans le ravissement, mais l'auguste personnage, loin d'agir ainsi, sortit de la poche-revolver de son pantalon un couteau à cran d'arrêt, l'ouvrit avec l'adresse de celui qui a fréquenté les bas quartiers, et il lacéra sans hésitation l'un des coussins du sofa. Après avoir commis cet acte de vandalisme, Monsieur le Ministre remit son couteau dans sa poche, introduisit sa main dans la fente qu'il venait de pratiquer, fourragea dans les plumes dont le coussin était bourré et finit par en extraire la mallette annoncée, avec laquelle il revint au bureau. Des plumes étaient restées prises dans ses cheveux et Monsieur le Ministre, faisant preuve de ce sens de l'humour qui a toujours caractérisé son département, se mit à tourner en rond sur le tapis, genoux fléchis, battant l'air de ses bras et criant *cot'cot'cot'codet!* Le commissaire Flores et moi applaudîmes, comme il se devait, à ce gag improvisé.

– Voici la mallette, dit Monsieur le Ministre reprenant son sérieux pour la circonstance; et cette clef est celle qui l'ouvre. Tu vas emporter la mallette mais pas la clef; car le Gouvernement est fermement décidé à ne pas favoriser le terrorisme. S'ils veulent ouvrir la mallette, ils devront forcer la serrure. Maintenant, je vais l'ouvrir pour que nous ayons tous une vision rapide de l'argent qu'elle contient. Je compte jusqu'à trois : un, deux et... trois!

La mallette s'ouvrit toute grande et laissa voir une collection si appétissante de billets bien rangés, que je ne crois pas qu'une seule cellule de mon cerveau n'ait tressailli. Même le commisaire Flores, qui se vantait d'être détaché des biens de ce monde, ne put réprimer un sursaut.

» Hein? Une fameuse somme! fit Monsieur le Ministre, satisfait de l'impact obtenu sur son public.

Il referma la mallette, enfouit la clef dans sa poche et me remit le magot avec un billet d'avion aller et retour, plus cet avertissement :

» N'oublie pas que le Gouvernement ne tolère pas les erreurs. Flores, accompagnez ce loustic à l'aéroport et ne me le perdez pas de vue jusqu'à ce que l'avion décolle. Demain, vous faites le planton au Prat et vous attendez son retour. Et n'essayez pas de prendre contact avec moi. Je vous appellerai quand je l'estimerai opportun. Allez-vous-en maintenant, il est tard, et je dois faire mon heure de yoga, dans la baignoire. Bonne chance et prudence, mon garçon. Si tu as des tentations, pense à la passion de Notre-Seigneur Jésus-Christ.

C'est ainsi que je me retrouvai dans l'avion dont j'ai parlé au début de mon récit.

Je ne cacherai pas, par un prurit de virilité démodée, l'effroi que me causa ce moyen moderne de transport, que j'utilisais pour la première fois de ma vie, ayant toujours jusqu'alors voyagé accroché à l'arrière des tramways ou sur le toit des wagons de marchandises, et je ne décrirai pas non plus la suite d'angoisses que fut pour moi ce vol. Je tiens par contre à préciser à ma décharge que je conservai à tout moment mon sang-froid, et que ni les élégants voyageurs avec lesquels je partageais l'avion ni la pimpante, quoique sévère, hôtesse de l'air qui nous avait à l'œil ne s'aperçurent de mon trouble ni des noirs présages qui me traversaient l'esprit. Je tâchai de me comporter comme le plus chevronné des passagers et je m'efforçai pendant la majeure partie du vol de vomir pour ne pas avoir l'air de dédaigner le petit sac qu'on avait placé à cet effet devant mon siège. Quand j'eus posé mes deux pieds sur la terre ferme et satisfait certains besoins dans les toilettes de l'aéroport de Madrid, je me sentis de nouveau sûr de moi et prêt à mener à bon terme la mission qu'on m'avait confiée. Je m'étais en somme remis aussitôt des fatigues du voyage; et pourtant aujourd'hui encore, je sursaute, je suis pris de nausées, je pousse des cris involontaires dès que passe à la télévision une publicité pour Iberia. Mais qui n'en fait pas autant?

Je profiterai de cette digression pour tenter de répondre à la question que certainement plus d'un lecteur se pose, à savoir : pourquoi avais-je accepté d'emblée une mission que non seulement on m'avait présentée comme étant rien moins qu'une sinécure, mais qui serait sûrement hérissée de réels dangers? Je prierai toute personne qui se poserait une telle question, en ces termes ou en d'autres, de bien vouloir se mettre à ma place. Je crois avoir laissé clairement entendre que je ne nourrissais pas le moindre désir de rester enfermé dans un asile psychiatrique où voir se consumer le reste de mes jours, et qu'étant donné mes antécédents, mes moyens financiers et mes relations sociales, il n'y avait pas non plus lieu d'espérer que quelqu'un, pour quelque raison que ce fût, se préoccupât d'améliorer ma situation. Je n'allais donc pas perdre l'occasion de me faire valoir aux yeux d'un personnage qui était supposé pouvoir déplacer des montagnes. L'élément patriotique qu'avec tant d'éloquence Monsieur le Ministre avait introduit dans notre entretien n'était pas non plus, croyez bien, absent de mes pensées, mais je dois confesser, non sans rougir, qu'une stimulation aussi altruiste ne m'aurait peut-être pas poussé aussi vite à l'action si n'étaient intervenues les considérations égoïstes dont ci-dessus.

Je ruminais ces pensées tandis que le taxi me menait par les rues de Madrid. Il va sans dire que c'était là ma première visite à la capitale et que je brûlais du désir de demander ce qu'était tel ou tel édifice, tel ou tel monument ou quartier, mais je m'abstins de toute question pour des raisons de prudence élémentaire. Dans un silence lourd de présages, nous arrivâmes devant un immeuble aux murs décrépis sur la façade duquel grésillait une annonce au néon.

Je ne sais pas pourquoi je m'étais attendu à un hôtel de luxe et je demandai plusieurs fois au chauffeur de taxi s'il m'avait bien conduit à l'adresse que je lui avais donnée ou si, abusant de la situation, il n'essayait pas de me coller dans un bouge dont le propriétaire était en cheville avec lui, pour l'exploitation du touriste et le discrédit du pays. Loin de se montrer reconnaissant de la franchise avec laquelle je lui faisais part de mes doutes, le chauffeur de taxi se retourna sur son séant et me répondit qu'il travaillait depuis bientôt douze heures, qu'il bouclait ses fins de mois à force d'acrobaties, me demanda si je savais ce que coûtaient les collèges et me dit qu'il n'était pas disposé à écouter les insolences d'un minus. J'estimai préférable de ne pas poursuivre le dialogue et je payai scrupuleusement ce qu'indiquait le taximètre, ajoutant à la somme quelques centimes de pourboire. Poursuivi par les crachats du chauffeur, je fis mon entrée dans le vestibule de l'hôtel et me dirigeai vers la réception où un employé d'aspect distingué était en train de se couper les ongles des pieds.

– Complet, me lança-t-il sans me donner le temps de le saluer.

– J'ai une chambre réservée, au nom de Pilar Canal, répliquai-je.

Il consulta un organigramme plein de barbouillages et de ratures, m'examina d'un regard où se mêlaient fureur et sarcasme et dit enfin :

– Ah! oui. Nous t'attendions.

Je fis mine de ne pas remarquer le tutoiement, remplis une fiche qui, une fois vérifiée attentivement par le réceptionniste, alla aboutir dans la corbeille à papiers et je tendis la main pour recueillir une clef enchaînée à une matraque qu'il me tendait. Avant que j'aie pu saisir l'objet, l'homme me frappa sur les doigts avec la matraque.

– C'est quatre cents balles.

– La chambre est payée, protestai-je.

– Pas le droit d'entrée. Quatre cents balles ou la rue.

En dehors de la fortune que je transportais dans la mallette, il ne me restait qu'un billet de cinq cents pesetas. Je le lui donnai et lui demandai un reçu justifiant ma dépense. Il me déclara qu'il ne pouvait pas me le donner parce que sa machine à calculer était en panne et fourra le billet dans sa poche.

– Au moins, dis-je, rendez-moi la monnaie.

– Fais pas ta putain, Pilar Canal! ricana le réceptionniste en me lançant la clef et en s'absorbant de nouveau dans ses soins de pédicure.

Je montai à la chambre dont le numéro était écrit au stylo-bille sur la matraque, j'entrai et fermai la porte à clef. La pièce n'était pas mal du tout. On voyait que l'hôtel avait connu des jours meilleurs mais que dernièrement, sans doute à cause de la crise, il n'avait pas reçu les soins nécessaires. S'il manquait de matelas, le lit était spacieux et la salle de bains était dotée de tous ses éléments, bien qu'un client précédent ait fait de ces derniers un mauvais usage, à en juger par ce qui flottait dans la baignoire. Tout compte fait, et comme je n'étais pas tatillon, je me dis que j'allais passer une excellente nuit. Je cachai la mallette sous l'oreiller, m'allongeai sur le lit et, comme j'avais vu faire dans les films, je décrochai le combiné du téléphone pour demander qu'on me réveillât à huit heures. Par l'appareil sortit le bruit reconnaissable entre mille de castagnettes que j'écoutai jusqu'à ce que, lassé, je finis par raccrocher. J'allais m'endormir quand on frappa à la porte. Je demandai qui était là.

– Service de bar, dit une voix.

– Je n'ai rien demandé.

– C'est offert par la maison.

Je ne refuse jamais quelque chose de gratuit, aussi ouvris-je. Un garçon entra, portant, avec la singulière habileté qui caractérise cette profession, un plateau de plastique sur lequel étaient posés un verre et une demi-bouteille de Pepsi-Cola. Comment la direction de l'hôtel avait-elle deviné aussi bien mes goûts, c'est ce que je n'arrive pas à comprendre, à moins qu'il ne se fût agi, comme je le supposai alors, de la plus heureuse des coïncidences. Je raflai la bouteille sur le plateau, la baisai dans une expectation délirante en dansant d'un pied sur l'autre, et ce faisant remarquai que le garçon n'avait qu'un bras.

– Monsieur ne veut pas que je lui ouvre la bouteille? l'entendis-je demander.

Je répondis que si avec transport et je déposai la bouteille sur la table de nuit. Comme le garçon, je le répète, était manchot, l'opération de décapsulage dura près de vingt minutes au cours desquelles j'eus le temps de me faire les réflexions suivantes : Et si ce qui semblait être un cadeau n'était qu'un piège ou une méchanceté? Et si la bouteille contenait, outre le précieux nectar, un somnifère, un sérum ou un poison? Et si tout cela faisait partie d'un plan machiavélique, ourdi Dieu sait à quelles fins? J'en étais là de mes réflexions quand le garçon déclara qu'il était parvenu à ouvrir la bouteille et me demanda s'il pouvait se retirer.

– D'abord, lui dis-je, bois un coup de Pepsi-Cola.

– Monsieur est trop bon, la démocratie n'en exige pas tant.

– Tu ne sortiras pas d'ici avant d'avoir goûté le biberon, ordonnai-je, et ne fais pas le dur, c'est moi le plus fort.

Il reconsidéra son handicap, haussa les épaules, porta la bouteille à ses lèvres et ingurgita une longue rasade.

– C'est bon, commenta-t-il sans enthousiasme.

– Comment te sens-tu?

– Vu mon âge..., dit-il avec philosophie.

Convaincu que le cadeau n'était pas un piège, je lui pris la bouteille de la main et bus d'un seul trait ce qu'il en restai, c'est-à-dire un peu plus de la moitié. Je fus envahi du délicieux vertige qui accompagne toujours l'ingestion d'une si exquise ambroisie et parvins à atteindre le lit avant de sombrer dans un profond sommeil.

Je me réveillai avec un fort mal de tête. Contre la porte, le manchot ronflait. Ces détails et le fait de m'être réveillé sur le tapis, non dans le lit où je me souvenais m'être étendu, me firent penser que, après tout, on m'avait bel et bien administré un narcotique. Comme je n'avais pas de montre, je m'approchai à quatre pattes du garçon et vis que la sienne marquaït cinq heures juste. Non sans hésitation, j'allai jusqu'au lit et soulevai l'oreiller. La mallette était toujours là, mais sa serrure avait été forcée. Je l'ouvris et constatai qu'elle était vide. Je retournai la chambre de fond en comble, roulai le tapis, arrachai le papier des murs, mais l'argent, comme il fallait s'y attendre, n'apparut point. Il s'agissait en fait d'un véritable vol, et non d'un de ces petits chapardages dont sont coutumiers les Madrilènes.

Inutile de décrire mes sueurs d'angoisse. Il suffit de dire que je fis ce que tout lecteur compréhensif aurait fait à ma place : j'épuisai l'abondante réserve de jurons que je possède, pris une expression de Christ aux outrages et bourrai de coups de pied le garçon qui resta comme une chiffe molle.

Ayant donné ainsi libre cours à mon premier mouvement d'emportement, je me dis qu'il ne servait à rien de se laisser abattre par le désespoir, qu'il fallait être pratique, chercher une issue, trouver une solution. Je commençai par déshabiller le garçon, me déshabillai moi-même, lui mis mes habits et revêtis les siens. Je vidai ses poches qui, de par l'échange, étaient devenues les miennes et je ne trouvai dedans qu'un instrument métallique articulé, très utile pour décapsuler les petites bouteilles et déboucher les grandes, mais inutile pour toute autre chose, et une image plastifiée qui présentait d'un côté un calendrier périmé et de l'autre la photo d'une fille en combinaison. Je fus surpris de ne rien trouver d'autre puis je compris que ce n'étaient probablement pas là ses affaires personnelles, mais l'uniforme que lui fournissait l'hôtel. Après une brève réflexion, je décidai de m'approprier les deux objets. Je pris également sa montre-bracelet et le billet d'avion qui devait me permettre de regagner Barcelone. Je déchirai ensuite un morceau de drap avec lequel j'effaçai de tous côtés mes empreintes digitales et celles de toutes les personnes qui avaient pu poser leurs patoches dans cette chambre. Je traînai le garçon jusqu'au lit et je le laissai bien endormi à la place qui aurait dû être la mienne, je pris la mallette et entrai dans la salle de bains. Le rouleau de papier hygiénique était intact : je passai un bon moment à en découper les quatre cents feuilles et à les placer soigneusement là où précédemment s'était trouvé l'argent. A la fin de l'opération, j'étais assez satisfait du résultat. Non pas qu'on ne s'aperçût du subterfuge, bien entendu, mais c'était mieux que rien. Je refermai la mallette, sortis de la salle de bains, vérifiai que la chambre était plus ou moins en ordre, éteignis la lumière et jetai un œil dans le couloir : personne. Avec mille précautions, je descendis à la réception. Une dame épointait des haricots verts et les lançait dans une bassine posée sur le comptoir. Je laissai la clef près de la bassine, lançai un clin d'œil séducteur à la dame et sortis dans la rue. Je n'avais plus un sou, il ne fallait donc pas songer à chercher un autre hôtel et il manquait encore six heures pour mon rendez-vous avec les séquestrateurs. Si j'avais été à Barcelone j'aurais su où aller ou quoi faire de mon temps libre, mais dans cette ville inconnue je me sentais solitaire et abandonné. Je me mis à parcourir les rues au hasard, me cachant dans l'ombre des portails chaque fois que je croisais des bambocheurs, des voyous, des veilleurs de nuit ou autres noctambules. Quelques mendiants dormaient sur les bancs publics, mais je ne me risquai pas à les imiter, crainte des conséquences. Quoique écrasé de fatigue, l'impression, dénuée de tout fondement, que quelqu'un me suivait m'empêchait de m'arrêter pour prendre un moment de repos.

Peu à peu, cependant, la ville se mit à revivre. Quelques personnes d'abord, puis davantage, enfin une foule de gens, la mine renfrognée, prirent le chemin du travail. L'aube pointa, il y eut des embouteillages, l'air retentit de coups de klaxon et d'injures, et le monde reprit son aspect habituel. Réconforté par le vacarme et protégé par la foule, j'abordai un passant et lui demandai comment aller au café Roncevaux. Grâce à ses instructions, j'étais posté, à huit heures, derrière un arbre qui avait eu la bonne idée de croître en face de l'établissement. La montre que j'avais prise au manchot marquait neuf heures moins le quart quand un individu en maillot de corps déverrouilla les portes tournantes dont j'observai la place et le fonctionnement en prévision d'éventuels replis. Ensuite arrivèrent deux ou trois camions de livraison et un gamin portant un panier de beignets chauds qui me firent abondamment saliver. Malgré la circulation, le chuintement du percolateur me parvint aux oreilles. Je pensai un moment entrer, commander un café au lait et des beignets, payer avec le papier hygiénique qui remplissait la mallette, car la faim vous pousse à commettre ce genre d'extravagances, si ce n'est pire, mais je me retins. Les premiers clients entraient et sortaient et je les observais pour voir si l'un d'entre eux avait la tête d'un malfaiteur. J'en vis plus d'un.

A dix heures et demie, l'établissement était bondé et je décidai que le moment de faire mon entrée était venu. Mille craintes et autant d'incertitudes m'assaillirent : je n'avais ni plan préconçu ni la moindre idée des dangers qui pouvaient me guetter; mais ce n'était plus le moment d'hésiter. Je pissai donc contre mon arbre, lissai ma tignasse, tentai de rajuster mes vêtements, serrai la poignée de la mallette et, de l'air désinvolte du type qui s'occupe pour passer le temps, j'entrai dans le café.

4

Embrouillamini

Le café, comme je l'ai dit, était empli de clients. J'essayai de les compter, mais ce fut impossible car les murs étaient recouverts de glaces qui les multipliaient et gênaient mes calculs. D'ailleurs, un tel décompte ne me semblait pas des plus utiles, étant donné le continuel va-et-vient des consommateurs et le fait que, si on devait en venir aux mains, il en suffirait de deux pour que mon infériorité numérique soit patente. De plus, comme je désignais tout le monde du doigt en tirant la langue, j'étais devenu le point de mire de plusieurs personnes. Je me décidai donc pour un comportement plus circonspect et je me dirigeai vers le comptoir qui occupait tout le fond de la salle. En passant près d'une table où se tenaient trois individus, j'entendis une voix autoritaire :

– Eh! toi, viens ici!

Je m'approchai, le cœur battant, les cheveux hérissés et les jambes flageolantes. Les trois personnages avaient les yeux fixés sur mes gestes et l'un d'eux jouait avec ce qui me sembla être une mitraillette, bien que ce ne fût peut-être qu'un parapluie. M'efforçant d'afficher un aplomb méprisant, je me lançai contre la table en balbutiant :

– On m'a volé ma montre, on n'est plus en sécurité dans le métro et j'ai le papier hygiénique dans ma mallette.

Les trois individus échangèrent entre eux des signes

d'intelligence et celui qui semblait le chef du groupuscule commanda :

– Deux noirs, un crème, des chips et un paquet de Camel.

Après quoi, ils reprirent leur conversation. Je me rendis compte alors que je portais l'uniforme du garçon manchot. Je me redressai donc en claquant des talons et répondis :

– Ça marche.

J'allai jusqu'au comptoir et répétai la liste que je venais d'entendre, mais en introduisant quelques variantes, car j'étais encore novice dans le métier. J'attendis un moment qu'on mît devant moi un plateau avec trois cafés et une portion de mollusques en sauce. Je le pris sans broncher et me dirigeai vers une table. Comme je devais me battre avec le plateau et la mallette et, de surcroît, éviter les gens, en un instant tout fut par terre. Je retournai au comptoir, pensant sérieusement à me faire engager comme garçon de café, persuadé que j'étais doué pour cela, quand s'approcha de moi une fille que, dans mon étourderie, je n'avais pas encore remarquée.

– Avez-vous l'heure? me demanda-t-elle.

Un examen tangentiel et discret me permit de constater qu'il s'agissait d'une femme sexy, malgré son manque total de maquillage et sa robe miteuse. Je pensai que c'était une de ces entraîneuses qui peuplent la mythologie des petits employés de banlieue. Tandis que je me faisais ces réflexions et d'autres encore, la fille, qui, pour quelque motif que j'ignorais, semblait très nerveuse, me redemanda l'heure. Je consultai ma montre et lui dis qu'il était onze heures moins cinq. Elle me remercia, tourna les talons et partit en quête, je le supposai, d'un pigeon à plumer. Alors seulement – aujourd'hui encore, j'ai honte de l'avouer –, je compris que je venais d'entendre le signal convenu, celui qu'avec tant de patience Monsieur le Ministre m'avait seriné, et que, distrait par mes divagations, j'avais laissé passer l'occasion de mener à bonne fin ma mission. La fille traversait maintenant le café, esquivant les privautés et sourde aux invites, et elle disparaissait dans la porte-tambour. En heurtant de ma mallette tous ceux qui se trouvaient sur mon passage, je sortis en courant derrière elle et fus dans la rue au moment où elle montait dans une voiture qui démarra aussitôt. La circulation, par bonheur, était si intense que l'auto dut s'arrêter après quelques mètres. Je l'atteignis et j'eus le temps de me pencher à la vitre arrière en criant à pleins poumons :

– On m'a volé ma montre! On n'est plus en sécurité!

La voiture redémarra et parcourut une cinquantaine de mètres puis s'arréta de nouveau. Je la rattrappai et réitérai ma plainte :

» Ce pays devient invivable! C'est la foire d'empoigne!

J'étais presque arrivé à passer la tête par la portière quand brusquement la voiture démarra à nouveau. Cette fois j'eus moins de chance, car lorsque, à force de courir, j'allais la rattraper, le feu passa au vert et la circulation reprit. Je repartis en pestant contre le chaos de nos jours jusqu'à perdre le souffle et dus choisir entre courir ou injurier la nation tout entière. J'optai pour la course et parvins à rattraper la voiture au moment où elle s'apprêtait à tourner à l'angle d'une rue. La fille, qui n'avait cessé de me regarder avec une expression du genre inquiet, commença à remonter la vitre de sa fenêtre en disant à l'individu qui était assis au volant :

– Le voilà! Fonce!

C'est à un cheveu près que je parvins à glisser la mallette dans l'interstice que la glace laissait encore libre, non sans embuer celle-ci de mes halètements. Sur quoi je m'effondrai au sol, où j'aspirai les gaz délétères de la voiture qui disparaissait dans le magma des autobus, motos et autres véhicules. Rassemblant le peu de forces qui me restaient, je me traînai jusqu'au trottoir, évitant d'être écrasé par les voitures qui venaient derrière en klaxonnant et faisant scandale. J'étais hors de danger : je m'étendis sur le pavé et me payai, malgré le vacarme, un petit somme.

Je fus réveillé par le coup de soulier d'une dame qui me demandait si je ne me sentais pas bien. D'une part pour justifier ma présence en ce lieu et d'autre part pour voir si je ne parviendrais pas à attendrir son cœur et à lui extorquer quelque argent, je lui dis que je n'avais pas mangé depuis deux jours et que j'étais sans travail. Elle me répondit que seuls ceux qui ne veulent pas travailler n'ont pas de travail, et s'en alla. Il était midi, je n'avais rien à faire à Madrid, aussi décidai-je de regagner ma petite patrie. En me renseignant auprès des uns et des autres, après avoir beaucoup marché, je finis par me trouver sur la voie d'accès à l'autoroute de Barajas. Un aimable conducteur eut pitié de moi et me prit à son bord. Il me raconta en chemin qu'il était las de tout, que ses enfants étaient des veaux, sa femme une gourde, et qu'il avait bien envie de tout plaquer mais qu'il ne savait ni quoi faire ni où aller. Il me demanda si je connaissais l'Afrique, je confessai que non et notre conversation s'arrêta là. Je descendis de la voiture et fis à pied la dernière partie du trajet. J'arrivai à l'aéroport en même temps qu'un autocar d'où sortait un essaim de touristes. Guidé par une série de flèches, je finis par trouver la porte du pont aérien et je menai à bonne fin les démarches prescrites pour monter dans l'avion, en faisant preuve à chaque instant de mon inexpérience. Les moteurs vrombrissaient quand je pénétrai dans l'appareil, noyé dans l'essaim des touristes qui, à peine assis, se mirent à chanter à tue-tête, couvrant de leur chœur le ronronnement des turbines.

Pour voir la Vierge du Pilar, je viens de Calatorao, chantaient ces touristes avec un pittoresque accent.

L'hôtesse de l'air leur jetait des poignées de bonbons Sugus. Elle offrit à mes compatriotes la presse du jour. Pour cacher ma peur plus que pour m'informer de ce qui se passait à l'intérieur et à l'extérieur de nos frontières, je pris un journal et le feuilletai distraitement quand un entrefilet, parmi les faits divers, me fit sursauter et dissipa tout le bonheur que j'éprouvais à rentrer chez moi. L'entrefilet disait ce qui suit :

« Madrid, le 14. – Ce matin à l'aube a été trouvé assassiné dans un hôtel de la ville un individu qui s'était inscrit sous le nom de Pilar Canal et qui, selon des sources officielles, s'était échappé la nuit précédente d'un hôpital psychiatrique proche de Barcelone. Bien que le cadavre ait été trouvé sans son bras droit, la chambre ne présentait aucune trace de violence. Comme il n'y avait pas non plus trace de papiers, d'argent ni d'objets de valeur, l'hypothèse d'un vol n'est pas à exclure. Souhaitons que cette mort serve de leçon à tous ceux qui, loin d'accepter leur condition avec une résignation chrétienne, etc. »

– Ça ne va pas, jeune homme? me demanda mon voisin, sans doute parce que, contrôlant mal mes nerfs, je lui décochais involontairement des coups de genou dans l'aine.

– C'est l'altitude, répondis-je, que je supporte mal.

Il sourit avec la suffisance de celui qui a beaucoup d'heures de vol à son actif et me raconta que cela n'était rien comparé à la tempête qu'avait traversée un avion dans lequel il voyageait d'Alicante à Ponferrada, dans les années cinquante.

– Ah! mon ami, quels temps héroïques! Chaque fois que l'avion tombait dans un trou d'air et semblait aller se briser sur les montagnes, les passagers débouclaient leurs ceintures de sécurité, se levaient et criaient tous ensemble : Vive le Christ-Roi! Quand nous avons atterri à Ponferrada, le maire a prononcé un discours que je n'oublierai jamais.

Je l'écoutais en acquiesçant à tout et profitai de son exaltation pour lui piquer deux billets de mille qu'il avait dans la poche gauche de son pantalon.

J'avais beau être décidé à le semer, je fus déçu de ne pas voir le commissaire Flores qui devait m'attendre au bar

Point de Rencontre, conformément aux ordres de Monsieur le Ministre. Je réfléchis à ce que pouvait signifier une telle absence et j'en arrivai à la conclusion qu'il avait dû lire la nouvelle de ma mort et avait pensé, logiquement, qu'il était inutile d'aller faire le pied de grue pour rien. Je sortis donc de l'aéroport du Prat, dont je traversai les splendeurs en me cachant derrière mon journal, montai dans un taxi et dis au chauffeur de me conduire à Barcelone.

– A quel endroit de Barcelone?

– Ne soyez pas insolent et roulez, je vous le dirai en chemin.

En réalité, je ne savais pas où aller. Je me mis à penser alors, mais ce n'était pas la première fois, que j'aurais aimé avoir un foyer confortable, avec sa salle de bains et une famille qui m'attendrait autour d'une table au centre de laquelle fumerait une paella avec ses petits morceaux de lapin et quelques gambas pour lui donner bon goût. Hélas! j'étais seul, sans aucun point de chute, je n'avais rien mangé depuis vingt-quatre heures et je venais de lire l'annonce de mon assassinat. Car il ne faisait aucun doute que c'était moi et non le pauvre manchot dont on avait voulu faire de la chair à pâté. Et, dans un accès de sentimentalité, je déplorai d'avoir mis le pauvre type où je l'avais mis, déguisé en ma personne, inerte et sans défense : nous n'avions pas éclusé en vain à nous deux une bouteille de Pepsi-Cola. Mais plus encore peut-être que sa mort lamentable, je déplorais que celle-ci fût inutile, car ou je me trompais fort ou ceux qui avaient tué le manchot n'allaient pas tarder à se rendre compte de leur bévue et à essayer par tous les moyens de la réparer, ce qui ne me réjouissait guère.

– Dites donc, monsieur, entendis-je le chauffeur annoncer, je vous vois très absorbé dans votre journal, mais nous sommes place d'Espagne et je ne sais pas si je dois prendre par Calvo Sotelo ou par Centre Ville.

Je pris une décision soudaine et le priai de me conduire à l'hôtel où j'avais eu mon entretien avec Monsieur le Ministre à qui je pensais demander, très respectueusement, quelques explications. Arrivé à destination, je payai la course avec l'argent subtilisé au voyageur bavard, j'attendis que le taxi eût disparu au coin de la rue et j'entrai hardiment par le portail de fer que nous avions emprunté la nuit précédente, le commissaire Flores et votre serviteur, et qui aujourd'hui comme alors menait aux cuisines de l'hôtel, toujours aussi alléchantes soit dit en passant, et au monte-charge. Je montai par ce dernier jusqu'au quatrième étage, je pénétrai dans le somptueux couloir à moquette, je localisai la porte de la chambre de Monsieur le Ministre et je frappai sans hésitation.

Un monsieur très distingué, drapé dans une robe de chambre en soie, vint m'ouvrir. Comme la personne en question n'était pas le ministre, à moins qu'il n'y ait eu dans l'intervalle une nouvelle crise ministérielle, qu'il était impensable qu'un visiteur soit habillé de cette sorte et encore moins qu'il s'agisse d'une liaison de Monsieur le Ministre, je saluai sèchement et dis :

– Service du blanchissage.

– Je n'ai rien demandé, me répondit le monsieur avec hauteur.

– Ordre de la direction, dis-je en baissant la voix. Certains clients se sont plaints.

Sans piper, car il ne devait pas avoir la conscience tranquille, l'arrogant personnage rentra dans sa chambre et se mit à fourrager dans une valise ouverte par terre. Le bureau et le reste du mobilier étaient à la même place que la veille, ce qui ne me surprit pas : je ne m'attendais pas à trouver un changement dans le décor. Je fus d'autant plus surpris de constater que le sofa que Monsieur le Ministre avait éventré pour en extraire la mallette semblait maintenant intact. Je commençais à craindre de m'être trompé de chambre quand j'eus l'attention attirée par un point blanc sur le tapis, point qu'un examen plus approfondi révéla être une plume blanche. Il n'y avait pas d'erreur : j'étais dans la bonne chambre, occupée maintenant par quelqu'un d'autre qui, d'un air réticent, me tendait des chemises et des sous-vêtements que, à peine hors de sa vue, je jetai dans la cage de l'escalier. Cela fait et persuadé que le ministre s'était envolé, j'abandonnai l'hôtel *via* les cuisines et sortis dans la rue, toujours protégé par mon journal qui, s'il sauvegardait efficacement mon incognito, me faisait heurter les passants, buter dans les trous des trottoirs et retardait en somme ma marche.

Laquelle ne fut pas longue, car, dès que j'eus trouvé une cabine téléphonique en état de fonctionnement, avec la monnaie que le chauffeur de taxi m'avait rendue, j'appelai le commissaire Flores à son bureau. Une voix me répondit qu'il était occupé.

– Dites-lui que Pilar Canal l'appelle, dis-je.

– Pour les folles, c'est le lieutenant Paillettes, dit la voix, sarcastique.

– Faites pas le malin et transmettez mon message au commissaire Flores si vous ne voulez pas recevoir un savon, eh! banane!

Quelque chose dans mes paroles dut l'impressionner car il se fit un silence à l'autre bout du fil, qu'interrompit la voix du commissaire Flores

– Mince alors, c'est toi?

– Eh bien, oui, monsieur le commissaire!

– Ça alors! je te croyais mort. On m'a appelé de Madrid pour me dire... Enfin, tu dois savoir mieux que personne si tu es mort ou vivant. Qu'as-tu fait de l'argent?

– Il est en bonnes mains, mentis-je pour gagner du temps. Mais je crains qu'il n'y ait quelque chose d'un peu obscur dans toute l'affaire.

– A te parler franchement, c'est aussi mon impression. Mais dis-moi : si ce n'est pas toi le mort, qui est-ce?

– Un pauvre garçon d'hôtel manchot qui n'avait fait de mal à personne, que je sache, et qui sans doute a une famille un foyer...

– Allons, allons! ne te mets pas à faire du sentiment. Tu es en vie, n'est-ce pas? Alors de quoi te plains-tu?

– Monsieur le commissaire, on a voulu m'assassiner et j'ai bien l'impression que ce n'est pas fini. Je suis allé voir Monsieur le Ministre, mais il n'est plus à l'hôtel.

– Il doit être en balade.

– Vous êtes sûr qu'il était vraiment ministre?

– Mon vieux, je ne sais pas quoi te dire. Un type m'appelle en disant qu'il est ministre et qu'il veut me voir dans un hôtel, qu'est-ce que tu veux que je fasse? Je ne peux pas lui demander sa carte d'identité, n'est-ce pas? Je comprends que tu sois ennuyé par cet assassinat et le reste, mais il n'y a pas de quoi faire une histoire. Possible qu'on nous ait fait une blague. On a relâché pas mal de cinglés ces derniers temps. Si j'étais toi, je n'attacherais pas trop d'importance à tout ça. Suis mon conseil et retourne à l'asile. Tu diras au docteur Sugranes que tu t'es échappé pour aller au cinéma, un point c'est tout.

Je fis comme si je réfléchissais puis je dis :

– Monsieur le commissaire, après avoir médité vos sages paroles, je suis convaincu que vous avez parfaitement raison. Je retourne de ce pas à l'asile. Bonne journée, monsieur le commissaire.

Je l'entendis me crier quelque chose, peut-être parce qu'il doutait de ma sincérité, mais je n'y prêtai pas la moindre attention. Je raccrochai le combiné, dépliai en grand mon journal et me replongeai dans l'agitation de la foule citadine. La mystérieuse disparition de Monsieur le Ministre et les doutes qui commençaient à m'envahir sur son identité réelle ne firent que renforcer ma conviction que l'affaire où je me voyais impliqué présentait des chausse-trappes et que ceux qui, une fois déjà, avaient tenté de me liquider n'allaient pas de sitôt abandonner leur proie. Mais je pensais aussi que ceux qui me voulaient du mal n'oseraient pas m'agresser en plein jour et en pleine foule, qu'ils essaieraient de m'attirer là où ils pourraient mener à bien en toute discrétion leurs funestes desseins. Je devais donc impérativement éviter la solitude de la nuit. Il me serait sans doute facile d'éviter la solitude, mais absolument impossible de supprimer la nuit à moins d'un miracle céleste que ni mes croyances ni ma conduite passée ne m'autorisaient à espérer.

Devant d'aussi sombres perspectives et sans savoir très bien quoi faire ni à qui demander secours, je déambulai par les avenues les plus fréquentées, en regardant du coin de l'œil, car mon journal me privait de toute vision frontale, les élégantes vitrines des magasins, les provocantes baies vitrées des restaurants et les attirantes affiches des cinémas. Et je rêvais tristement au bonheur d'avoir une bonne santé et de l'argent pour pouvoir le dépenser quand une image apparut, très nette sur l'écran de ma mémoire : l'image de Monsieur le Ministre nous faisant signe, au commissaire Flores et à moi, d'approcher sans crainte de sa table. J'ai déjà dit que sur le moment ce geste et l'expression bienveillante qui l'accompagnait m'avaient parus familiers. Pourquoi maintenant...? A cet instant précis la lumière se fit dans mon cerveau tandis que, paradoxalement, s'éteignaient sur les toits des alentours les ultimes feux de l'astre roi.

5

Où il est question de cinéma

Les feuilles de mon journal avaient jauni et il faisait complètement nuit quand je trouvai ma sœur. Elle s'appuyait à un réverbère, attendant le client, éventualité qui ne semblait pas devoir être imminente, car les michetons les moins difficiles changeaient prudemment de trottoir pour couper court à ses invites. Un chien vint renifler ses collants et repartit au petit trot en aboyant. Toujours à l'abri de mon journal, je m'approchai d'elle par-derrière et lui susurrai à l'oreille :

– Candida, ne te retourne pas et ne prends pas l'air étonné. C'est moi.

Elle fit un bond en avant, lança un cri perçant et lâcha son sac à main en plein dans une flaque d'eau. Ce comportement, par bonheur, au lieu d'attirer l'attention des passants, leur fit accélérer le pas et la ruelle sordide devint déserte. Candida reprit son maintien normal, quoique avec une certaine raideur.

– On m'avait dit qu'on t'avait tué, murmura-t-elle en tordant sa bouche dans l'effort vain de la diriger vers moi sans tourner la tête; qu'on t'avait trouvé avec un bras en moins dans un hôtel de Madrid. Ça m'a paru bizarre, mais comme je te connais... Pas plus tard que cet après-midi je disais à Louisa la Ciboule, tu sais qui je veux dire, je lui disais...

– Ecoute, je n'ai pas de temps à perdre. On me cherche pour me liquider et il faut que tu m'aides.

– Pour le moment je ne peux pas, je travaille, dit-elle sèchement, me laissant comprendre que s'était tari le flot des sentiments fraternels auxquels elle venait de donner libre cours.

– Candida, repris-je faisant la sourde oreille, tu te rappelles ce beau film espagnol que nous avons vu ensemble il y a des siècles, quand nous étions enfants, et qui se passait dans les forêts du Japon?

– *Tarzan et les Hottentots*! répondit aussitôt Candida qui avait toujours été une fervente adepte de jeux radiophoniques et qui ne pouvait pas entendre poser une question sans aventurer immédiatement une réponse.

– Réfléchis avant de parler, grondai-je. Je t'ai dit que c'était un film espagnol! Ecoute, je vais te donner plus de détails : c'était la vie d'un saint missionnaire qui renonçait à tout et abandonnait une fille de très bonne famille pour aller convertir les infidèles. A la fin, il y avait un tremblement de terre et tout le village était détruit sauf la chapelle qu'avait construite le missionnaire avec l'aide d'une pécheresse...

– *Des âmes à gogo*?

– Exactement! Quelle mémoire tu as, Candida! applaudis-je.

Et ma pauvre sœur esquissa un sourire d'intime satisfaction.

» Maintenant, concentre-toi et tâche de te souvenir d'un acteur, un très bel homme qui faisait un aborigène.

– Antonio Vilar.

– Mais non, idiote! Celui-là, c'était le missionnaire. Je parle de celui qui jouait le rôle du fils du cacique. Celui qui se convertissait à la vraie foi et à qui la Vierge apparaissait...

– Et qui reçut le martyre des mains de son propre père.

– Bravo, Candida! Cet acteur, comment s'appelait-il?

– Oh! la, la! mon vieux, je ne sais plus. Je vois qui tu veux dire mais j'ai oublié son nom. N'était-ce pas lui aussi qui faisait le fiancé de la fille dans *Une belle-mère à colifichets*?

– Candida, tu es une vraie encyclopédie. Mais ne t'endors pas sur tes lauriers et écoute bien ce que je vais te dire. Je recherche un individu et je suis sûr que cet individu et l'acteur en question sont une seule et même personne. D'abord je ne l'ai pas reconnu à cause des années qui ont passé, mais je n'ai plus aucun doute maintenant. Tout laisse à penser qu'il vit à Barcelone, qu'il continue à avoir des contacts avec le monde du spectacle et qu'il est actuellement sans emploi, sinon il n'aurait pas accepté un travail aussi compromettant que de jouer le rôle d'un ministre. Il faut que je le trouve sans tarder, mais je ne sais pas comment m'y prendre et il faut que j'évite de me faire voir. D'où il ressort logiquement que tu dois m'aider.

– Je ne vois pas bien d'où tu tires cette conclusion, dit Candida.

– En premier lieu, du fait indiscutable que tu as beaucoup de relations et d'admirateurs dans le monde du spectacle...

– Oh! je t'en prie.

Candida n'aimait pas parler de l'époque où elle avait cru à sa vocation de chanteuse. A travers ses cheveux, déjà clairsemés, on pouvait encore voir les bosses et les cicatrices que lui avaient faites les bouteilles lancées par un public qui, s'il ne comptait pas au nombre de ses vertus la charité, ne comptait pas non plus parmi ses défauts celui de n'avoir pas l'oreille juste. Petite fille, elle s'exerçait des heures entières en utilisant comme micro la chaîne des cabinets, insensible aux fessées que mon père lui administrait soit pour la dissuader de poursuivre ses rêves de gloire, soit pour pouvoir faire sa sieste en paix. A trente ans et Dieu sait à quel prix, Candida obtint son premier contrat. Sa carrière éphémère ne fut qu'une constante allée et venue de la scène au dispensaire. Rien ne l'attristait davantage que d'évoquer cette époque d'enthousiasme et de déception. Elle se mit à pleurnicher et je lui tapotai affectueusement l'épaule.

– Fais-le pour moi, Candida, lui dis-je d'une voix douce.

– C'est bon, c'est bon, marmonna-t-elle, mais jure-moi que c'est la dernière fois...

– Pendant que tu te renseignes sur ce type, moi j'irai chez toi car ce n'est pas prudent que je reste dehors. Tu as toujours ton petit studio de rêve?

Elle me donna sa clef en rechignant et, après lui avoir expliqué, mais sans grand espoir d'avoir été compris, qu'à son retour elle devait frapper deux petits coups de suite à la porte puis trois autres un moment après, pour que je sache qu'il s'agissait bien d'elle, je partis en courant, pris de mille angoisses car les rues étaient devenues presque désertes et le quartier où je m'aventurais ne pouvait se qualifier précisément de résidentiel.

La fosse commune du Vieux Cimetière doit être plus accueillante que l'immeuble en ruine où demeurait ma sœur. Dans l'entrée, je dus traverser une mare oléagineuse qui bouillonnait, mais je ne me risquai pas à chercher pourquoi. La pièce qui constituait le logement proprement dit ne laissait de place que pour une paillasse et un autre meuble. Avec son sens pratique, Candida avait décidé que cet autre meuble devait être une coiffeuse. Je fermai la porte à clef, fit de la coiffeuse une barricade et, comme la pièce n'avait ni fenêtre ni orifice de ventilation, je me sentis en sécurité. Je cherchai sans résultat quelque chose à manger, finis par m'allonger sur la paillasse et m'abandonnai à un sommeil réparateur d'où je fus tiré par des coups frappés à la porte. Affolé, je saisis la première arme venue, qui se trouva être un corset hérissé de baleines, et je demandai qui était là.

– C'est moi, dit Candida qui avait manifesment oublié le signal. Ouvre!

Je repoussai la coiffeuse et ouvris la porte. Quand

Candida fut entrée, je refermai derrière elle et replaçai le meuble-parapet.

– Qu'est-ce que tu as fait dans mon boudoir? demanda cette idiote.

– De la gymnastique. Tu as découvert quelque chose?

– Je crois que oui, dit-elle en tirant de son sein une boulette de papier froissé qu'elle lissa sur le dessus de la coiffeuse.

Puis elle examina avec une lenteur extrême les notes qu'elle avait griffonnées et récita :

» Toribio Pisuerga.

» Lieu et date de naissance inconnus. Profession : acteur. Débuta l'année 1948 dans *Plaies* avec un petit rôle muet de lépreux. Continua dans le cinéma jusqu'en 1957, toujours pour des rôles secondaires. Disparut de la circulation jusqu'en 1962 pour des raisons qu'on ignore. En décembre 1962 on l'embauche pour faire le roi Melchior à la porte des grands magasins L'Aigle. L'année suivante, on doit le renvoyer pour une affaire de drogue.

– Il se piquait?

– Devant les enfants, tu t'imagines! gronda ma sœur en laissant percer le côté puritain de ma famille.

– Quoi encore?

– On perd de nouveau sa trace jusqu'en 1970, où il réapparaît sous le pseudonyme de Muscle Power. Il tente en vain sa chance dans les studios d'Esplugues et vit d'expédients. Quelqu'un le fait entrer dans la publicité, pour laquelle il tourne un court métrage qui n'est jamais passé à l'écran, faute de qualité. En 1975, il pose pour un spot télévisuel. Cela lui donne un peu d'argent : on le voit fréquemment en compagnie d'une femme pas mal plus jeune que lui. Son argent dépensé, il disparaît de nouveau. Et ce, jusqu'à ce jour.

– Il continuait à se droguer?

– Je ne sais pas. Mais il avait dû cesser, car ces choses-là se savent, à moins qu'on n'ait assez d'argent pour les cacher.

– Et la fille qui était avec lui?

– Personne n'a pu me dire qui c'était. Une pas grand-chose, à mon sens. C'est important?

– Ça peut l'être. Quoi d'autre?

– C'est tout. Ça ne te suffit pas?

– Il me manque un détail fondamental : où le trouver, cet homme?

– Mais bien sûr! Que je suis bête! s'écria Candida en se tapant le front (et ce faisant elle se fourra un doigt dans l'œil). J'ai là son adresse : 15, rue du Gazoduc.

– Candida, tu es un astre de beauté et d'intelligence.

– Que vas-tu faire?

– D'abord, aller voir le type. Puis, nous aviserons.

– Tu n'as pas faim? Je t'ai acheté quelque chose à manger au bar du coin. Ce sont des voleurs, mais à l'heure qu'il est...

– Il fallait pas faire ces frais.

– A vrai dire, je viens de la paroisse et on m'a rendu une partie de ce que j'avais donné.

– Depuis quand donnes-tu de l'argent à la paroisse?

– J'avais commandé des messes pour le repos de ton âme... D'après ce qu'on m'avait dit...

Pour éviter tout attendrissement, je me mis à fouiller dans son sac et finis par y trouver, outre un paquet suintant de graisse, une bouteille de Pepsi-Cola. Je vins à bout des deux en un clin d'œil et consultai ma montre. Il était une heure et demie.

– Je ferai bien de partir. Prête-moi ta trousse de maquillage, je voudrais changer un peu mon aspect.

Elle ouvrit un tiroir de la coiffeuse et me tendit un petit flacon.

– Les produits de beauté sont devenus hors de prix, me dit-elle. Je ne me mets plus que du rouge à lèvres.

– Et c'est du Mercurochrome? dis-je après avoir lu l'étiquette du petit flacon.

– Ça dure plus longtemps, ça coûte moins cher et si tu as un bouton, ça te le guérit.

Je m'appliquai sur les lèvres le liquide cramoisi et, avec les faux cils que portait Candida, je me confectionnai une ravissante moustache. Puis je me lissai les cheveux avec la graisse du sandwich qui m'était restée sur les doigts.

– Comment me trouves-tu? demandai-je.

– Cet uniforme de garçon de café ne te va pas.

– Ça serait pire d'aller tout nu, grande sotte. Je te demande comment tu trouves mon camouflage.

– Ah! ça, c'est très réussi. Quand me rendras-tu mes cils? Il me les faut pour travailler.

– Dès que je n'en aurai plus besoin. En attendant, reste à la maison, une fille convenable ne sort pas à des heures pareilles.

Tandis que nous échangions ces propos, je m'étais fabriqué un crochet avec une des baleines du corset. Je n'aurais pas dédaigné un revolver car je ne savais pas à quoi ni à qui j'allais devoir me confronter sous peu, mais, bien entendu, un tel objet n'était pas à ma portée. Je mis le crochet dans ma poche, dis au revoir à Candida, déplaçai de nouveau la coiffeuse, ouvris la porte, descendis et sortis dans la sombre impasse. Les taxis ne pullulaient pas dans ces lieux écartés.

La rue du Gazoduc ne s'appelait pas ainsi par un caprice des autorités municipales ou de quiconque chargé de baptiser les rues, bien que dans ce domaine je n'aie jamais eu les idées très claires. Sur les murs on pouvait lire, en gros caractères : DEFENSE DE FUMER. Des rats morts festonnaient la chaussée. Je trouvai sans peine le numéro quinze et, en inspectant les boîtes aux lettres de l'entrée, j'appris que l'ex-ministre habitait au deuxième, 2a. Je découvris non sans surprise que l'immeuble avait un ascenseur, mais mes espérances s'évanouirent quand j'eus constaté que les câbles pendaient dans leur cage comme des nouilles molles. Je montai par l'escalier et appuyai sur le bouton de la sonnette.

Ne recevant pas de réponse, je me vis dans l'obligation de recourir à mon crochet. La porte grinça sur ses gonds et je me glissai dans l'appartement de l'acteur de cinéma.

Ledit appartement consistait en une pièce rectangulaire au fond de laquelle se dressait un lit défait. Les murs étaient tapissés des photographies de l'artiste, en qui je reconnus aussitôt le soi-disant ministre. Sur la plus grande, on le voyait vêtu d'un superbe costume et regardant avec vénération un petit tube de pommade. Au bas de la photo, en lettres énormes, on lisait :

PANTICHOSE
CONTRE LES HEMORROÏDES
C'EST AUTRE CHOSE!

Sur des photographies plus petites, on voyait le même personnage à des âges et dans des rôles divers : en légionnaire, en paysan, en apôtre et dans d'autres figures que je ne pus identifier. La vocation de l'artiste était évidente car, si le sol était jonché d'ordures, les photos n'avaient pas un grain de poussière. Le temps seul avait terni et craquelé les plus anciennes. Je méditai sur la vanité et autres traits fondamentaux de la nature humaine et je serais sans doute parvenu à d'intéressantes conclusions si un faible gémissement provenant de l'autre extrémité de la pièce ne m'eût fait sursauter. J'avançai prudemment, vis qu'il y avait une serrure sur le mur et que ce que j'avais pris pour une lézarde était le chambranle d'une petite porte faite par un artisan peu consciencieux. J'y appliquai mon oreille et perçus un murmure. Il me fut aisé d'ouvrir la porte et de constater qu'elle dissimulait un placard plein d'objets poussiéreux. Comme il en sortait toujours la même plainte, j'écartai ces derniers d'un revers de la main et trouvai là l'acteur qui gisait sur le sol, replié sur lui-même comme un bretzel.

– Monsieur Muscle! m'écriai-je, que faites-vous là?

Comme il ne répondait pas, je le saisis par une cheville et

le tirai hors du placard. Il était corpulent et pesait un bon poids. Je vis qu'il était livide et qu'il respirait à peine. Sur son bras gauche, on pouvait voir la trace d'une piqûre récente entourée d'autres plus anciennes, déjà cicatrisées. J'en déduisis qu'avec ce qu'on lui avait donné pour faire le ministre il était retombé dans son vice et que cela ne lui avait pas réussi. Mais pourquoi s'était-il enfermé dans son placard pour se piquer? Par un obscur sentiment de culpabilité, surprenant à son âge, avec son caractère et son passé? Je n'en savais rien, mais ce n'était pas le moment de chercher à résoudre des énigmes, car le pauvre acteur était à l'agonie. Je cherchai un téléphone et le trouvai sans toutefois pouvoir l'utiliser car on avait prit soin d'en arracher les fils. Je ne manquai cependant pas de remarquer, inscrit sur le mur près de l'appareil, un numéro dont je pris mentalement note avant de retourner auprès du moribond qui avait entrouvert les yeux et qui me regardait avec plus d'intérêt que de surprise.

– Monsieur Muscle, vous me reconnaissez? lui demandai-je.

Il cligna des paupières comme pour dire oui, ou toute autre chose.

» Qui a fait le coup, monsieur Muscle? demandai-je encore.

Il put à grand-peine articuler quelques sons que je ne sus déchiffrer. J'appliquai mon oreille à ses lèvres.

– Le Chevalier Rose, me sembla-t-il entendre... Cherchez le Chevalier Rose et dites-lui... dites-lui que c'est un porc. Dites-le-lui de ma part... Et si vous voyez Emilia, dites-lui... qu'elle me pardonne. Ne vous trompez pas, surtout!

– Soyez sans crainte. Où habite Emilia?

– J'avais du talent, vous savez? J'aurais pu devenir une vedette de l'écran, avoir de l'argent, des maisons, des voitures, des yachts, des piscines... Je ne comprends pas ce qui s'est passé.

– C'est la vie, monsieur Muscle, ne vous faites pas de bile.

– « Le roi rêve qu'il est roi... et à ce haut destin j'aspire... » Il me semble que cette fois-ci c'est grave, dit-il en fermant les yeux.

Je lui administrai plusieurs gifles sans qu'il réagît. Je le laissai donc étendu, quittai l'appartement, descendis l'escalier sur la pointe des pieds et sortis dans la rue après m'être assuré que personne ne m'observait. En rasant les murs, je parvins à une avenue qu'animait un constant passage de camions et dans laquelle je trouvai une cabine téléphonique. J'appelai la police et dis qu'on vînt sans tarder chez l'acteur dont j'indiquai l'adresse et les signes particuliers. Quand on me demanda de décliner mon identité, je répondis que je n'avais pas la moindre intention de la donner, que j'appelais d'une cabine publique mais que cela n'ôtait rien à la véracité de mes paroles ni à l'urgence du cas, et qu'au lieu de faire des histoires ils devraient faire leur devoir, que diable! Je raccrochai, décrochai de nouveau et fis le numéro lu sur le mur de l'appartement que je venais de quitter; la chance me sourit pour une fois : c'est un disque qui répondit à mon appel.

– Merci d'appeler l'agence théâtrale La Protase. Pour le moment, il n'y a ici personne qui puisse vous répondre. Quand vous entendrez le signal, veuillez donner votre nom et votre numéro de téléphone afin que nous puissions prendre contact avec vous... Piripipi tu-tu.

Aux Renseignements, une demoiselle qui, soit à cause de l'heure intempestive, soit pour des raisons personnelles que je n'eus pas le loisir de tirer au clair, semblait d'une humeur de chien me donna l'adresse de l'agence théâtrale, sise pour plus ample informé rue Pelayo. Avant de me diriger vers cette artère, si fréquentée, je retournai jeter un coup d'œil rue du Gazoduc pour vérifier si la police avait répondu à mon urgent appel. Je dois dire, pour soulager ma conscience et respecter la vérité, qu'il y avait là, mal garée, une voiture de patrouille. Je n'avais plus rien à faire dans ce lugubre endroit. Je marchai le long de l'avenue et pris un taxi libre qui passait et qui me conduisit à l'angle des rues Balmes et Pelayo. Le ciel avait blanchi et l'eau dont on avait arrosé la chaussée s'évaporait déjà; les petits oiseaux piaillaient dans les Ramblas où circulaient les premiers autobus. Sur le balcon de l'un des édifices que j'avais en face de moi, on pouvait lire l'annonce suivante :

LA PROTASE
agence théâtrale
cours de diction, de déclamation et de chant
cours par correspondance

Le portail refusait obstinément de s'ouvrir, mais la façade de l'immeuble présentait de nombreux reliefs et ornements qui permettaient une escalade relativement facile. Je commençai mon ascension sans que les rares passants eussent l'air étonné de voir l'homme-volant en action à une heure aussi matinale. Ils devaient penser qu'il s'agissait d'un laveur de vitres imbécile, d'un mari en quête d'un flagrant délit ou de quelque autre personnage marginal dont le sort ne pouvait intéresser un peuple obligé de se lever d'aussi bonne heure.

On dit que celui qui contemple de haut voit ses congénères telles des fourmis, que cette illusion d'optique le fait se sentir tout-puissant et non pas, comme le voudrait la logique, horrifié de découvrir qu'il est l'ultime être normal dans un univers d'insectes répugnants. J'étais pourtant loin d'éprouver de si gratifiantes et contradictoires sensations quand je parvins à saisir le rebord du balcon de l'agence. Je me hissai à la force des poignets, enjambai la balustrade, exhalai un soupir de soulagement et épongeai la sueur qui perlait à mon front ainsi qu'à d'autres parties moins nobles de mon anatomie. Malgré la saleté qui ternissait les vitres, je constatai que l'agence était vide et qu'elle consistait en une seule pièce assez spacieuse, meublée rudimentairement de deux tables de bureau, de quelques chaises, d'un banc adossé au mur et de trois classeurs métalliques. Je forçai la fenêtre du balcon et entrai dans le local. Dédaignant les bureaux, je me mis à compulser les classeurs qui contenaient, comme c'était à prévoir, les dossiers concernant les abonnés. Leur nombre ne dépassait pas la cinquantaine et les photos qui accompagnaient chaque dossier donnaient une idée très exacte de leur envergure artistique. Je passai rapidement en revue le *curriculum vitæ* de chacun : Abdul al-Caniz, fakir, chanteur de *jotas*, domicile actuel : résidence le Petit Monde, appeler les après-midi entre trois et cinq; professeur Papillon, hypnotiseur, prix spéciaux, laisser les messages à la mercerie L'Espérance; Jojo, le roi de la joie et de la bonne humeur, adresse provisoire : section d'urologie de l'hôpital Saint-Paul; Puceronne et ses chiens savants, Centre d'éducation surveillée, sortira en 1984; Oscar et Hannibal équilibristes, maintenant Oscar équilibriste, Hannibal est mort en 1975; Carmen la Souris, humour pour adultes, seulement en fin de semaine, couturière les jours ouvrables; Léonor Cabrera, chanteuse d'opéra, parle français, accepte de se déshabiller, prix spécial; M. Tonnerre, télépathe, prix réduits si nourri, et ainsi de suite jusqu'à la fin.

Du soleil entrait à flot dans l'agence quand je vins à bout de ce catalogue de triomphateurs sans avoir rien trouvé d'intéressant. Il fallait me dépêcher si je ne voulais pas qu'on me surprenne. Je me mis à inspecter les deux bureaux. Le premier, situé stratégiquement près de la porte, était à coup sûr celui de la secrétaire, car les tiroirs contenaient du papier à lettres à en-tête de l'agence, des enveloppes, des timbres, des blocs de sténo, des crayons mordillés et un livre très écorné ayant pour titre *l'Esclave du vizir*. L'autre bureau, qui, parce qu'il était légèrement plus grand et qu'il était placé près du balcon, devait être celui du directeur, me réserva une trouvaille bien plus intéressante, à savoir : un album de photographies dont la couverture de plastique rouge portait une étiquette annonçant : NOUVEAUX TALENTS, et sur les pages duquel défilait une scintillante collection de portraits de ravissants garçons et d'affriolantes jeunes filles.

Ces dernières posaient sur des divans, des tapis ou des pelouses, vêtues d'étoffes transparentes quand elles n'était pas nues, comme surprises au moment d'offrir leurs charmes à l'objectif. Les garçons portaient des caleçons succincts et leur attitude, leur expression et leur pose suggéraient qu'ils étaient en train d'effectuer un exercice musculaire exténuant, tout en se trouvant affligés d'une constipation irréductible. Etant d'un naturel assez simple en matière d'érotisme, je me désintéressai de la section masculine et concentrai mon attention sur cette armée de nichons que le ciel m'envoyait. S'il eût été un peu plus tôt, j'aurais pris quelque plaisir à cette aubaine et je me serais peut-être même livré à des rêves mélancoliques, mais l'heure n'était pas au laisser-aller, aussi finis-je de tourner les pages machinalement et j'aurais refermé l'album et dit adieu à ce jardin des délices quand cette petite voix intérieure qui la plupart du temps nous semonce, nous fustige et nous maudit, mais parfois nous conseille, me fit réfléchir à ce que je faisais, revenir sur une des dernières pages où une jeune personne souriait du haut d'un grenier à foin à l'individu qui venait probablement de lui chiper sa culotte. Malgré son maquillage et sa perruque rousse, je reconnus sans peine la fille à laquelle j'avais remis ce matin même, au prix de tant d'efforts, la sinistre mallette dans les rues de Madrid. Au pied de la photo, une bande de papier dactylographiée indiquait : SUZANNA TRASH, rue Dama-de-Elche, n° 12, sixième étage, 1re porte à droite, notions d'anglais et d'italien, rudiments de danse, d'équitation et de karaté, cinéma, théâtre, télévision, mime, 25% de commission.

Je sursautai au bruit de l'ascenseur sur le palier. Je refermai l'album, le remis dans son tiroir, fermai celui-ci, courus à la fenêtre du balcon, l'ouvris, sortis et refermai la fenêtre au moment même où s'ouvrait la porte de l'agence. Les jambes flageolantes, j'enjambai la balustrade et saisis un câble qui pendait le long de la façade : j'eus peur que ce ne fût le fil du paratonnerre et scrutai le ciel en quête d'éventuels nuages menaçants, mais je ne vis que ce manteau d'azur qui les matins de beau temps recouvre notre ville bien-aimée et la mer contiguë. La rue était assez passante et il ne s'agissait pas d'attirer l'attention. Je pénétrai donc par le balcon du premier étage dans ce qui se trouva être un atelier de coupe et couture. Une dame obèse taillait des patrons sur une grande table faite d'une planche posée sur deux tréteaux, et trois filles la regardaient faire avec un visible ennui. Toutes les quatre se retournèrent vers le balcon quand elles m'entendirent entrer par ce passage si peu conventionnel et la dame obèse ébaucha un geste d'alarme.

– J'installe l'antenne de télévision, m'empressai-je de dire. Où est la prise?

La dame obèse m'indiqua un orifice dans la plinthe où je fourrai un doigt, puis je jugeai prudent de me retirer.

» Je vais chercher des pinces, dis-je. Ne touchez à rien, vous pourriez vous électrocuter.

Je descendis dignement par l'escalier et sortis dans la rue où je me perdis au milieu de la foule.

6

Trop d'hygiène

L'autobus souffla comme si toutes ses roues, qui étaient nombreuses, se dégonflaient à la fois. Le receveur me réveilla en me secouant et en me disant qu'on était arrivé au terminus. Nous étions les seuls occupants du véhicule.

– Excusez-moi, fis-je poliment. J'ai piqué un roupillon sans le vouloir.

– Il y a beaucoup de mendicité, voilà ce que je dis, opina le receveur en se calant son cure-dents derrière l'oreille.

Je descendis sur une petite place plantée d'arbres où des retraités se chauffaient au soleil sur des bancs de pierre. L'un deux m'expliqua que, pour aller rue Dama-de-Elche, il fallait monter assez haut par une des rues sinueuses qui partaient de la place. Un petit déjeuner, même frugal, eût été le bienvenu, mais il était près de midi et, j'ai beau savoir que les gens de théâtre n'ont pas l'habitude de se lever aux aurores, je ne voulais pas courir le risque de manquer Suzanna Trash. Je me lavai la figure à une fontaine publique et entrepris mon ascension. Je ne me souvenais pas d'avoir jamais été dans ce quartier qui, par sa configuration, semblait être un ancien village de banlieue. Quelques petites maisons basses et modestes étaient encore debout, mais la plupart avaient été remplacées par de grands immeubles ou bien étaient en démolition. De toutes parts se dressaient de grandes pancartes qui conseillaient :

INVESTISSEZ DANS L'AVENIR
APPARTEMENTS DE SUPER-LUXE A DES PRIX SUPER-FOUS

A mesure que j'avançais vers la cime de la colline, se déployaient à mes pieds d'autres parties de l'aire métropolitaine qu'un brouillard brunâtre recouvrait peu à peu. Je parvins essoufflé à un terrain en friche, au milieu duquel se dressait un petit cabanon que je pris d'abord pour l'éventaire d'un marchand de marrons. En m'approchant pour savoir si j'étais aussi perdu que je le craignais, je lus sur le mur de la maisonnette cette inscription :

VISITEZ DES A PRESENT NOTRE APPARTEMENT TEMOIN

Un vieillard, assis sur un tabouret et coiffé d'un béret, s'apercevant de ma présence, prit une boîte sur le sol. La boîte était ouverte sur un côté et on voyait à l'intérieur des petits personnages. Je crus d'abord qu'il me montrait une crèche, malgré la saison déjà avancée.

– Ici, c'est la salle de séjour, dit le vieillard, ici la chambre de bonne avec sa salle d'eau. Et voyez quelle grande cuisine : lave-vaisselle, machine à laver le linge, essoreuse, four encastré. Et les placards! Comptez-les vous-même. Votre dame... ou votre future épouse, si l'heureux événement n'a pas eu lieu, sera ravie de cette distribution.

Il reposa la boîte par terre et m'en montra une autre beaucoup plus petite et totalement vide.

» La place du parking. Individuelle. Vous avez un plan de financement?

Avant que j'aie pu le détromper sur mes intentions, il fut pris d'un violent accès de toux et se couvrit la bouche avec un mouchoir maculé de sang.

» Silicose, expliqua-t-il en envoyant un glaviot dans la maquette. Une saloperie. Je ne passerai pas l'hiver.

– Je voulais seulement savoir, dis-je en profitant de la pause, si c'est par ici qu'on va rue Dama-de-Elche.

– Continuez tout droit, vous verrez un bar. Après le bar, c'est la deuxième à gauche. Vous n'auriez pas une cigarette? Comme les docteurs m'ont interdit de fumer, je n'ai jamais de tabac sur moi. Ils ne m'ont jamais interdit de descendre dans la mine, mais maintenant ils m'interdisent de fumer. Qu'est-ce que vous en pensez?

– Faites pas attention, dis-je pour dire quelque chose; la santé avant tout.

Sans autre incident, je trouvai la rue et le numéro que je cherchais. Voyant que la porte vitrée était fermée et qu'il n'y avait pas de concierge, j'appuyai au hasard sur l'un des boutons qui s'alignaient sur le côté en une étrange panoplie. D'un minuscule mais impérieux haut-parleur sortit un ronflement inintelligible.

– Mademoiselle Trash? demandai-je sans grand espoir.

– Ce n'est pas ici, rugit mon interlocuteur improvisé. Sonnez au sixième.

– Comment fait-on, s'il vous plaît?

– C'est le bouton du haut, à gauche.

– Merci beaucoup. Excusez-moi.

J'exécutai scrupuleusement les instructions reçues et j'attendis deux bonnes minutes au bout desquelles j'entendis un crissement revêche et la porte s'ouvrit. Je la poussai et entrai dans un vestibule qui sentait le désinfectant. Je montai au sixième en ascenseur.

Personne ne m'attendait sur le palier mais l'une des portes de l'étage était entrouverte. Avec appréhension, je frappai du doigt, une voix féminine et lointaine répondit :

– Entre, je suis sous la douche!

J'entrai, convaincu d'avoir mal entendu, et je me trouvai dans un vestibule de petites dimensions. Je refermai la porte derrière moi et restai là, ne sachant quoi faire. De l'eau coulait quelque part dans la maison. Pour le cas où il y aurait, caché derrière un meuble, un rideau ou un renfoncement, quelqu'un armé d'une hache, d'une serpe ou d'un couperet, je dressai, non sans tristesse et attendrissement, un ordre préférentiel parmi les diverses parties de mon individu et je me mis à parcourir l'appartement en mettant toujours en avant mon pied gauche. De cette prudente façon, je pénétrai dans un tout petit salon dont les fenêtres s'ouvraient au gai soleil de midi. Le décor était sobre mais agréable à regarder et sans doute confortable pour la personne qui vivait là. A l'autre bout du salon il y avait deux portes. J'entrouvris la première et vis qu'elle donnait sur une chambre à coucher occupée presque en totalité par un vaste lit défait. Par terre, un édredon. Sur la table de nuit, placée à droite du lit, un cendrier plein de mégots. Ils correspondaient tous à une même marque de cigarettes et ils avaient été réduits à leur état présent par une seule et même personne, à en juger par l'aspect de leurs filtres. Je retournai dans le petit salon et essayai l'autre porte. La même voix féminine répéta :

– Entre donc, ne reste pas là.

J'obéis et me trouvai, de ce fait, dans une salle de bains. La buée qui flottait dans l'air me troubla la vue mais pas au point de ne pas distinguer, derrière un rideau de plastique semi-transparent, le corps d'une femme nue. Déconcerté par ce témoignage inattendu de familiarité dont, soit dit en passant, j'étais pour la première fois de ma vie l'objet, car on ne parvient habituellement à cette étape qu'après des efforts gigantesques et une dépense considérable, je décidai de réprimer mes instincts naturels et dis d'un ton plein de déférence :

– Mademoiselle Trash, je suppose?

A ces paroles courtoises, le rideau de plastique s'écarta légèrement et, sans le moindre préavis, je reçus dans les yeux un jet de shampooing qui m'aveugla. Je reculai, heurtai un ustensile sanitaire non identifié et tombai à la renverse. Avant que j'aie pu me relever, un genou m'écrasa la poitrine et une main mouillée me prit à la gorge. Mes bras, que j'agitais sans rien voir, parvinrent à saisir un morceau indéfini de chair glissante, mais plutôt ferme.

– Bas les pattes, ordonna mon assaillante. Je te vise avec ma bombe à laque. Je ne sais pas si elle est toxique mais si je t'asperge le visage avec, tu seras statufié pour le reste de tes jours.

– Je me rends, dis-je.

– Qui es-tu?

– Un ami. S'il vous plaît, ne me cassez pas les côtes et laissez-moi me laver les yeux qui me piquent atrocement.

– Pourquoi es-tu venu?

– Pour avoir un entretien courtois avec vous. C'est M. Muscle qui m'envoie.

– Pourquoi n'est-il pas venu lui-même?

J'évaluai l'opportunité d'inventer un mensonge mais y renonçai.

– Il est mort, dis-je. On l'a tué.

Il s'ensuivit un long silence.

» Je ne peux pas vous prouver, ajoutai-je, que ce que je vous dis est vrai, mais pesez bien mes paroles et vous verrez vous-même qu'il vaut mieux me croire. Cette situation ne peut se prolonger indéfiniment et votre vie est en danger. Dites-vous enfin que, si mes intentions n'étaient pas honnêtes, je n'aurais pas sonné trois fois à votre porte et je ne serais pas venu me mettre sottement à la merci de vos cosmétiques.

La pression se relâcha et je pus respirer à mon aise. Je me levai et remarquai qu'on me mettait dans la main une serviette sèche que je portai à mes yeux.

– Sors d'ici, m'ordonna-t-on, et attends que je me sèche.

A tâtons, je trouvai la porte, gagnai le petit salon et m'essuyai pour débarrasser du shampooing, sinon des picotements, mes organes visuels. Cette opération à peine achevée, Suzanna Trash vint me rejoindre. Elle s'était couverte d'un peignoir blanc et se frottait les cheveux avec une serviette. J'avais du mal à reconnaître en elle, sortant de la douche, la fille de l'album, mais non celle que j'avais vue dans le café, à Madrid. Dans la vie, c'est souvent ainsi : certaines personnes sont flattées sur leur portrait et pour d'autre c'est tout le contraire. J'appartiens malheureusement à cette dernière catégorie : dans les multiples occasions où j'ai dû poser de face et de profil, les photographies m'ont toujours montré lippu, la mine renfrognée, les joues creuses, bref, beaucoup moins sympathique que je ne suis en réalité. Suzanna Trash, au naturel, avait des traits si réguliers qu'elle semblait ne pas en avoir. Pieds nus, elle était de ma taille, large d'épaules et de formes un peu trop rectilignes, à mon goût du moins. Ses gestes étaient vifs, nerveux, en général inutiles, et son regard présentait ce mélange de mobilité et de concentration propre aux boxeurs qui n'ont pas encore reçu trop de raclées. Comme je n'étais pas venu là pour faire l'inventaire des avantages incontestables qui agrémentaient cette jeune personne, mais pour essayer de tirer au clair la ténébreuse affaire à laquelle les circonstances m'avaient soudain mêlé, je laissai en suspens mon pénétrant inventaire et me lançai dans un habile interrogatoire que j'amorçai ainsi :

– Je déplore le malentendu de la douche, dont d'ailleurs je ne suis pas responsable, comme je déplore d'avoir dû être le porteur de la triste nouvelle...

– Qu'est-ce qui est arrivé à Toribio? interrompit-elle.

– J'ai été chez lui hier soir et je l'ai trouvé agonisant. Overdose. Je ne crois pas qu'il se la soit administrée lui-même, tout en ne rejetant pas une telle hypothèse par simple souci de rigueur intellectuelle. Les fils du téléphone étaient arrachés.

Elle se mit à réfléchir, mais pas à ce que je lui disais.

– Est-ce qu'on ne s'est pas déjà rencontrés quelque part, toi et moi? me demanda-t-elle.

– Oui, hier, à Madrid.

Elle cessa de se frotter les cheveux pour ébaucher un geste

d'acquiescement résigné, que je lui voyais faire pour la première fois mais qui me parut familier.

– Bien sûr! fit-elle, accompagnant de la voix le geste en question. C'est toi le cinglé à la mallette. Mais hier tu n'étais pas déguisé en pédé. Comment as-tu fait pour me trouver?

– Par l'agence théâtrale La Protase. Mais il serait peut-être plus simple que je vous raconte les antécédents de l'affaire.

Elle fut de mon avis, et je lui narrai en termes simples et en bonne syntaxe comment j'avais été amené en présence de celui qui s'arrogeait frauduleusement des attributions ministérielles; comment cette personne, abusant de ma bonne volonté, m'avait chargé d'une mission consistant à porter à Madrid une mallette qui eût fait envie à Crésus; comment dans ladite cité, quelqu'un d'autre que moi avait été à ma place la victime d'un assassinat d'autant plus inqualifiable qu'il se trouvait alors dans les bras de Morphée; comment je lui avais remis à elle, Suzanne Trash, la mallette en sortant du café, étais rentré à Barcelone, avais enquêté et trouvé, grâce à mon intelligence, le malheureux M. Muscle et avais assisté, apitoyé, à son triste décès; comment j'avais subtilement fait le rapprochement entre le regretté défunt et l'agence théâtrale puis entre cette dernière et elle, Suzanna Trash, comment enfin, au risque de me répéter mais en guise d'épilogue nécessaire, j'étais venu la voir et avais été très mal reçu sans qu'il y ait eu de ma part provocation ni faute. Je prononçai toute cette tirade sur un ton d'indéniable sincérité, m'efforçant d'apparaître sous mon meilleur jour et de créer autour de moi un climat de confiance, de simplicité, de compréhension. Sans me vanter, je dois dire que j'obtins l'effet désiré, car Suzanna Trash abandonna progressivement son air pincé (ce qui la rendit plus belle) et l'attitude crispée de karatéka qu'elle avait adoptée pour m'écouter, puis me laissa planté là au milieu de mon récit pour s'en aller à la cuisine préparer du café et des toasts. Il n'aura pas échappé au lecteur attentif que j'avais omis dans ma chronique orale le fait que l'argent de la mallette m'avait été volé, tout m'induisant à penser que Suzanna n'avait rien à voir avec le vol perpétré dans l'hôtel : car, sinon, elle ne serait pas venue au café; il était même possible, et c'est ce que sa conduite et ses paroles ultérieures vinrent confirmer, qu'elle n'ait même pas ouvert la mallette, auquel cas, et étant donné le but que je m'étais proposé, à savoir : obtenir sa coopération, je préférais qu'elle continuât à croire qu'il y avait en jeu une grosse somme d'argent et non un triste rouleau de papier de cabinets qui, s'il est parfois bien utile, n'en reste pas moins fort prosaïque.

Quand elle revint de la cuisine portant un plateau avec deux tasses de café au lait et une assiette de pain grillé, ce qui indiquait qu'elle se proposait de me faire partager son petit déjeuner et donc de m'accorder sa confiance, elle alluma une cigarette et me dit de commencer à manger pendant qu'elle s'habillait. Elle disparut dans la chambre à coucher et, tandis que je venais voracement à bout de ma part aliquote, elle passait, comme je pus le constater quand elle réapparut, une simple robe printanière dans les tons bleus, mettait des bas et des chaussures à talon qui composaient avec sa robe un ensemble parfait. Elle prit place à table et, tout en tournant sa petite cuiller et en répandant le contenu de sa tasse dans un rayon d'un demi-mètre, elle se mit à me raconter que, comme je m'en étais douté, M. Toribio Pisuerga, plus connu dans le métier sous le nom de M. Muscle, sachant qu'une forte somme d'argent allait changer de mains, où et comment, avait décidé d'en opérer la soustraction avec sa complicité à elle, Suzanna Trash : en conséquence de quoi il l'avait envoyée à Madrid deux jours auparavant avec l'ordre de se présenter au café Roncevaux, de prononcer la phrase convenue, de recevoir la mallette et de repartir aussitôt.

– Mais, au pied du mur, expliqua-t-elle, j'ai eu peur et j'ai abandonné ce projet. Sans ton obstination, nous ne serions pas dans ce pétrin.

– C'est ça, répliquai-je, maintenant c'est moi qui vais être responsable de tous vos ennuis. Vous ne comprenez pas que ce sont probablement les destinataires de la mallette qui, furieux, ont essayé de m'assassiner et ont donné son passeport à M. Muscle – qu'il repose en paix! Et que ces voyous n'auront de cesse qu'ils ne nous trouvent pour récupérer, par n'importe quel moyen, ce qu'ils estiment leur appartenir?

Elle alluma une deuxième cigarette, en tira nerveusement deux bouffées, la jeta dans sa tasse où elle s'éteignit, noyée dans le café au lait, et revint, teintée de sépia, flotter à la surface du liquide. Suzanna m'observait d'une façon étrange.

– Voudrais-tu dire que Toribio est mort par ma faute? demanda-t-elle.

– Non, absolument pas. Il a accepté le rôle difficile de se faire passer pour rien de moins qu'un ministre et, non content de cela, il a échafaudé un plan téméraire, poussé par la cupidité. Je ne veux pas dire, car ce n'est pas à moi d'émettre des jugements moraux, qu'il a mérité la fin qu'il a eue, mais je dis qu'il savait ce qu'il faisait. En tout cas, pour lui, c'est terminé. Mais pas pour nous, bien que notre situation soit critique. Il saute aux yeux que nous devons trouver ceux qui, par l'intermédiaire du faux ministre, m'ont confié l'argent, ou bien ceux à qui il était destiné, et le leur rendre avec nos excuses. A propos, où est actuellement la mallette?

– Au Prat, à la consigne de l'aéroport. Je l'ai déposée là suivant les instructions que Toribio m'avait données. Nous devions aller la reprendre dans quelques jours. C'est moi qui ai le bulletin de consigne. Toribio devait passer le prendre ce matin et je t'ai pris pour lui.

– Quelles étaient vos relations avec M. Toribio, si ce n'est pas indiscret?

– Pour être brève, je dirais qu'à une idylle orageuse avait succédé une bonne amitié, sans plus. Nous nous appelions quand il nous arrivait un pépin ou quand nous avions besoin de chaleur humaine, c'est-à-dire assez souvent. Satisfait?

– Oui. Et qu'est-ce ou qui est le Chevalier Rose?

– Je n'en ai pas la moindre idée. Pourquoi cette question?

– M. Toribio a prononcé ce nom avant de mourir. Et Emilia, qui est-ce?

– Là, c'est plus facile de te répondre. Emilia, c'est moi. Emilia Corrales. Suzanna Trash est un pseudonyme que j'ai pris sur le conseil de Toribio, pour des histoires de coproduction. Et maintenant, si tu n'as plus de questions à me poser et puisque tu as fini ton petit déjeuner, je vais te prier de partir car j'ai beaucoup de choses à faire.

Je demeurai perplexe, ayant pensé jusque-là que notre entente se consolidait et que nous allions entrer dans une période de fructueuse collaboration. Elle lut ma déception sur mon visage et elle ajouta, en reprenant ce petit ton impatienté qui avait présidé à nos premières escarmouches :

» Je ne voudrais pas te sembler discourtoise; je te remercie beaucoup d'être venu m'informer de la situation et me prévenir des dangers qui me menacent. Mais, désormais, il vaut mieux que chacun s'en aille de son côté. Je ne sais pas qui tu es, d'où tu sors ni ce que tu cherches. Je n'ai pas compris grand-chose à ce que tu m'as raconté, mais je n'ai pas la naïveté de croire que tu m'as dit toute la vérité. Il est possible que tu sois, comme tu dis, dans le pétrin, mais je n'ai aucunement l'intention de me compromettre pour t'aider. Laisse-moi parler, je n'ai pas fini. Disons que je suis égoïste. Je veux être actrice et, si je n'ai pas encore eu la chance de réussir, je n'ai pas perdu tout espoir : j'ai de la discipline et de la volonté, je ne suis pas sotte et, quand je m'arrange un peu, je ne suis pas mal. Certes, j'ai commis une erreur en acceptant la proposition de Toribio et tout semble indiquer que je me suis mise, pour rien, dans de mauvais draps. J'avais besoin d'argent et j'ai cédé devant la perspective d'un coup facile. Quoi qu'il en soit, je refuse de croire que cette situation soit sans issue. Voilà ce que je compte faire : je vais immédiatement reprendre la mallette, je vais entrer dans le premier commissariat que je trouverai et je vais raconter à la police tout ce qui s'est passé. Tu as une objection à faire?

– Aucune, mais si tu racontes à la police une histoire de ministre inexistant, d'acteurs ratés, de drogués notoires et si, par-dessus le marché, tu leur remets la mallette pleine de ce qu'elle contient, tu finiras au violon ou, pire encore, dans un hôpital psychiatrique : ce qui, je le sais de source sûre, ne te plaira pas du tout.

– Merci du conseil mais ma décision est prise. Alors, si tu veux bien...

Elle se leva de table, en renversant les deux tasses, pour me raccompagner à la porte. Je n'avais pas d'autre argument à faire valoir, aussi décidai-je de lui obéir et de reprendre mes enquêtes pour mon propre compte. Je la remerciai du somptueux petit déjeuner qu'elle m'avait offert et amorçai un départ discret. J'étais arrivé dans le vestibule quand retentit, péremptoire, la sonnerie du téléphone. Emilia sursauta en lançant des regards effrayés tantôt vers l'appareil, tantôt vers moi.

– Qu'est-ce qui se passe? demandai-je.

– Rien, dit Emilia, mais il n'y a que deux jours que j'ai le téléphone et je n'avais donné mon numéro qu'à Toribio.

– Réponds, lui dis-je en revenant sur mes pas.

– Et si c'est eux?

– Par téléphone, ils ne pourront rien te faire. Aie l'air naturel. Qu'on ne se rende pas compte que je suis là ni que tu es sur tes gardes.

Emilia traversa le salon, atteignit le téléphone qui continuait à sonner, indifférent à notre dialogue précipité, et décrocha.

– Allô oh, oui, oui, c'est moi.

Elle boucha l'émetteur avec la paume de sa main et murmura pour mon information :

» Il dit qu'il est un producteur italien.

– Fais-le marcher, conseillai-je *sotto voce.*

– Vous dites? *Si, si, tutto bene.* Attendez *un minuti.*

Dans un nouvel aparté :

» Il dit qu'il veut me voir à son hôtel, qu'il a une proposition intéressante à me faire. Il dit aussi qu'il a vu tous mes films et qu'il pense que j'ai l'étoffe d'une grande actrice. Mais je n'ai encore joué dans aucun film. Qu'est-ce que je lui dis?

– Que tu ne peux pas aller à son hôtel. Qu'il vienne ici. Dès qu'il entre, je lui tombe dessus, nous le torturons et nous lui sortons les vers du nez.

– Et si c'est un vrai producteur?

– Alors, va à son hôtel.

– Mais si c'est un assassin?

– Choisis, qu'est-ce que tu veux que je te dise?

– Je vais lui donner rendez-vous dans un endroit neutre et nous le sonderons, d'accord?

– D'accord, comme tu voudras, admis-je par pure lassitude.

– *Senti? Questa sera,* oui. Dans un *ristorante,* ça va? Non, non, choisissez *você.* Oui, oui, *lo conodgo bene.* A neuf heure et *mezzo? Va bene.* Oui, *arrivederci!*

Elle raccrocha, reprit son souffle et me dit :

» Et maintenant, *qué cosa faciamo*?

– D'abord, nous parlons chrétien. Ensuite, nous perfectionnons mon plan. Cette histoire de producteur peut nous apporter quelque lumière s'il s'agit effectivement d'un assassin. Mais il ne faut pas laisser prendre l'initiative à l'ennemi. N'oublions pas que l'argent qu'on m'a remis était destiné à payer la rançon d'une personnalité importante. J'aimerais savoir s'il y a vraiment eu dernièrement une prise d'otage ou si c'est encore un mensonge. Tu n'as pas un copain journaliste?

– J'en ai plusieurs.

– Choisis celui que tu préfères, appelle-le et dis-lui qu'il faut que tu le voies d'urgence. Donne-lui rendez-vous dans un espace ouvert et fréquenté : un bar du centre, par exemple.

7

Pas assez

Le bar du centre évoqué à la fin du chapitre précédent avait l'enviable privilège d'être situé sur la Rambla de Catalogne et ses tables, pour l'agrément de sa clientèle et le calvaire de ses employés, d'être réparties le long de l'avenue. Nous nous assîmes à l'une d'elles, Emilia et moi, après avoir garé dans un parking la voiture dont elle se trouvait être propriétaire. Des mendiants de toutes catégories circulaient entre les tables. A peine assis, nous fûmes abordés par l'un d'eux, vêtu d'un complet de toile.

– Si vous voulez, je peux vous dire la bonne aventure, fit-il d'un air désinvolte. Ne me prenez pas pour un plaisantin : hier encore j'étais ingénieur-conseil à la Banque industrielle de l'Ebre, la BIDESA. J'ai une femme malade et deux fils à l'université.

Nous lui donnâmes une pièce de monnaie et il nous informa que notre pierre porte-bonheur était la topaze, notre jour de chance le jeudi et qu'il ne fallait pour rien au monde souscrire à l'emprunt PTT.

– J'ignorais que les choses allaient si mal, dis-je quand il fut parti.

– Mais d'où sors-tu? demanda Emilia.

Si je lui disais que je sortais d'un asile psychiatrique, cela ne renforcerait pas, me dis-je, notre collaboration naissante, aussi je bafouillai n'importe quoi en regardant d'un autre côté. Je remarquai ainsi que venait vers nous une sorte de légionnaire féminin dont le visage se cachait derrière des mèches huileuses qui collaient à son front et à ses joues. Elle passait entre les tables avec plus d'aplomb que d'habileté, cognant de la sacoche qu'elle portait à l'épaule – et qui par sa forme et son volume semblait contenir un moutard – les clients surpris, et renversant çà et là des bouteilles ou des verres. Devant notre table, elle s'arrêta net sans s'écraser dessus comme je le craignais et elle embrassa Emilia avec des effusions qui dépassaient par leur véhémence les normes que prescrit la civilité.

– Chienne de vie! s'écria-t-elle en s'affalant sur une chaise et en accrochant son moutard au dossier. Excusez-moi pour ce retard. Je viens d'interviewer le directeur de l'Orchestre philarmonique de Dresde. Quel con! Savez-vous que Rubinstein n'a pas pu jouer pendant longtemps aux Etats-Unis parce que c'était un mulâtre? L'establishment, quelle merde! Pourquoi vouliez-vous me voir, les mecs?

Sans broncher, Emilia me présenta à l'énergumène qui répondait au doux nom de Maria Pandora et qui me donna une poignée de main à laquelle je fus tenté de répondre par un coup de genou dans l'estomac. Cette rude formalité accomplie, Emilia expliqua :

– Maria, il nous arrive une sale histoire et tu pourrais nous donner un renseignement qui nous serait très utile.

– Ma chérie, pour toi je ferais n'importe quoi, répondit la repoussante créature. Je sais que Toribio a claqué d'une overdose. J'en suis vraiment navrée. C'était un jean-foutre. Il t'a laissée dans le pétrin?

– Il ne s'agit pas de cela, du moins, pas directement. Pour le moment je ne peux pas t'en raconter davantage. Dis-nous seulement si on a enlevé quelqu'un d'important, ces jours-ci.

Etonnée par une telle question, à laquelle de toute évidence elle ne s'attendait pas, la journaliste se gratta la tête, faisant ainsi tomber un pou dans la bière qu'avait commandée Emilia.

– Est-il possible, intervins-je, qu'il y ait eu un enlèvement et que les autorités, pour une raison ou pour une autre, aient étouffé la chose?

Le garçon apparut et Maria Pandora lui commanda un sandwich aux sardines plus un cognac double, après quoi elle sortit de sa sacoche un paquet de cigarettes, un briquet, un agenda, un stylo-bille et une paire de lunettes dont les branches étaient faites de deux fils de fer recourbés. Elle chaussa ce dernier accessoire, consulta l'agenda, alluma une cigarette, enleva ses lunettes et déclara :

– Bien entendu, ils auraient pu obliger les journaux à taire la nouvelle. Ils le font constamment, les cons! Si les gens savaient ce qui se passe, je me demande ce qui arriverait. Le pays va à vau-l'eau, putain de merde. Mais, pour en revenir à l'enlèvement, je crois qu'on l'aurait su à la rédaction. Un enlèvement, ça fait bruit, bordel! Personne ne se laisse enlever de gaieté de cœur. Les gens sont vachement protégés. Et puis il y a le problème de la disparition qui surgit. Entre nous, il faudrait vraiment ne pas avoir de veine pour disparaître de la circulation sans que personne s'en aperçoive. Il y a la famille, le bureau, les amis... Et s'il s'agit de quelqu'un d'important... Non, non, il n'y a pas eu d'enlèvement. A moins que... A moins qu'il ne s'agisse pas d'une personne... Je veux dire, à moins qu'il s'agisse d'un objet : une œuvre d'art, un timbre de valeur, une chose difficile à vendre et pour laquelle le propriétaire serait prêt à verser une rançon. Le cas s'est déjà produit. Mais, si c'était cela, il n'y aurait aucune raison de cacher le vol à l'opinion publique. A moins qu'il ne s'agisse... que sais-je?... disons, par exemple, de la Vierge du Pilar... Mais c'est peu probable. Et si c'était un secret militaire? Ça me plairait davantage : une affaire d'espionnage. Oui, je sais ce que vous pensez : que dans ce pays il n'y a rien à espionner, hein? Je suis de votre avis, mais quand on voit les souvenirs qu'achètent les touristes, Dieu sait ce que peuvent acheter les gouvernements. Que penses-tu de cette éventualité, ma chérie?

– Si vous permettez, intervins-je, bien qu'on ne me demandât pas mon avis, je vous dirai que ce que vous avancez là me semble une hypothèse des plus intéressantes. Mais j'ajouterai, en toute franchise, que nous cherchions une information plus concrète.

– C'est tout ce que je peux vous dire, putain de merde! (Marie Pandora parlait la bouche pleine.) En fait, vous autres, vous n'avez pas été particulièrement explicites, ajouta-t-elle, et elle avala son cognac d'un trait. Si vous savez quelque chose d'intéressant, je vous serais reconnaissante de m'en informer. J'ai vachement besoin d'un bon reportage, bordel! Au journal, on a réduit le personnel des trois quarts et, moi, je me vois dans la rue le mois prochain. Qu'est-ce que c'est que cette histoire d'enlèvement? Soyez gentils, merde!

Je constatai du coin de l'œil qu'Emilia allait s'attendrir et, avant qu'elle n'ouvre la bouche pour raconter en détail l'histoire – maintenant bien connue – de la mallette, je m'empressai d'intervenir :

– D'impérieux motifs nous imposent une scrupuleuse discrétion. Cela dit, rien ne s'oppose, une fois notre pénible mission accomplie, à ce que nous mettions entre vos mains une succulente exclusivité. Mais pour cela, justement, nous avons besoin de ces informations que, j'en suis sûr, vous pourrez nous fournir au plus tard...

– Cet après-midi même. Vers cinq heures, les journalistes sont débordés ou ivres et la rédaction reste déserte. Le concierge a la clef et il me laissera entrer. Qui paye la consommation?

– C'est nous, dis-je.

– Venez chez moi entre sept heures et sept heures et demie. J'aurai les renseignements.

Elle remit sa sacoche sur son épaule, me tendit de nouveau

la main, embrassa Emilia sur la bouche à ce qu'il me sembla voir à travers sa tignasse, mais je ne l'affirmerais pas, et s'en alla en semant la désolation sur son passage. Emilia, après son départ, secoua tristement la tête et murmura :

– Pauvre Maria, elle est déprimée.

– Elle ne m'a pas donné cette impression, me risquai-je à dire.

– Les hommes ne comprendront jamais les femmes. Maria est très sensible. Elle a quelque chose qui ne va pas.

– Dans son travail?

– C'est plus grave. Elle me le dira quand nous serons seules. Où allons-nous maintenant?

La montre que le malheureux garçon manchot m'avait léguée indiquait deux heures passées. Nous n'avions rien à faire avant sept heures du soir, tout péril immédiat semblait provisoirement conjuré et notre enquête, sauf fâcheux imprévu, paraissait en bonne voie. Je me souvins que j'avais passé deux nuits blanches et je fus envahi par une invincible sensation à la fois de bien être et de lassitude.

– Toi, tu fais ce que tu veux, dis-je donc à Emilia. Quant à moi, je vais aller dans la station de métro la plus proche voir si je trouve un banc libre pour faire un somme.

Elle demanda si je n'avais pas d'autre endroit où aller et je lui avouai que telle était, exactement, ma situation, ce à quoi elle répliqua qu'il y avait chez elle un sofa de bonnes dimensions et qu'elle me l'offrait bien volontiers. J'acceptai, comme il fallait s'y attendre, avec autant d'empressement que de gratitude et sans autres formalités nous réglâmes l'addition, allâmes chercher la voiture au parking où nous l'avions laissée et prîmes le chemin du retour, concentrés, elle dans la tâche ingrate de s'ouvrir un passage dans l'intense circulation et moi dans les voluptueuses pensées que suscitait dans mon esprit la perspective d'une couche moelleuse. Nous étions loin de nous douter que, au terme de notre course, une amère surprise nous attendait.

Laquelle consistait, purement et simplement, en ce que l'appartement avait été mis à sac et tout ce qu'il contenait sens dessus dessous, d'une façon barbare et dans bien des cas irréparable, au vu de quoi le désespoir nous rendit d'abord muets, puis furieux.

– Et le pire, dit Emilia après avoir donné libre cours à un torrent d'injures, de vitupérations et de blasphèmes plus dignes d'un Cafre illettré comme moi que d'une demoiselle cultivant les beaux-arts, c'est que ce massacre n'a servi à rien; car il n'y avait ici ni la mallette ni le bulletin de consigne, que j'avais malencontreusement mis dans mon sac.

– Je ne voudrais pas, dis-je tout en essayant de réintroduire un certain ordre dans ce désordre pour témoigner de ma solidarité plus que dans l'espoir de réparer les dégâts, ébaucher un panorama par trop sombre; mais, à ce que je crains, même s'ils avaient trouvé ce qu'ils cherchaient, ils ne nous auraient pas laissés en paix.

– Mais, putain de merde! – Emilia avait renversé d'un coup de pied la chaise que je venais de redresser – que devons-nous faire pour en finir avec ce cauchemar?

– Il faut aller au fond des choses et vaincre nos ennemis sur leur propre terrain. Tu vas penser que l'entreprise est téméraire, infantile et présomptueuse; mais il n'y a pas, à mon avis, d'autre solution. Il me semble aussi que le mieux est de poursuivre ce charmant entretien ailleurs : car si nous restons ici, nos vies sont en danger.

A peine avais-je prononcé ces mots qu'on sonna à la porte avec une insistance qui n'augurait rien de bon.

– Les voilà! s'écria Emilia.

Je m'approchai de la porte sur la pointe des pieds et regardai par le judas.

– Il n'y a personne sur le palier, informai-je.

– Ils appellent d'en bas.

– Alors ce ne sont pas des assassins, car je ne pense pas qu'ils commettraient l'erreur d'annoncer leur visite.

Comme un danger incertain inquiète plus qu'un danger

réel et qu'il n'y a pas de bruit plus discordant qu'un coup de sonnette, je décidai de répondre à l'appel et, à cet effet, j'appuyai sur un bouton qui se trouvait à ma droite, collai mes lèvres à la grille du microphone, fourrai ma langue dans ses fentes étroites et demandai :

– Qui est là ?

Un ami de Mlle Trash, répondit bien haut l'appareil. Je ne cherche qu'à vous aider. Je comprends votre hésitation et, pour vous rassurer, je vais me mettre au milieu de la rue. Regardez-moi et vous verrez que mon aspect est des plus inoffensifs.

Prudemment, au cas où quelqu'un aurait eu l'intention de tirer un coup de fusil d'une des terrasses de l'immeuble d'en face, je me penchai à la fenêtre. Au milieu de la chaussée, je vis un petit vieux en pyjama qui me saluait de la main, indifférent aux jurons et aux coups de klaxon des automobilistes obligés de le contourner. Quand le petit homme fut certain que nous l'avions contemplé à loisir, il se réfugia sur le trottoir et disparut de notre champ de visuel. Emilia m'interrogea du regard.

– On va le laisser entrer, dis-je. Il n'a pas l'air dangereux et il vaut mieux savoir ce qu'il veut.

Nous ouvrîmes le portail et je sortis l'attendre sur le palier. L'ascenseur ne tarda pas à arriver ni le petit vieux à en sortir. Il avait quatre cheveux blancs sur le crâne et une moustache inégale, tachée de nicotine. Il me regarda les yeux mi-clos, s'inclina :

– Excusez-moi de vous rendre visite en cette tenue négligée. Mon costume est chez le teinturier et mes souliers chez le cordonnier. Je ne pensais pas en avoir besoin aujourd'hui. Ma vie sociale est des plus réduites. A vrai dire, je ne sors que le jeudi pour aller à la bibliothèque et le dimanche après-midi, quand on danse la sardane. Je passe le reste du temps enfermé avec mes livres. Je me fais livrer des provisions de chez la Bilbaïna. Je sais qu'on m'estampe sur les prix, mais c'est bien commode, n'est-ce pas ?

Tout en pérorant, il était entré dans le vestibule. Je m'assurai qu'il venait effectivement seul, j'entrai derrière lui et refermai la porte. Emilia, au milieu du salon, nous attendait, armée d'un couteau de cuisine.

– Laissez ce couteau, mademoiselle Trash, pria le petit vieux. Je vous assure que je ne vous veux que du bien. Mais tout d'abord laissez-moi vous dire comme je suis heureux de faire votre connaissance. Je suis un de vos grands admirateurs. Peut-être devrais-je commencer par me présenter. Je m'appelle Plutarquet Paillasson et je suis historien. J'habite de l'autre côté de la rue. Voyez-vous cette terrasse avec un petit store bleu et un cyprès à moitié sec? Peut-être avez-vous remarqué un chat noir qui faisait toujours sa sieste au soleil sur la balustrade. Non? C'est égal, peu importe. Il y a deux mois qu'il est mort, mon pauvre chat. Mais cela ne vous intéresse pas, n'est-il pas vrai? La solitude me fait radoter. Avant, je n'étais pas ainsi. Vous ai-je dit que j'étais historien?

– Oui, monsieur, assurai-je.

– Bon. Je comprends votre impatience. Il vaut mieux que j'en arrive tout de suite au fait. Ce n'est pas facile, voyez-vous. Le fait est... le fait est que Mlle Trash ici présente, que j'admire tant, comme je l'ai déjà dit, a l'habitude – Dieu la bénisse! – de se promener chez elle assez peu vêtue. Et elle a bien raison, ne pensez-vous pas? Après tout, chez soi chacun fait comme il l'entend...

– Et vous la reluquez de votre terrasse, intervins-je, devinant ce que le petit vieux avait tant de mal à avouer.

Il devint rouge comme un coquelicot et d'un geste instinctif s'assura que les boutons de sa braguette étaient bien fermés.

– Vous êtes très perspicace, murmura-t-il enfin. Parent de mademoiselle?

– Ami. Pourquoi ne nous dites-vous pas la raison de votre visite, monsieur Plutarquet?

– C'est vrai, je vous fais perdre votre temps. Mais je

pensais qu'il valait mieux que je commence par soulager ma conscience. J'ai honte, croyez bien, de mes bassesses. Peut-être mon insignifiance minimise-t-elle à vos yeux mon forfait... Je ne sais. Je ne peux, bien entendu, m'attribuer à moi-même cette circonstance atténuante. Quoi qu'il en soit, je ne suis pas venu ici confesser mes friponneries, mais vous dire qu'il y a quelques heures, alors que je braquais mes jumelles, comme à l'habitude, vers cet endroit-ci, j'ai vu deux individus qui chamboulaient l'appartement. D'abord, j'ai eu un coup au cœur car j'ai pensé que Mlle Trash déménageait pour être remplacée par Dieu sait qui. Puis je me suis rendu compte qu'il ne s'agissait pas d'un déménagement et j'ai craint un cambriolage. Vous savez, on raconte tant de choses aujourd'hui! Enfin, j'en suis venu à la conclusion que ces gens cherchaient un objet avec acharnement.

– Vous n'avez pas eu l'idée d'avertir la police? demanda Emilia.

– Si, quand je croyais que c'était un cambriolage. Mais en voyant que c'était une perquisition, j'ai hésité. On préfère parfois laisser la police en dehors de certaines choses... Je ne veux rien insinuer, mademoiselle Trash, comprenez-moi bien.

– Vous avez très bien agi, monsieur Plutarquet, commentai-je. Dites-nous ce que vous avez vu.

– Pas grand-chose. Deux individus, jeunes. Un des deux portait une barbe, peut-être postiche. Les descriptions ne sont pas mon fort.

– Vous pourriez les reconnaître si vous les voyiez de nouveau?

– Assurément.

– Avez-vous remarqué quelque détail particulier? Etaient-ils venus en voiture? Avez-vous relevé le numéro?

Le petit vieux gratta ses quatre poils et finit par regarder Emilia d'un air consterné.

– A vrai dire, je n'en sais pas plus. J'aurais voulu vous

aider mais je vois bien que je ne vous sers à rien. Je n'ai fait que me démasquer et vous ne vous promènerez plus chez vous comme avant. Et même si vous le faisiez encore, ce ne serait plus pareil. Enfin, c'est la vie! Si je peux vous rendre un service quelconque, vous savez où me trouver. Au revoir et pardon pour le dérangement.

Il s'inclina de nouveau, indiqua à grand renfort de gestes qu'il ne fallait pas qu'on le raccompagne jusqu'à la porte et, avant que nous ayons su ni quoi faire ni quoi dire, il avait disparu. Je sortis sur le palier et l'entendis qui descendait l'escalier à toute vitesse, accompagné du claquement de ses pantoufles. Je rentrai dans l'appartement.

– Je n'aurais jamais pensé que j'avais un admirateur aussi loyal, s'écria Emilia.

– Ne te laisse pas embobiner par les flatteurs, conseillai-je. Ce vieillard lubrique ne m'inspire aucune confiance.

– Toi, tu es jaloux!

Emilia s'était mise à rire. Son accusation me rendit perplexe, mais je décidai d'attendre un moment plus propice pour savoir si elle était ou non fondée.

– A quelle heure, demandai-je, ferme l'agence théâtrale La Protase?

– Pour le public, à cinq heures. Parfois, quelqu'un reste à travailler. Pourquoi?

– Il n'y a pas des cours de déclamation?

– Si, mais pas dans le bureau de la rue Pelayo. Dans un magasin de la rue Ramalleras; un vieux magasin aménagé en théâtre.

Je consultai ma montre: il était cinq heures moins le quart.

– Je crois que je vais faire une nouvelle visite à l'agence. Dépose-moi au coin des rues Balmes et Pelayo et attends-moi chez ton amie la journaliste qui-sait-tout. J'arriverai sans tarder.

8

Impostures

Je dis à un portier revêche que j'allais porter des factures au cours de coupe et, pour le cas où il me surveillerait, je montai par l'ascenseur jusqu'au deuxième étage puis grimpai les autres à pied. En un clin d'œil, j'ouvris la porte de l'agence, constatai qu'il n'y avait personne, entrai et refermai derrière moi. Sachant exactement ce que je voulais et ayant inspecté le local le matin même, je ne tardai pas une minute à m'emparer de l'album de photos et à repartir avec l'objet caché sous ma veste. Je descendis par l'escalier et, avant de dévaler la dernière volée, m'arrêtai et tendis le cou pour m'assurer que la voie était libre. Cette précaution m'évita une mauvaise rencontre : dans le hall, le portier parlait avec deux malabars dont je ne pus distinguer les visages dans l'ombre mais dont l'apparence me fit mauvaise impression.

– Des factures au cours de coupe? marmonnait l'un des individus. Allons donc! Le cours est fermé à cette heure-ci.

– Moi, je n'ai rien à voir là-dedans, assurait le portier. J'ai un voisin qui a voulu faire le malin, il a été roué de coups, on lui a volé tout ce qu'il avait et on l'a obligé à abjurer la foi catholique.

– Quelle gueule avait-il? demanda l'autre personnage.

– Oh! une sale gueule, fit le portier, assenant un coup de

poignard à ma vanité. A peine grand comme ça, avec une tête d'andouille... est-ce que je sais, moi.

– Reste-là pour s'il sortait, commanda l'un des individus à l'autre. Je monte jeter un coup d'œil.

Je remontai, moi, quatre à quatre l'escalier quand celui qui venait de parler posa son pied sur la première marche et, en arrivant au deuxième étage, j'entrai dans le cours de coupe où je me cachai derrière des robes qui pendaient à une tringle. Sur le verre dépoli de la porte, se profila la silhouette de l'individu. Je m'armai d'une perche en bois et retins mon souffle. L'individu fit jouer la poignée, constata que la porte était fermée et que le local était plongé dans l'obscurité. Cela dut le rassurer, car il suivit son chemin. Ma situation n'en demeurait pas moins critique : il n'allait pas tarder à remarquer la disparition de l'album de photos et finirait tôt ou tard par me trouver. Sans faire ni une ni deux, je me déshabillai, mis mes habits en boule et les cachai sous un tas d'étoffes. Puis j'enfilai le premier vêtement qui me tomba sous la main. C'était une robe de percale fleurie, décolletée en pointe, avec des volants aux poignets; la jupe m'arrivait un peu en dessous du genou. Avec des écheveaux de laine blanche, je me confectionnai une perruque que je maintins avec un morceau de tissu noué comme un fichu et je rembourrai avec des chiffons le décolleté, pour me faire un buste généreux. Dans un réduit aux murs carrelés, à la fenêtre duquel il manquait une vitre, je trouvai un balai, un seau en plastique jaune et une bouteille vide d'Ajax. Je m'emparai du tout et, ainsi déguisé, sortis du cours de coupe, redescendis l'escalier en chantonnant, avec l'espoir que le mauvais éclairage du hall dissimulerait mes joues hirsutes et mes mollets poilus. Le portier et l'individu s'étaient par chance lancés dans une discussion animée, où tous les deux semblaient être d'accord, sur la cherté de la vie, l'augmentation imminente du prix de l'essence, les mauvais repas qu'on faisait à un prix double de ce qu'on payait autrefois pour un festin, et c'est à peine s'ils eurent pour moi un regard dédaigneux. Je passai devant eux en baissant modestement les yeux et en murmurant d'une voix de fausset :

– Bonjour, messieurs.

Ils répondirent par deux grognements et reprirent leurs jérémiades. Une fois dans la rue et loin de l'immeuble, je jetai dans une poubelle les accessoires de mon humble office, ainsi que la perruque, le fichu et les faux seins, et repartis d'un pas léger. Ma tenue me valut les sarcasmes de certains passants, mais j'étais hors de danger et assez satisfait de moi-même : car, malgré mes tribulations, je n'avais pas lâché l'album de photos que je tenais maintenant fièrement sous mon bras.

D'un bar proche du domicile de la journaliste, Emilia sortit précipitamment dès qu'elle m'aperçut. Je lui demandai ce qu'elle faisait là.

– Maria Pandora n'est pas chez elle. J'ai sonné quarante fois à sa porte. Rien. J'ai peur qu'il lui soit arrivé quelque chose. Qu'est-ce que tu fais, déguisé en femme?

– Je t'expliquerai. Tu as appelé au journal? Elle y est peut-être encore.

– Oui, j'ai appelé. Là non plus, personne ne répond.

– Allons jeter un coup d'œil. Mais avant, j'aimerais bien prendre un Pepsi-Cola. J'ai eu si peur que j'ai la gorge comme une serpillière.

– Ce n'est vraiment pas le moment, me reprocha Emilia. La vie de la pauvre Maria est peut-être en danger.

– La pauvre Maria, la pauvre Maria... répétai-je, vexé devant tant de sollicitude envers cet escrogriffe et si peu de déférence à mon endroit.

Nous traversâmes le sombre hall d'entrée sans que la concierge, absorbée par ses tâches domestiques, à en juger par les odeurs de friture qui émanaient de sa loge, nous arrêtât et nous montâmes à pied jusqu'au dernier étage. Après avoir frappé, nous attendîmes par prudence quelques instants, puis je crochetai la porte. La demeure était minuscule et il nous suffit d'un instant pour nous assurer qu'elle était vide. Une des fenêtres était ouverte et en m'y penchant je vis quelle donnait directement sur le toit en terrasse : l'étage avait été récemment ajouté à l'édifice.

– Je soupçonne, fis-je en relevant mes jupes et en enjambant l'embrasure, la pauvre Maria d'avoir filé en suivant la voie que je vais prendre à mon tour.

Je sautai sur une terrasse hérissée d'antennes de télévision et tapissée d'une couche d'excréments déposés par les oiseaux qui chaque année traversent notre ciel en quête d'autres climats.

– Ça aurait besoin d'un seau d'eau, assura Emilia qui m'avait rejoint. Tu crois que Maria est partie en sautant par les toits?

– Même un infirme pourrait le faire.

Je montrai d'un geste marin l'horizon gris et sans charme que seule interrompait une énorme pancarte publicitaire pour des pastilles contre la toux.

– Il fallait qu'elle ait une raison.

– Oui, et une raison impérieuse pour avoir laissé sa fenêtre ouverte, s'il est vrai, comme on dit, que les vols prolifèrent.

– On l'a peut-être enlevée...

– Je n'ai vu aucune trace de violence dans l'appartement; mais retournons faire un examen méthodique.

Il régnait dans les deux misérables pièces qui composaient la demeure, mis à part une salle de bains et une cuisine pour pygmées, le désordre relatif propre aux personnes qui vivent seules et qui n'ont pas la manie du rangement; mais nous eûmes beau chercher, nous ne trouvâmes pas trace de sang, viscères, membres coupés ou autre indice prouvant qu'il s'était passé là quelque drame. Il n'y avait pas non plus lieu de penser à un départ prémédité, car nous découvrîmes des culottes propres dans l'armoire de la chambre à coucher et des culottes sales par terre, une brosse à dents et d'autres accessoires d'hygiène dans la salle de bains, et un peu d'argent dans l'un des tiroirs du secrétaire. Je tâtai les ampoules et constatai qu'elles étaient froides, ce qui d'ailleurs était peu significatif car les derniers rayons du soleil entraient encore par la fenêtre. J'ouvris les robinets, il en sortit de l'eau tiède et brunâtre. Le lit était défait mais ne conservait aucune odeur humaine. Dans la table de nuit, il y avait une revue de filles à poils. Je me mis à la feuilleter avec avidité tandis qu'un soupçon me traversait l'esprit. Puis je me dis que, Maria Pandora étant journaliste, il était normal qu'elle plaçât ses articles dans les revues les plus diverses et que ce que j'étais en train de penser était, à coup sûr, dénué de tout fondement. De la pièce voisine, Emilia, qui examinait des papiers empilés sur le bureau, me demanda si j'avais trouvé quelque chose d'intéressant. Honteux d'avoir perdu du temps à des rêveries lascives, je répondis précipitamment que non et je remis la revue dans le tiroir de la table de nuit. Mais voilà qu'en cherchant à la dissimuler, je vis que sous des mouchoirs apparaissait le coin d'un cadre d'argent. Je le sortis, pensant qu'il contenait le portrait d'un parent absent ou d'un fiancé hypothétique envers qui Maria Pandora entretenait des sentiments ambivalents. Quelle ne fut pas ma surprise en me trouvant devant la photo du malheureux Muscle Power, figé de trois quarts pour la postérité, souriant à moitié, arquant un sourcil et fronçant l'autre, la chemise ouverte jusqu'à la ceinture et pliant une badine entre ses mains? Dans l'angle inférieur droit de la photo apparaissait, griffonnée, cette dédicace : « Au grand amour de ma vie, passionnément. M.P. »

Si la revue lubrique m'avait lancé sur la piste des folies les plus osées, que dire de cette trouvaille inattendue? Il n'y avait rien de particulier, en principe, à ce qu'une fille gardât comme un trésor la photo dédicacée de son idole, mais pourquoi l'avoir encadrée? Pourquoi l'avoir jalousement cachée dans la table de nuit? Et quel sens donner à cette dédicace aussi inhabituelle que compromettante?

Un bruit de pas m'avertit qu'Emilia s'approchait. Je remis le portrait dans le tiroir et refermai celui-ci avant qu'elle fît son entrée dans la chambre.

– Ici, dis-je précipitamment en me sentant rougir, il n'y a rien d'intéressant. Et toi, tu as trouvé quelque chose?

Elle répondit que non, puis ajouta :

– Il faudrait un mois pour mettre de l'ordre dans cette montagne de paperasses. Et je me demande si, en restant ici, nous ne courons pas un risque inutile. D'ailleurs, il est possible que l'absence de Maria soit due purement et simplement à un malentendu. Je crois que le mieux serait de changer de crémerie. Qu'en dis-tu?

– D'accord, absolument, m'écriai-je, pris soudain d'une envie démente de quitter cet endroit. Partons!

C'est ce que nous allions faire quand nous entendîmes le bruit d'une clef tournant dans la serrure : la porte de l'appartement s'ouvrit et nous vîmes entrer une femme d'âge indéterminé, grande et maigre, avec des bras et des jambes de sauterelle, qui poussa un cri en me voyant et se signa avec un geste de mousquetaire.

– Jésus, mon Dieu! fit-elle en me désignant. Un travesti!

– Qui êtes-vous? demanda Emilia avec ce ton pointu qu'elle prend quand elle a peur.

– Catalina Bouillon, femme de ménage, pour vous servir.

– Je croyais que les femmes de ménage ne travaillaient que le matin, observa Emilia d'un air inquisitorial.

– Bien sûr, et l'après-midi nous nous réunissons toutes pour jouer au bridge, répliqua la maritorne. On voit bien que ce n'est pas en travaillant que vous faites bouillir la marmite.

– Comment se fait-il que vous ayez la clef de l'appartement? demandai-je.

– Mademoiselle me l'a laissée. Elle n'est presque jamais là et je suis de toute confiance.

– Je n'en doute pas. Depuis quand travaillez-vous ici?

– Ça va faire bientôt deux ans. Mais vous, qui êtes-vous et comment êtes-vous entrés, si je puis me permettre de poser la question?

– Nous sommes des amis de Mlle Maria; mais ne craignez rien, nous partons et nous vous laissons travailler en paix.

En sortant, et comme à contrecœur, je pris une gabardine suspendue à un portemanteau et je la jetai sur mes épaules, non qu'il fît froid mais pour cacher l'indécence de ma tenue. En descendant l'escalier, Emilia me dit avec de grands airs de mystère :

– C'est une imposture. Cette femme ment.

– Comment le sais-tu?

– Maria Pandora et moi nous avons partagé cet appartement l'année dernière avant que je trouve le mien. Elle n'a jamais eu de femme de ménage; et, étant donné son caractère, je doute qu'elle en ait jamais une. Qu'est-ce qu'on fait d'elle?

– On attend qu'elle sorte et on la suit discrètement.

Je laissai Emilia faire le guet sous un portail et j'entrai dans le bar. J'avais déjà éclusé la moitié de ma bouteille de Pepsi-Cola et je commençais à ressentir l'ivresse que me procure l'ingestion de cet exquis breuvage quand Emilia entra pour m'annoncer que la femme de ménage venait de sortir. Je bus le reste de ma bouteille, payai et courus rattraper Emilia. Pendant ce temps-là, la fausse femme de ménage était arrivée au coin de la rue et faisait des moulinets avec son sac. Une voiture noire ne tarda pas à apparaître et la femme de ménage s'y engouffra, nous laissant là comme deux ronds de flan.

– Zut, m'écriai-je, nous aurions dû prévoir cette éventualité. Où est ta voiture?

– Ici même, viens!

Le sort, dans ses caprices imprévisibles (ou un fonctionnaire municipal dans le plus strict accomplissement de son devoir) avait mis un sabot d'arrêt à la voiture d'Emilia. Tandis que cette dernière jurait par tous les diables, armé de mon crochet, je me mis à la tâche. N'ayant jamais eu affaire à un sabot d'arrêt – une invention que j'ignorais –, je mis plus d'une demi-heure à le démonter. L'opération terminée, le rond des badauds qui s'était formé autour de moi se mit à applaudir et plusieurs personnes me demandèrent mon adresse et mon numéro de téléphone. Bien entendu, il ne restait alors plus trace de la femme de ménage.

– Nous avons perdu une occasion magnifique, me lamentai-je.

– Ne te décourage pas, mon Pierrot, dit Emilia, j'ai le numéro matricule de la voiture noire.

– Ça va nous servir à quoi?

– J'ai un ami au ministère des Transports. Qu'est-ce qu'on fait maintenant?

Je regardai l'heure et je lui rappelai son rendez-vous avec le soi-disant producteur italien. Cette perspective, il fallait s'y attendre, ne lui souriait pas et je dus lui promettre de l'accompagner pour qu'elle ne se dégonfle pas. Quand je lui demandai où était ce rendez-vous, elle me répondit :

– Au restaurant chinois les Deux Gardénias, près des rues Mitre et Mutaner. Tu connais?

– Non, mais j'espère qu'on y sert des portions abondantes car je meurs de faim.

9

Miam-Miam

A peine entrés dans le restaurant, nous fûmes abordés par un Chinois dont les manières étaient aussi onctueuses que la mine perfide, et qui insista, comme première marque d'attention, pour que je me défasse de la gabardine que j'avais boutonnée jusqu'au cou et la dépose au vestiaire. Je refusai, prétextant ma nature frileuse.

– Restaurant être chaud comme un four, insista le Chinois. Serviteur avoir chemise collée au corps.

Il ôta sa veste et nous montra des ronds de sueur sous ses aisselles. Pour ne pas mal commencer la soirée, j'enlevai ma gabardine et la laissai sur le comptoir du vestiaire. Le visage du Chinois demeura impénétrable à la vue de ma tenue, mais le discret coup de coude qu'il donna à un autre Chinois qui passait par là ne m'échappa point. Emilia s'était mise à contempler la décoration bariolée de l'établissement, faisant celle qui ne me connaissait pas. Tandis que le Chinois me remettait un ticket de vestiaire, je lui demandai si un monsieur italien n'était pas arrivé, à quoi il répondit en se pliant avec mille courbettes :

– Fameux producteur attendre dans cabinet particulier. Attendre longtemps. Ne plus tenir en place.

Il nous fit parcourir un couloir obscur qui déboucha dans une salle à manger où dînaient quelques clients d'aspect minable. Nous traversâmes cette pièce pour passer dans une autre, proche des cuisines, isolée par des paravents qui semblaient faits de papier pelure. Ce cabinet particulier était une sorte de réduit avec en son centre une petite table dont, Dieu sait dans quel but, on avait scié les quatre pieds. Sur la natte qui recouvrait le sol était assis un homme, dans la cinquantaine, d'aspect distingué, d'une mise soignée et portant une barbiche blanche qui contrastait avec ses cheveux couleur safran. En nous voyant entrer, le producteur, car il s'agissait sans aucun doute de lui, tenta de se lever, mais il devait être depuis si longtemps dans cette posture inhabituelle qu'il ne parvint qu'à lâcher une longue suite de pets; puis il retomba dans la même position.

– *Mi excusi*, dit-il à Emilia en montrant son entrejambe : *le gambe tumefacte.* Ah! *vedo que la signorita vieni colla sua tieta, mi piace, mi piace.*

Je fis mine de ne pas comprendre le sarcasme et me présentai :

– Je suis l'agent de Mlle Trash. Parlez-vous notre langue?

– Certes, et assez couramment même, dit l'Italien. On m'appelle *il poliglota di Cinecittà.* Si nous commandions le menu, qu'en pensez-vous? J'ai l'estomac dans les talons. Eh! toi, Fu Manchu, approche!

Le Chinois, qui était resté près de la porte, passa une tête plus sinistre que jamais.

» Ecoute, commanda le producteur, tu vas nous apporter un peu de ceci et un peu de cela, pour que nous goûtions à tout. Pour boire, je veux une bouteille de vin rouge de la maison; tu apporteras de l'eau minérale sans gaz pour mademoiselle et, pour ce zigoto, un Pepsi-Cola.

Le Chinois se retira sans un bruit en refermant une porte glissante qui nous laissa enfermés tous les trois dans le cabinet particulier sans que nous sachions quoi nous dire. C'est Emilia qui rompit le silence et d'une manière tout à fait inattendue.

– Voyez-vous, monsieur, dit-elle au producteur, je ne sais

pas qui vous êtes, ni ce que vous attendez de moi, mais je puis vous assurer que toute cette mise en scène est inutile car je n'ai rien à voir dans cet embrouillamini. On m'y a fourrée malgré moi et j'ai cédé par étourderie. Tout ce que je demande, c'est qu'on me laisse vivre en paix. Je pense que vous cherchez une mallette que j'ai volée à Madrid. Elle est à la consigne de l'aéroport. Vous pouvez passer la reprendre quand vous voudrez et grand bien vous fasse! Vous pouvez compter sur ma discrétion : je ne sais rien et, même si je savais quelque chose, je ne dirais rien à la police. La seule chose que je vous demande en échange, c'est de ne plus intervenir dans ma vie et, soit dit en passant, de ne rien faire non plus à mon camarade ici présent, que je ne veux pas laisser tomber. Je crois que nous n'avons rien d'autre à nous dire. Voici, monsieur, le bulletin de consigne.

Elle fouilla dans son sac, en sortit un ticket froissé et le donna au producteur qui l'introduisit dans la poche intérieure de sa veste. Moi, je ne savais pas quelle tête faire.

– *Carassima signorina*, dit le producteur d'un ton paternel, je ne sais pas à quoi vous faites allusion mais vos paroles me sont allées droit au cœur. Je suis certain que je vais faire de vous une star. Mais, avant de parler affaires, si vous le permettez, je vais me laver les mains. Je reviens tout de suite.

Avec des gestes maladroits et des craquements d'articulations, il parvint à se lever et sortit du cabinet particulier en fermant la petite porte derrière lui. Restés seuls, je donnai libre cours à mon indignation justifiée :

– Mais qu'est-ce que tu as fait, idiote?

– Ce que m'a dicté le bon sens. Ma vie, c'est ma vie, et je fais d'elle ce que bon me semble. Ils veulent la mallette? Qu'ils la prennent, bon sang de bonsoir!

– C'est malin! Qui te dit que, maintenant qu'ils ont récupéré la mallette, ils ne vont pas essayer de nous éliminer pour effacer les traces de leurs méfaits? Tu ne te rends pas compte que tant que nous avions la mallette, nous étions hors de danger, vu que s'ils nous tuaient ils la perdaient? Ne crois-tu pas que s'ils avaient voulu te descendre ils l'auraient déjà fait sans autre formalité? La mallette était notre seule garantie, grande cruche.

Elle fut écrasée par le poids de mes arguments.

– Je crois que j'ai fait une gaffe, admit-elle.

– C'est certain. Et maintenant, filons d'ici avant que ces Chinois, qui doivent être de dangereuses canailles, ne nous prennent au collet.

M'empêtrant dans mes jupes, auxquelles je ne m'habituais pas, je me levai et Emilia en fit autant. S'il y avait eu sur la table des fourchettes et des couteaux je m'en serais armé, mais il n'y avait que des baguettes pas même bonnes pour se curer le nez. Avec mille précautions, je fis glisser le paravent de papier et me heurtai à l'éternel Chinois qu'accompagnaient cette fois-ci deux de ses congénères. Je pensai qu'ils allaient pratiquer à mes dépens les spectaculaires arts martiaux qui ont donné un tel lustre à leur production cinématographique et me protégeai comme je pus la tête et autres parties sensibles tout en appelant au secours. Le Chinois se mit à parler en ces termes :

– Excusez si je vous interromps – je remarquai qu'il avait perdu ses façons doucereuses et qu'il employait un prosaïque accent faubourien –, mais le monsieur qui était avec vous, vous voyez qui je veux dire, eh bien nous l'avons trouvé dans les toilettes, pas bien.

– Pas bien? dis-je

– Couché par terre, précisa le Chinois. Si vous aviez la bonté de venir voir. C'est que, moi, je ne veux pas d'histoires.

Nous nous précipitâmes derrière le Chinois et arrivâmes devant une porte où il était écrit : MESSIEURS. Le Chinois entra et nous le suivîmes. Le producteur gisait au sol. Je me penchai sur lui et constatai qu'il respirait normalement.

– Il n'est qu'évanoui. Jetons-lui un peu d'eau.

Nous le traînâmes jusqu'au siège des cabinets, lui mîmes

la tête dans la cuvette et tirâmes la chaîne. L'eau emporta sa moumoute blonde, laissant à découvert une calvitie de boule de billard.

– Il réagit, murmura le Chinois, grâce au ciel.

Toussant, crachant et jurant, le soi-disant producteur revint à lui.

– Nom de Dieu! (ce furent ses premières paroles) qui a osé porter la main sur moi?

Il envoya un coup de poing au Chinois qui se trouvait être le plus proche et qui alla rouler sous les lavabos. Cela calma un peu sa colère et je m'approchai de lui prudemment.

– Vous l'avez bien mérité, réprimandai-je amicalement tout en l'aidant à retirer de ses fosses nasales la barbe postiche, pour n'avoir pas eu confiance en moi et pour vous être permis ces stratagèmes de bas étage, monsieur le commissaire.

– Mais, ma parole, qu'est-ce que tu fais ici? brama le commissaire Flores. Ne t'avais-je pas ordonné de retourner à l'asile?

– Je crois, monsieur le commissaire, que nous avons tous à nous fournir de longues explications. Mais, puisque nous avons commandé un succulent dîner, pourquoi ne pas bavarder tout en nous remplissant le buffet?

Au lieu de m'écouter, et peut-être parce que cela introduisait une nouveauté dans sa vie, le commissaire fouillait ses propres poches.

– On m'a volé le bulletin de consigne, grogna-t-il. Je suppose qu'ils sont venus pour ça. Où y a-t-il un téléphone?

– Ici même, devant les toilettes, répondit le Chinois en sortant de sa poche trois pièces de monnaie pour que le commissaire n'ait à faire aucune dépense.

Le commissaire appela la police de l'aéroport et demanda que la consigne fût mise sous étroite et constante surveillance. Qu'on arrêtât sur place la personne qui viendrait chercher la mallette. En raccrochant, il semblait satisfait de son efficacité.

– Ils ne vont pas tarder à tomber dans le panneau, annonça-t-il.

Et s'adressant au Chinois qui le regardait extasié :

» On m'a donné un sacré coup. Apporte-moi quelque chose contre le mal de tête et dis qu'on nous serve à dîner.

Le commissaire, Emilia et moi retournâmes dans le cabinet particulier et quelques instants après le Chinois apparut, plein de sollicitude, avec deux pilules, un petit flacon de liniment Sloan et un torchon. Tandis que le commissaire avalait ses pilules, le Chinois, avec cette habileté proverbiale qu'on leur connaît, lui massait le crâne. Puis il s'assit avec nous et, se pinçant le nez entre le pouce et l'index, il imita à s'y méprendre le son d'un gong, ce qui fit accourir deux serveurs qui couvrirent la table de mets non moins variés qu'exotiques sur lesquels nous nous jetâmes, le commissaire, le Chinois et moi, en nous donnant des coups de tête et de coude pour nous emparer des plus gros morceaux. Quand il ne resta plus rien dans les plats, le commissaire exhala un profond soupir, sortit un cigare de la poche intérieure de son veston, et procéda à notre information en ces termes : •

» Après la conversation téléphonique que j'ai eue avec ce travesti (il me désignait du doigt en s'adressant à tous en général et à personne en particulier, quoiqu'il ne quittât pas des yeux les généreux appas d'Emilia), je me suis empressé de vérifier si le ministre avec lequel nous avions eu un entretien était authentique, j'ai constaté aussitôt qu'il ne l'était pas et j'en suis donc arrivé à la conclusion que nous avions été dupés. Dominant ma légitime fureur, j'ai su donner le pas, comme d'habitude, à la froide réflexion et je me suis demandé ce qui pouvait se cacher derrière un procédé aussi grossier. Aussitôt me vint à l'esprit l'image de la mallette pleine d'argent, image d'ailleurs qu'il ne m'était pas difficile d'évoquer car je m'en étais délecté au cours d'insomnies qui, avec l'âge et ses problèmes, deviennent chez moi de plus en plus fréquentes et longues. Or, je suis profondément convaincu, sans pour autant avoir une vision défaitiste de notre économie, qu'une chose qu'on paye aujourd'hui sur-le-champ, et en espèces, doit forcément être illégale. Mon sang de limier n'a fait qu'un tour et sans plus tarder je me suis mis en quête du salaud qui s'était fait passer pour ministre. Nos archives omnivores m'ont révélé qu'il s'agissait d'un certain Toribio je ne sais quoi, *alias* M. Muscle, fiché comme toxicomane et pédéraste, détail que je signale à cette jolie demoiselle pour lui apprendre à mieux choisir ses amis.

Je ne relevai pas l'allusion. Le commissaire se passa la main sur la figure comme s'il avait sommeil, bâilla et tira deux bouffées de son cigare, puis reprit :

» A dix heures du matin, l'enquête était terminée et votre serviteur, sourd à l'appel du sandwich, du cognac et de la partie de cartes, se présentait au domicile de la victime dans le but de l'interroger. Chose impossible car l'individu en question avait passé l'arme à gauche quelques heures auparavant. Avec l'argent de son forfait, il s'était procuré une double ration d'héroïne et se l'était administrée rondement. Affaire M. Muscle classée, retour aux archives. Et comme on dit, à juste titre, que lorsqu'une porte se ferme une fenêtre s'ouvre, je suis tombé dans mes recherches sur la description détaillée de cette pulpeuse demoiselle ici présente, description qui figurait dans la biographie du défunt, agrémentée des annotations personnelles qu'avait ajoutées en marge le porc qui l'avait rédigée. C'est alors que j'ai eu l'idée magistrale de me faire passer pour un producteur de cinéma, d'une part afin de recueillir le plus de renseignements possible sans soulever le lièvre, et d'autre part parce que j'ai entendu beaucoup d'histoires de producteurs et de starlettes et ne suis plus d'âge à laisser passer bêtement les occasions. Quelle n'a pas été ma joie – mais je dois dire aussi ma frustration – quand j'ai vu qu'elle confessait spontanément son délit et qu'elle me remettait la preuve, si j'ose dire, palpable de son crime! Je suis sorti précipitamment, comme vous vous en souviendrez, donner les ordres nécessaires aux agents que j'avais postés sur le trottoir. Or, comme je traversais ce couloir délibérément obscur et fantasmagorique – est-ce pour donner de l'ambiance ou pour cacher les rats et les cafards qui doivent pulluler dans cet endroit? –, on a sauté sur moi et on m'a assommé. Vous savez le reste.

Le commissaire écrasa le mégot de son cigare sur la natte, le Chinois se confondit en excuses et je me mis à méditer sur ce que je venais d'entendre. Après ce bref entracte, je me risquai à demander au commissaire si par hasard il n'avait pas fait faire une fouille chez Emilia.

– Une fouille? interrogea-t-il visiblement surpris. Non, pourquoi? On a fouillé ta bonbonnière, ma jolie?

– Non, non, monsieur le commissaire, absolument pas, me hâtai-je de répondre. C'est encore ma manie de l'instruction judiciaire.

– Ta manie d'être toujours là où personne ne t'appelle et c'est ce qui commence à lasser ma patience, énonça le commissaire en me regardant avec des yeux plus hagards que furieux. Je vais immédiatement te reconduire à l'asile et je t'assure... je t'assure... je t'assure...

Il hocha deux fois la tête et s'effondra sur la table. J'allais m'alarmer quelque peu quand je constatai qu'il ronflait paisiblement. Le Chinois souriait aux anges.

– Qu'est-ce que vous lui avez donné? demandai-je.

– Deux somnifères. Dès que je l'ai vu entrer, j'ai compris que c'était un homme écrasé par ses responsabilités et le rythme frénétique de la vie moderne. Il a besoin de se reposer et d'avoir l'esprit en paix. Le chardonneret prudent ne fait pas son nid dans les joncs de la berge. A son réveil, il me remerciera.

Je me gardai bien de le contredire, car dans son extravagance il m'avait tiré une fameuse épine du pied. Je lui demandai s'il pouvait me prêter un vêtement quelconque pour remplacer la percale fleurie qui me servait d'élément de base pour circuler de par le monde sans m'exposer à des contretemps, et le Chinois, après une longue méditation, annonça qu'il allait voir ce qu'il pouvait trouver. Restés seuls, Emilia me dit :

– Crois-tu que toute cette histoire est terminée maintenant?

– Non, répondis-je au risque de la décourager. La police ne sait rien, nous venons de le constater.

– Mais ceux qui vont essayer de récupérer la mallette seront arrêtés, je suppose?

– Je ne pense pas qu'on aille réclamer la mallette.

– Mais pourquoi pas? Ils ont le bulletin de consigne.

– Ils n'ont que le ticket de ma gabardine. Quand j'ai vu que tu craquais, j'ai fait la substitution. Avoue que ça vaut mieux...

Sans me laisser finir ma phrase, elle m'envoya à la tête la théière que j'évitai de peu et qui alla s'écraser sur le paravent.

» Du calme! La police ne va pas nous aider. D'abord, le commissaire Flores croit que Toribio est mort d'une overdose qu'il se serait administrée lui-même. Nous, nous savons qu'il a été assassiné, mais le commissaire n'est pas homme a admettre facilement qu'il s'est trompé. Ensuite, il y a la disparition de ton amie Maria Pandora. Comment l'en informer sans nous mettre, et la mettre elle aussi peut-être, dans l'embarras? Enfin... Ah! voici notre Chinois!

En effet, l'autre venait d'entrer et piétinait sans s'en apercevoir les débris de la théière tout en me présentant un étrange vêtement.

– C'est un kimono de mandarin que je porte les soirs de réveillon, expliqua-t-il tandis que je l'essayais. L'original est en soie rouge, mais j'ai préféré un Tergal bleu marine, moins fragile et plus facile à repasser. Regardez, mademoiselle, ces broderies ravissantes dans le dos et aux manches. Dommage qu'il soit un peu juste pour monsieur.

Il insista pour que je porte une natte terminée par un petit nœud : je dus accepter pour ne pas l'offenser. C'était un

Chinois des plus sympathiques. Il nous raconta que son père était de Canton et sa mère de La Bisbal. Il s'appelait Aureli Ching Gratacos et était sociétaire du Barça depuis 1952. Son restaurant ne marchait pas mal, malgré la crise qu'il ressentait comme tout le monde. Il se demandait comment tout cela allait finir, mais ne se plaignait pas car il y en avait de plus malheureux que lui.

– Un socialisme de type européen, moi je veux bien, nous déclara-t-il au moment du départ.

10

Autres chicanes

Nous garâmes la voiture sur la petite place où ce matin même m'avait déposé l'autobus et d'où partaient, zigzaguant et bifurquant à travers la colline, les rues qui composaient le quartier d'Emilia. L'éclairage urbain y était des plus déficients et dans le ciel sans nuages brillaient les étoiles; les rues étaient désertes, dans les terrains en construction les excavatrices dormaient et la brise printanière apportait d'un parc voisin une bonne odeur de terre. Une nuit, on le voit, parfaite pour se livrer à de voluptueux désordres si on n'a pas comme moi passé quarante-huit heures sans fermer l'œil, poursuivi par deux bandes d'assassins obstinés.

Au sommet de la côte resplendissait un panneau jaune qui, tel un phare sur des récifs ou un ange annonçant la Bonne Nouvelle, vantait l'excellence des rafraîchissements Kas et indiquait au voyageur qu'il y avait là même un bar. Dans lequel nous entrâmes, Emilia et moi. L'assistance était réduite à un gros homme à cheveux blancs qui, d'un chiffon humide, frottait le comptoir. Nous n'avions d'autre but que de procéder à un appel téléphonique, mais l'homme au chiffon, qui se révéla être le patron du bar, insista pour que nous goûtions ses tripes à la madrilène.

– Je vous les fais à moitié prix, proposa-t-il en nous montrant une ardoise accrochée au mur où était détaillé le menu du jour. Elles commencent à verdir et, sinon, je vais être obligé de les jeter.

– Nous venons de dîner, dis-je, mais je boirais volontiers un Pepsi-Cola bien frais, si vous en avez.

Il se jeta le chiffon sur l'épaule, entra à mi-corps dans son réfrigérateur et finit par nous informer que son stock était épuisé. Il semblait sur le point de pleurer. Emilia, apitoyée, accepta de prendre un vermouth blanc. La boisson servie, le patron colla ses lèvres au goulot de la bouteille et avala une bonne partie de son contenu.

– Quand j'ai ouvert ce bar, nous raconta-t-il entre deux hoquets, il n'y avait personne dans ce désert ; et, maintenant que c'est construit presque partout, les gens n'osent pas sortir le soir à cause des agressions et des viols. Total : la ruine.

Il se passa sur le visage son chiffon humide comme pour chasser de son esprit la noire perspective que l'avenir semblait lui réserver.

» J'ai mis dans ce fonds de commerce les économies de toute une vie et je ne sais pas ce que je vais faire si je les perds. Vous ne voulez vraiment pas une portion de tripes ?

Nous lui dîmes que nous voulions seulement téléphoner.

» A vrai dire, j'avais pensé ouvrir un bar à putes où j'aurais servi du whisky à gogo. L'année dernière, j'ai engagé une fille pour mettre un peu d'ambiance, mais j'ai fini par l'épouser et maintenant elle refuse de se tenir au comptoir. On n'en sortira jamais.

De l'arrière-boutique parvint le son d'une voix féminine, suraiguë.

– Mauricio, qu'est-ce que tu fais ?

– Rien, ma chérie, je bavarde avec des clients, répondit le patron devenu soudain tout miel.

– Dis-leur de s'en aller, ce ne sont plus des heures.

– Elle est devenue très pot-au-feu, nous dit l'homme à voix basse en poussant un soupir de résignation. Le téléphone est là, près des pissotières.

Je cherchai dans l'annuaire le numéro de M. Plutarquet Paillasson et appelai. La voix cassée affable du voyeur érudit ne tarda pas à se faire entendre.

– Monsieur Plutarquet?
– Moi-même. Qui est-ce?
– Je ne sais pas si vous vous souvenez de moi; je suis l'ami de Mlle Trash. Excusez-moi de vous déranger à une heure pareille.
– Je me souviens de vous parfaitement et vous ne me dérangez pas : je ne me couche jamais tôt. En quoi puis-je vous être utile?
– Mlle Trash, qui est à mes côtés, et moi-même aimerions nous entretenir avec vous quelques instants, à propos de la fouille de ce matin. J'ai en ma possession des photos auxquelles j'aimerais que vous jetiez un coup d'œil.
– Très volontiers, mais je vous préviens qu'il y a une voiture en stationnement devant la porte de ma maison depuis plusieurs heures, avec dedans deux individus qui ne m'inspirent aucune confiance.
– Vous pensez qu'on vous surveille?
– Moi, non; je crois qu'on surveille la maison de Mlle Trash.
– Quel ennui! Il faudra donc attendre une meilleure occasion.
– Non, non, attendez! D'où m'appelez-vous?
– D'un bar, au coin de votre rue.
– Je vois. Oui. Si le patron vous offre des tripes à la madrilène, refusez-les. Et suivez mes instructions au pied de la lettre : attendez cinq minutes, puis approchez-vous prudemment de mon immeuble; quand vous verrez disparaître la voiture, courez et cachez-vous sous le portail. Je vous ouvrirai d'en haut. Vous avez bien compris?
– Monsieur Plutarquet, prenez garde : ce sont des gens dangereux.
– Je sais. Cinq minutes!

Passé le délai prescrit par le veillard, nous prîmes congé du patron du bar en lui souhaitant de grands succès commerciaux et en le félicitant de son mariage, et nous allâmes nous poster contre une porte d'où nous pouvions épier sans être vus les faits et gestes de la voiture et de ses occupants. Malgré la distance, l'obscurité et le fait que ma vue n'avait plus l'acuité de jadis, je pus constater qu'il s'agissait de deux costauds et qui ne semblaient pas des professionnels, car ils avaient baissé leurs vitres et mis leur radio à pleins tubes. Je demandai à Emilia si elle pouvait lire le numéro d'immatriculation de la voiture et, dans l'affirmative, s'il correspondait à celui qu'elle avait retenu l'après-midi. Elle répondit oui à la première question et non à la seconde. Nous remarquâmes à ce moment-là, non sans surprise, que la voiture se mettait en marche et disparaissait au bas de la rue. Je saisis Emilia par le poignet et nous courûmes vers le portail où nous attendait, essoufflé et ravi, l'astucieux barbon. Nous entrâmes, il referma la porte à double tour et nous dit :

– Vite, à l'ascenseur, ils ne vont pas tarder à revenir.

En arrivant chez lui, il nous fit diverses courbettes de courtoisie et nous invita à entrer en nous priant d'avance d'excuser son désordre. Son appartement était minuscule, assez semblable à celui d'Emilia, et peu meublé. Les murs étaient tapissés de livres, il y en avait encore sur les chaises et par terre. Une couche de poussière recouvrait l'ensemble.

– Donnez-moi votre gabardine, me dit le petit vieux.

Je la lui passai et il lança un sifflement d'admiration en voyant mon déguisement de Chinois. Il portait le même pyjama que le matin. Je lui demandai comment il était parvenu à se débarrasser de la voiture et il sourit d'un air mutin.

– J'ai un tuyau de caoutchouc, pour arroser mes plantes sur la terrasse. Je l'ai laissé pendre jusqu'à la vitre de la voiture et je l'ai connecté au robinet du gaz. Vous n'avez pas remarqué l'odeur en passant?

– Oui, mais j'ai pensé que c'était une fuite.

– C'est ce qu'ils ont dû penser aussi et ils sont partis chercher un autre point d'observation. J'espérais qu'ils allumeraient une cigarette et voleraient en éclats : boum, boum! Mais ils ont été alertés par cette odeur de vieux pet dont la compagnie du gaz agrémente ses produits. Pas de chance. Ah! regardez, les voici qui reviennent! Je vais remonter mon tuyau avant qu'ils le remarquent et fermer le gaz car, après, on reçoit de ces factures... Et, puisque je vais dans la cuisine, qu'est-ce que je peux vous offrir? Mes provisions sont plutôt maigres et je ne bois que de l'eau du robinet, mais si vous avez faim...

– Merci beaucoup, monsieur Plutarquet, nous venons de faire un excellent dîner. Nous vous dérangeons assez en venant à une heure pareille.

– Absolument pas. Je profite de la nuit pour travailler. Dans la journée, il y a trop de bruit, avec tous ces chantiers et ces voitures... J'étais justement plongé dans ces bouquins que je viens de recevoir. Il montra d'énormes volumes qui couronnaient la pyramide de livres qui se dressait sur son bureau.

» Saviez-vous que Philippe II avait un cousin qui s'appelait aussi Philippe et à qui il écrivait toutes les semaines? Une université américaine vient de publier l'édition en *fac similé* de ces lettres. Extraordinaire correspondance! Mais vous m'apportez des photographies, si j'ai bien compris.

– C'est exact. Si vous aviez l'amabilité..., dis-je en sortant de la poche de ma gabardine l'album de photos que j'avais piqué à l'agence théâtrale et en le passant au vieillard qui fit de la place comme il put sur son bureau, chaussa ses lunettes et se mit à l'examiner attentivement.

– Oh! les belles poulettes! s'écria-t-il en voyant les photos des candidates. C'est ce que vous vouliez me montrer?

– Non. Concentrez-vous sur la section masculine, conseillai-je. Ensuite, si vous voulez, vous pourrez garder l'album et le déguster à notre santé.

Il prit un air pincé, mais fit ce que je lui demandais et soudain s'écria :

– En voilà un! Voilà un des vandales qui ont saccagé l'appartement de Mlle Trash!

– Vous êtes sûr? demandai-je en regardant avec méfiance ses gros verres de lunettes.

– N'allez pas croire, dit-il en devinant ma pensée, que j'épie mademoiselle avec mes pauvres yeux fatigués.

Il sortit d'un tiroir d'énormes jumelles et me les tendit :

» Allemandes, de la guerre. Avec ça on ne perd pas un détail, c'est moi qui vous le dis.

Je regardai par la fenêtre avec les jumelles et je vis une dame qui faisait sa vaisselle. Emilia, entre-temps, s'était approchée du bureau et contemplait la photo du présumé vandale.

– Enrique, annonça-t-elle. Enrique Rodriguez, *alias* Boborowsky. Je l'ai vu à l'agence. Je crois qu'il se consacre au théâtre pour enfants, un genre qui ne convient pas à ma nature, mon public étant plutôt postadolescent.

– Théâtre pour enfants? dis-je. Le commissaire Flores nous a dit que Toribio était pédéraste.

– Tu ne crois pas que tu vas un peu loin?

Emilia se fâchait toujours quand on disait du mal de son ex-ami défunt.

– Et vous ne pensez pas, mes enfants, que vous pourriez me mettre un peu plus au courant de ce que vous tramez entre vous? s'écria le petit vieux.

– C'est vrai, reconnut Emilia, nous vous avons embarqué dans cette galère sans vous demander votre avis.

– Et le pire, ajoutai-je, c'est que nous n'allons pas pouvoir vous expliquer grand-chose, car nous ne sommes guère plus avancés qu'au début. C'est pourquoi nous sommes ici, pour voir si avec votre aide précieuse nous y voyons un peu plus clair. Continuez à regarder l'album, monsieur Plutarquet, je suis sûr que vous allez tomber sur l'autre énergumène.

Ma prophétie s'accomplit trois pages plus loin. Emilia ne connaissait pas l'individu, mais au bas de la photo figurait son nom : Hans Forceps, et une adresse : rue Cornella.

– Tu crois que Enrique et Hans sont ceux qui ont enlevé Maria Pandora? me demanda Emilia.

– C'est possible, mais j'en doute. D'abord, rien ne nous assure que ton amie ait été enlevée. Deuxièmement, je tendrais plutôt à penser que ces deux mignons sont les types qui m'ont surpris ce matin même au sortir de l'agence théâtrale, auquel cas ils n'ont rien eu à voir avec la disparition dont nous parlons. Si vous voulez que je vous dise la vérité, je commence à entrevoir vaguement ce qui est en train de se passer, mais il reste encore bien des points d'interrogation.

Le vieil érudit me pressa alors de le mettre enfin au courant de l'affaire, ce que je fis de tout cœur, le pauvre homme l'avait bien mérité, mais quand j'eus terminé le récit de nos aventures, nonobstant ma naturelle et légendaire capacité de synthèse, il était fort tard et nous tombions tous de sommeil. Je me penchai à la fenêtre et vis que la voiture était toujours en stationnement le long du trottoir, surveillant le terrain.

– Il va falloir inventer quelque chose pour sortir d'ici, annonçai-je.

– Pour aller où? demanda Emilia les yeux mi-clos et la voix gémissante.

– Nulle part, s'écria avec une soudaine énergie le vétuste historien. Vous resterez dormir ici. Personne ne vous a vus entrer et je ne pense pas qu'on se méfie de moi. Ici, vous êtes en sécurité. Je ne peux pas vous offrir un grand confort, mais Mlle Trash peut dormir dans mon lit et le mandarin et moi nous nous débrouillerons bien. Ne faites pas de manières, ajouta-t-il en arrêtant d'un geste décidé nos protestations. C'est moi qui vous remercie de votre compagnie. A vrai dire, j'ai de plus en plus peur d'aller me coucher sans avoir quelqu'un près de moi au cas où... Enfin, des idées de vieillard. La solitude n'est jamais un bon assaisonnement de l'existence, mais à mon âge elle glace tout ce qu'elle touche. Pardonnez-moi ma sensiblerie et surtout pardonnez-moi d'employer des figures de style si démodées : je vis plongé dans mes livres et ne sais plus comment parlent les gens.

– Vous n'avez pas de famille, monsieur Plutarquet? demanda Emilia.

– Non..., répondit le vieillard d'un air assez sec.

Nous sentîmes qu'il devait avoir eu dans le passé une histoire sentimentale qu'il brûlait de nous raconter, mais soit parce que nous étions rompus de fatigue, soit par timidité ou pour toute autre raison, ni Emilia ni moi n'arrivâmes à poser la question qui lui aurait délié la langue. Nous nous bornâmes à accepter avec de grandes démonstrations d'allégresse et de reconnaissance l'hospitalité qu'il nous offrait. Emilia cependant refusa de prendre le lit de l'aimable professeur, ce qui donna lieu à un pénible échange de protestations de courtoisie, d'où il résulta que le vieillard dormirait dans son lit, Emilia dans le salon, sur deux petits fauteuils rassemblés, et moi, pour changer, par terre, à la dure. Nous passâmes à tour de rôle dans la salle de bains et chacun occupa ensuite la place qui lui était assignée. Je posai ma tête sur un épais volume d'histoire médiévale et j'étais sur le point de sombrer dans un profond sommeil quand j'entendis la voix d'Emilia qui prétendait me faire la conversation du haut de ses moelleux fauteuils.

– Tu dors?

– J'essaye. Qu'est-ce que tu veux? grognai-je méchamment.

– Je me disais que je ne comprends rien aux hommes.

– Si ça peut te consoler, moi non plus.

– Je ne parlais pas de ça. Ne fais pas l'idiot, tu as très bien compris.

Je ne comprenais pas mais je m'abstins de le dire et j'essayai de déchiffrer tout seul cette nouvelle énigme. Avant d'arriver à une conclusion, je dormais comme une bûche. Et je fis un rêve dans lequel je me voyais me promenant dans le jardin de l'asile par une claire matinée d'hiver. Et là, au détour d'une allée qui, en réalité, ne conduit nulle part mais qui longe le mur et s'achève à la porte de derrière, celle qui sert aux livraisons et à l'évacuation discrète des macchabées, je remarquais non sans stupeur que cette allée bifurquait et qu'en prenant à droite on arrivait à un endroit écarté, isolé du reste du jardin par une haie de cyprès taillés. Au centre de cet endroit, il y avait un bassin dont l'eau sombre et transparente laissait voir la forme distordue de ce qui semblait être une mallette. Moi, je retroussais mes manches pour essayer de la repêcher et M. Plutarquet, qui se trouvait là inexplicablement, me disait : « Tu ne parviendras jamais à repêcher cette mallette si tu ne résous pas d'abord le mystère de la jeune fille qui s'est noyée dans ce bassin il y a deux ans. » C'est tout ce que je pus me rappeler de ce rêve, avec l'impression désagréable que j'en éprouvai au réveil.

Malgré nos problèmes communs et ceux qui affligeaient chacun de nous en particulier pour des raisons de sexe, de condition ou de circonstance, la nuit nous apporta un sommeil réparateur, et l'aube nous trouva reposés, frais et dispos. Avec une pâte noirâtre, que nous parvînmes à détacher du fond d'un pot, et de l'eau chaude, nous fîmes du café et M. Plutarquet exhuma d'une armoire pleine de livres un morceau de galette qui, trempé, s'avéra mangeable sinon savoureux. Le petit déjeuner expédié, l'érudit octogénaire, qui semblait être retombé dans l'âge ingrat, commença à nous raconter une histoire incohérente; à en juger par les petits rires et les grimaces dont il l'agrémentait, elle devait être assez osée et, selon ce que je crus comprendre, se déroulait dans un bordel de Vic au début de ce siècle. Je dus l'interrompre pour rappeler à Emilia que d'autres occupations urgentes nous attendaient, ce qui m'attira des regards lourds de rancune. Nous avions déjà constaté, avec soulagement, que la voiture avait disparu, mais nous jugeâmes imprudent, malgré son insistance, qu'Emilia retournât chez elle changer de linge. Nous tînmes donc conseil et j'exposai en termes d'une brièveté militaire le plan que j'avais échafaudé pour la journée, plan qui, s'il ne suscita pas parmi l'auditoire l'admiration qu'il me semblait mériter, fut cependant approuvé à l'unanimité et sans aucun amendement.

Nous étions à court d'argent et il fallait de l'essence pour la voiture d'Emilia. Le magnanime vieillard nous prêta ce qu'il avait chez lui. Je remis ma natte, que j'avais laissée pour dormir pendue à un portemanteau, nous sortîmes sans plus attendre et, suivant mes instructions, Emilia nous conduisit à l'aéroport. Arrivé là, je passai en revue la foule qui pullulait dans l'endroit et ne tardai pas à remarquer deux individus portant ostensiblement l'insigne du Royal Club Sportif Espagnol, lesquels faisaient semblant de lire des journaux allemands. Comme ces deux sbires ne quittaient pas des yeux la consigne, je demandai à Emilia si elle les avait déjà vus à l'agence théâtrale et je conclus de sa réponse négative que c'étaient les policiers que le commissaire Flores avait postés là la nuit précédente, ou l'équipe de relève. Convaincu donc que seules les forces de l'ordre, et non celles du désordre, surveillaient les parages, j'entrai dans les toilettes réservées aux hommes et, à la stupéfaction de ceux qui venaient en ces lieux rééquilibrer leur métabolisme, je sortis de ma manche de kimono trois œufs que nous avions achetés en cours de route et je me les cassai sur le visage dans le but de donner à mon teint blême une mine plus en harmonie avec mon vêtement. L'opération achevée, je me dirigeai d'un pas décidé vers la consigne, brandis mon bulletin et attendis qu'on me donnât la mallette. Il ne m'échappa pas que l'employé de la consigne faisait un geste de connivence aux deux guetteurs, ni que ceux-ci échangeaient leurs deux journaux contre autant de pistolets. L'homme de la consigne avait maintenant placé la mallette sur le comptoir et il était parti se cacher derrière des paquets pour le cas où éclaterait une pétarade en règle. Du coin de l'œil, je vis que les deux policiers s'approchaient de moi et je sentis sur mes côtes le dur contact de ce que je supposai être leurs armes. Je feignis le courroux et la surprise et j'émis quelques sons gutturaux qui prétendaient reproduire la langue chinoise.

– Vous êtes arrêté et votre mallette confisquée, me dit l'un des policiers. Vous avez le droit d'appeler votre avocat et, si c'est nécessaire, un interprète, étant bien entendu que l'Etat espagnol ne prend pas en charge les frais que cela pourrait occasionner. Allez, avance, Chinetoque!

On me conduisit dans une petite pièce, on me fit asseoir sur un tabouret et on dirigea sur mon visage impavide un puissant réflecteur qui en moins de trois secondes fit sauter tous les fusibles de l'aéroport.

– Nom, prénom, adresse et profession, me lança un des policiers.

– Pio Clip, rue de la Miséricorde, 27, Chine, import-export, récitai-je sans hésiter.

– Motif du voyage?

– Bizness...

– Cette malette est à vous?

– Oui, monsieur.

– Qu'est-ce qu'elle contient?

– Des échantillons de marchandise.

– Ouvrez-la.

– J'ai laissé la clef en Chine. Vous pouvez faire sauter la serrure, si vous voulez.

Ils ne se le firent pas dire deux fois. La mallette ouverte, ils se regardèrent entre eux avec étonnement. Il était clair qu'ils s'attendaient à autre chose.

– Qu'est-ce que c'est?

– Papier de riz, dis-je.

– On dirait du papier de cabinet.

– Touchez et vous verrez sa finesse. Très appréciée par les artistes du monde entier.

– Ça ne servirait pas à faire des joints?

– Le ciel nous en garde!

Les deux policiers s'écartèrent pour délibérer à voix basse. Au bout d'un moment, ils revinrent vers moi et me dirent de ficher le camp et de ne pas recommencer à troubler l'ordre public si je ne voulais pas avoir de sérieux ennuis.

– Puis-je emporter ma marchandise? demandai-je.

Ils dirent que oui et je partis très satisfait avec ma mallette. En dehors de l'aéroport, Emilia m'attendait en faisant tourner le moteur de la voiture.

– Tout a marché comme sur des roulettes, annonçai-je. Filons.

L'astucieux professeur qui observait l'horizon du haut de sa terrasse nous fit un signe qui voulait dire : rien à signaler, en avant la musique! Une fois de retour, tandis que je me savonnais le visage en essayant d'ôter la pellicule d'œuf qui tenait trop bien à ma peau, Emilia raconta l'épisode de l'aéroport à notre amphitryon qui, pour tout commentaire, haussa les épaules, pinça les lèvres et sifflota comme si ce que je venais d'accomplir n'était pas une véritable prouesse. Surprenant sa réaction alors que je sortais de la salle de bains, les joues littéralement tuméfiées, je fus tenté de lui envoyer un bon coup de pied dans ses lunettes, mais je me retins car enfin, malgré l'évidente antipathie qu'il éprouvait pour moi, le pauvre vieillard se conduisait d'une manière exemplaire et il ne fallait pas non plus que de petites brouilles nées de la cohabitation nous détournent de notre but. Je jouai donc le Suédois de l'Ordre moral et dis à Emilia de prendre contact avec son ami du ministère des Transports pour essayer d'avoir des renseignements sur la voiture noire dans laquelle avait échappé à nos poursuites la fausse femme de ménage. Le fonctionnaire en question se montra réticent d'abord, soit qu'il traversât une crise de conscience, soit qu'il craignît la rigueur avec laquelle les nouvelles autorités municipales abordaient leur gestion, ou pour d'autres raisons tout aussi impérieuses, jusqu'à ce qu'Emilia lui rappelât une certaine fin de semaine à Baqueira-Beret, qui fit oublier sa probité au rond-de-cuir, lequel promit de téléphoner dès qu'il aurait consulté les archives adéquates.

Ce qu'il fit aussitôt pour nous informer que la voiture

noire était enregistrée au nom de l'usine de conserves Les Olives farcies du Fandango, sur laquelle il ne pouvait nous donner aucun renseignement car elle n'entrait pas dans le cadre de sa juridiction. Emilia le remercia beaucoup de sa gentillesse, esquiva comme elle put les propositions qui pleuvaient à l'autre bout du fil, raccrocha et nous transmit ce que je viens de dire. Le renseignement n'apportait pas grand-chose, sinon rien, à notre enquête.

– Mais ce ne serait peut-être pas inutile, dis-je, d'aller jeter un coup d'œil à cette usine, une fois menés à bien les projets que j'ai en tête.

On me demanda quels étaient ces projets.

» D'abord, me procurer un costume plus discret, puis retourner pour la troisième et, je l'espère, dernière fois à l'agence théâtrale. Avec la mallette.

– Ça ne sera pas dangereux? s'inquiéta Emilia.

– Certainement, dis-je, mais il faut courir le risque. D'ailleurs, je pense prendre toutes sortes de précautions. Pour l'instant, concentrons-nous sur le problème du costume.

– Ce matin, intervint M. Plutarquet, j'ai repris le mien chez le teinturier. Je ne sais pas s'il vous ira très bien, mais je vous le prête avec grand plaisir.

– Il n'en est pas question, monsieur le professeur, dis-je profondément touché. Je ne puis consentir...

– Pas de manière, mon vieux. Ce costume ne me sert à rien, surtout maintenant que nous allons vers l'été, et je suis sûr que vous en prendrez le plus grand soin. Où l'ai-je donc rangé?

Le costume apparut dans une armoire bourrée de livres. Il me le remit fièrement. C'était un costume de flanelle gris perle, luisant aux coudes et aux fesses, effiloché aux poignets et au bas du pantalon, mais, même ainsi, le plus élégant, et de loin, de tous ceux que j'ai portés dans ma vie et, du train où vont les choses, de tous ceux que j'aurai jamais. Je l'enfilai avec un soin extrême pour ne pas le froisser et je courus me regarder dans la glace de la salle de bains. M. Plutarquet était sensiblement plus petit que moi et d'une circonférence très supérieure, mais, dans l'ensemble et compte tenu du fait que je n'ai pas, soit dit sans fausse modestie, vilaine tournure, il m'allait franchement bien, même sans chemise, ni cravate, ni autres détails qui, sans être indispensables, auraient rehaussé mon élégance. Quand je retournai dans le salon, j'avais l'impression d'être un autre homme.

– Qu'en pensez-vous? demandai-je en rougissant.

– Superbe! s'écria le généreux érudit, mais remontez le pantalon qui vous tombe déjà aux genoux.

Emilia, faisant montre de ce sens pratique qui est l'apanage des femmes, trouva une ficelle dont elle me fit une ceinture. M. Plutarquet m'offrit ses chaussures mais elles étaient trop petites. D'ailleurs, comme mes chaussettes étaient noires, je me dis que personne ne remarquerait l'absence de chaussures. Je pris la mallette et consacrai quelques instants à rêver que j'étais un employé partant de chez lui pour aller à la banque contribuer au bien-être de la nation. Quel dommage, dis-je en mon for intérieur, que les circonstances m'aient été contraires! Car il faut reconnaître que j'ai fière allure.

11

Rêve et raison

Au coin des rues Balmes et Pelayo, je donnai à Emilia mes dernières instructions :

– Rappelle-toi bien ce que je te dis : quand tu me verras sortir, tu me suis sans qu'on te voie. Quand je laisserai tomber par terre ce mouchoir blanc que j'ai trouvé dans la poche du pantalon et que les gens de la teinturerie n'ont pas dû voir, car il est tout gluant, tu te jettes sur le premier téléphone venu et tu préviens le commissaire Flores. Mais seulement si je laisse tomber le mouchoir. Pas avant. Compris ?

– Mais oui, mais oui.

Je la laissai dans la voiture, sous l'averse des injures que lui adressaient les autres automobilistes parce qu'elle bloquait la moitié de la chaussée, et, non sans quelque frousse, j'entrai dans l'immeuble, saluai le portier, qui ne me reconnut pas, et montai à l'agence. La porte était fermée mais on percevait quelque activité derrière le verre dépoli. J'ouvris la porte, je pénétrai dans les lieux.

Le bureau du fond était occupé par un individu aux joues creuses et aux cheveux frisés, vêtu d'une veste à carreaux noirs et blancs, à qui un garçon à moitié affalé sur la table donnait des explications. L'autre allait répliquer quand ses yeux se posèrent sur mon élégante personne.

– Chut ! souffla-t-il.

Je fis mine de ne rien avoir entendu, me tournai de droite et de gauche et mis en évidence la mallette afin que toute personne qu'elle pût intéresser la vît.

Une très jeune secrétaire à cheveux gras et aux traits ingrats me demanda ce que je voulais. Je pris une attitude que je jugeai avantageuse et je lui répondis que je voulais devenir une étoile du septième art, qu'on m'avait recommandé cette agence et qu'elle veuille bien me mettre en présence de son directeur. La secrétaire me pria d'attendre un instant et m'indiqua un petit banc adossé au mur, où patientaient une dame d'âge moyen outrageusement fardée et un nain. Ce dernier se distrayait en jouant avec une badine et la dame en sanglotant. Pour entamer la conversation, je demandai qui était le dernier. La dame se désigna elle-même puis elle désigna le nain.

– Nous sommes ensemble, expliqua-t-elle sans cesser de sangloter.

Le nain lui envoya un coup de badine. La secrétaire revenait en disant que Monsieur le Directeur allait me recevoir immédiatement. Je saluai d'une inclinaison de tête le couple et me dirigeai vers le bureau de l'homme à la veste à carreaux. Le garçon avait traversé la pièce et montait la garde près de la sortie. Je me hissai sur la pointe des pieds pour tenter de voir par le balcon si la voiture d'Emilia était toutjours en face de l'immeuble, mais je ne pus l'apercevoir dans le magma des véhicules qui circulaient à un rythme d'enterrement. Monsieur le Directeur me tendit une main gélatineuse et froide que j'étreignis jovialement.

– En quoi puis-je vous être utile? demanda-t-il.

J'arborai mon plus séduisant sourire et plaçai, comme par maladresse, la mallette sur le bureau.

– Je voudrais triompher sur les planches, dis-je.

– Vous avez déjà essayé?

– Non, monsieur, mais j'ai beaucoup de volonté.

Il me regarda d'un air dubitatif. Il ne semblait pas avoir remarqué la mallette ou, alors, il le cachait bien.

– Que savez-vous faire?

– Chanter et déclamer.

– Solfège?

– Ça non.

– Ecoute, mon garçon... Tu permets que je te tutoie?

Je dis que c'était un honneur pour moi.

» Ecoute, mon garçon, je vais te parler en toute sincérité, comme je parlerais à mon fils si j'en avais un et s'il me disait ce que tu viens de me dire : cette profession est très dure. Quelques-uns triomphent mais la plupart restent en chemin. Je pourrais te citer des cas dramatiques. Je n'en ferai rien car je sais que c'est inutile. Quand on a le virus des planches, aucun raisonnement ne vous arrête. Je le sais par expérience : j'ai été marié à une chanteuse de variétés. Notre ménage a été un enfer. Heureusement, nous n'avons pas eu d'enfants. On me dit qu'aujourd'hui elle est plus ou moins collée avec un ébéniste de la rue du Pin. Je ne lui en veux plus mais j'ai fait huit ans de psychanalyse. Ça m'a coûté une fortune et pour rien : les blessures de l'âme ne cicatrisent jamais. Serais-tu prêt à jouer en province?

Je dis que j'étais prêt à tout. Il eut un geste de résignation et se leva. Je vis qu'il avait une jambe plus courte que l'autre et qu'il portait une chaussure orthopédique.

– Suis-moi, dit-il sans me regarder. Tu vas faire un essai. Ne t'énerve pas. Dans cette profession, il ne faut pas avoir les nerfs fragiles. Comme disent les Américains : le choux must go on.

Nous traversâmes l'agence, lui traînant la patte et moi de même, car je ne puis éviter le mimétisme quand je marche avec un boiteux, et le garçon qui montait la garde nous ouvrit la porte. Jusqu'alors, je n'avais pas eu l'occasion de voir sa figure mais, quand je la vis, je constatai que j'avais devant moi Hans Forceps : celui que M. Plutarquet avait reconnu comme l'un des individus auxquels était dû le saccage du domicile d'Emilia. Avant de sortir, le directeur dit à la secrétaire aux cheveux gras :

– Mon petit, je sors un instant. Si on appelle, dis que je reviens tout de suite.

Et au garçon :

» Hans, viens avec moi, tu m'aideras pour l'éclairage.

Et à moi :

» Nous avons un petit théâtre près d'ici, pour les auditions et les cours du soir. Je crois inévitable de faire les essais dans ce théâtre plutôt qu'ici devant tout le monde. J'aime le travail sérieux. Tu as dû entendre dire bien des choses sur les gens du spectacle : des histoires de plumard, tu vois ce que je veux dire. Ce n'est pas mon genre. Depuis que j'ai débuté, il y a quinze ans, dans ce métier, je ne me suis pas payé une aventure. Tu vois si je suis sérieux. Hans, crénom! appelle l'ascenseur!

L'ascenseur arriva et nous entrâmes tous les trois dans ce qu'un écriteau appelait la « cabine », que j'aurais moi appelé simplement l'ascenseur, et nous commençâmes à descendre. En arrivant au rez-de-chaussée, je faillis m'évanouir de bonheur en apercevant en face de l'immeuble la voiture d'Emilia, qui avait dû faire le tour du pâté de maisons et qui stationnait de nouveau en double file, provoquant l'inévitable embouteillage. Mais mon euphorie fut de courte durée, car à peine avais-je fait un pas en direction de la rue que je sentis sur mon bras la main de Hans et entendis la voix du boiteux qui me disait :

– Pas par là, mon petit bonhomme. Nous prenons un raccourci : c'est plus rapide et plus discret.

Nous pénétrâmes dans les profondeurs caverneuses de la loge du concierge et, par une ouverture qu'il fallait franchir presque à quatre pattes, nous débouchâmes dans une sorte de pièce obscure dont le plafond était sillonné de tuyauteries percées et sur les murs de laquelle s'alignaient des compteurs d'eau, de gaz et d'électricité; il y avait aussi là des turbines qui devaient actionner l'ascenseur, pensai-je, une multitude d'outils inutilisables, et des sacs noirs pour les ordures. Nous remontâmes ensuite par un petit escalier glissant et sortîmes dans une courette peuplée d'une armée de chats qui s'enfuirent en miaulant à notre approche : on devait déverser là tous les bacs à laver du voisinage, car nous eûmes à enjamber des mares d'écume ocre qui dégageaient une bonne odeur de détergent en voie de décomposition. Le boiteux ouvrit enfin une porte de fer rouillée et nous entrâmes dans un garage qui abritait un camion sans roues et plusieurs motos à divers stades de mutilation. A l'autre bout de cet entrepôt de pièces détachées, s'ouvrait une autre petite porte, par laquelle nous sortîmes dans la rue Tallers et à la lumière du jour.

Une fois dans la rue, Hans me serra le bras avec plus de force et le boiteux s'accrocha à l'autre, ce qui me fit renoncer à tout projet d'évasion. Nous parvînmes ainsi rue Ramalleras et nous nous arrêtâmes devant ce qui devait être la porte d'un hangar, à laquelle le boiteux frappa du bout de sa chaussure. Un judas s'ouvrit, par lequel apparut un visage. Je tentai de me libérer des quatre mains qui me serraient en disant :

– Ne perdez pas votre temps avec moi. Je crois que je n'ai ni vocation ni talent.

Mais, bien entendu, on ne me prêtait aucune attention. Celui qui avait regardé par le judas nous ouvrit la porte, qu'il referma derrière nous. Il n'y avait plus aucune raison de continuer à jouer la comédie et les trois maquereaux se mirent à éclater de rire comme des fous. J'essayai de donner au boiteux un coup de pied dans sa bonne jambe pour voir s'il tombait, mais j'étais si solidement maintenu que je ne pouvais les blesser que moralement par mes insultes, et elles restaient inefficaces à en juger par la gaieté qu'elles suscitaient chez eux. Soudain, la voix impérieuse du directeur de l'agence domina ce joyeux tumulte :

– Enrique, ordonna-t-il sans transition, pique-le.

Je m'attendais à sentir une froide lame d'acier pénétrer dans mes tripes et me mis à crier à tue-tête. Le boiteux se borna à dire :

– Tu peux toujours crier, ça n'inquiétera personne. Tu devrais voir les pièces de théâtre que nous répétons ici : rien que des hurlements. A mon avis, on se paye notre tête avec ce théâtre moderne. Mais, que faire? C'est ce que réclament les jeunes. Parlez-moi de Benavente! Ça, c'était du théâtre! Enrique, bordel! qu'est-ce que tu attends pour le piquer?

Enrique sortit un couteau long de vingt centimètres et s'approcha de moi par-derrière. Je fermai les yeux et me revinrent en mémoire, comme il est habituel en pareil cas, des souvenirs fragmentaires de mon enfance. Même ainsi, l'idée de quitter ce monde pour l'autre ne me souriait pas. Je recommençai à hurler. Enrique coupa la ficelle qui retenait mon pantalon et celui-ci tomba flasque à mes pieds. Etait-il écrit que je devrais souffrir avant de mourir quelque outrage? Je sentis une piqûre dans la fesse gauche. Il ne s'agissait pas d'un poignard, mais d'une aiguille. Je fus envahi par une invincible sensation de sommeil et de bien-être. J'entendis dans ma tête le bruit berceur des vagues, et je perdis connaissance.

Je croyais de bonne foi être mort et parvenu avec mon squelette encore enrobé de matières organiques dans un verger agrémenté de fleurs sauvages, traversé de cristallins ruisseaux aux cours sinueux. Je me souviens vaguement m'être demandé, étant quelque peu borné pour la contemplation esthétique, si ce coin de paradis n'offrait pas des agréments d'un autre genre et avoir aperçu, en guise de réponse, un âne blanc qui s'approchait en gambadant, ses flancs soyeux chevauchés par trois fillettes qui ne devaient pas compter à elles trois la trentaine. Ce détail me fit soupçonner que je n'avais pas encore franchi le seuil de l'au-delà, car, si je ne doutais pas que celui qui m'attendait là-haut connût mes plus secrets délires, je ne pensais pas qu'il fût si prêt à les flatter. Je fis donc un effort courageux pour chasser ce qui, à l'évidence, n'était qu'une hallucination et revenir, non sans regrets, au monde tangible pour lequel après tout, et bien qu'il m'ait toujours été ingrat, j'éprouve un attachement qui frise l'obsession. Quelle ne fut pas ma déception quand, en soulevant mes paupières, je vis à dix centimètres de mon nez un visage de femme que je trouvai ravissant et qui m'observait avec une manifeste angoisse.

– Cette fois-ci, murmurai-je, c'est bien le bout du rouleau : je suis mort.

Or, à peine avais-je prononcé cette phrase amère que la propriétaire du beau visage m'envoya une gifle sonore en pleine figure, ce qui fit renaître mon espoir d'être vivant. Deux grosses larmes de joie roulèrent sur mes joues et allèrent se perdre dans la pelote d'épingles qu'était devenu mon menton non rasé, tandis qu'une voix connue me disait :

– Eh! ne te rendors pas, idiot!

Je reconnus peu à peu les traits d'Emilia, je vis ses épaules et une main qui s'apprêtait gentiment à m'assener une autre torgniole.

– Arrête, parvins-je à dire, je reviens à moi.

– Tu m'as fait une sacrée peur. Il y a une heure que je t'envoie des baffes.

– J'ai fait un drôle de rêve.

– Inutile de me le raconter, j'ai eu assez honte pour toi en entendant ce que tu disais. Tu es vicieux à ce point?

– Mais non, voyons, dis-je pour voir si elle marchait : c'est parce qu'on m'a drogué. Où suis-je?

– Dans le théâtre de la rue Ramalleras. Je t'ai attendu à la porte de l'agence, comme tu me l'avais dit, mais, voyant que le temps passait et que tu ne ressortais pas, j'ai décidé de venir voir par ici. La porte était fermée et j'ai dû faire venir un serrurier à qui j'ai débité un chapelet de mensonges pour qu'il l'ouvre. Je pense qu'il n'a pas cru un mot de ce que je lui ai dit, car il m'a pris un argent fou pour un travail de cinq minutes. Et toi, qu'est-ce qui t'est arrivé?

Je lui racontai mon aventure et elle devint songeuse.

» Je ne comprends pas, dit-elle.

– Qu'est-ce que tu ne comprends pas?

– Pourquoi ont-ils fait ce coup-là et n'ont-ils pas volé la mallette?

En disant ces mots, elle montra le fauteuil voisin du mien où, effectivement, se trouvait la mallette.

– Ce n'est pas étonnant, dis-je en prenant l'objet que je posai sur mes genoux. Cette mallette, les types de l'agence n'ont jamais eu l'intention de s'en emparer. Mes déductions, comme d'habitude, étaient exactes et, si tu as un peu de patience, je vais t'expliquer tout ce qui s'est passé. Pour l'instant, laisse-moi vérifier quelque chose.

J'ouvris la mallette. Ainsi que je m'y attendais, elle regorgeait de billets de banque authentiques, comme lorsque me l'avait remise le brillant ex-ministre, aujourd'hui cadavre émacié. Sur les liasses de billets était posée une enveloppe sans adresse ni timbre, et sur le coin gauche de laquelle était gravé le nom de l'agence théâtrale. Je l'ouvris et en sortis une lettre qui disait ceci :

« Cher ami,

J'espère que la présente vous trouvera en bonne santé comme je le suis moi-même. Adieu et merci. Ci-joint l'argent. Comptez-le et vous verrez qu'il ne manque pas un centime. Nous n'avons jamais eu l'intention de le voler. Ce qui se passe c'est que nous traversons une mauvaise période, comme tout le monde, n'est-ce pas? Et nous nous sommes permis d'abuser de votre confiance en empruntant cette somme pour payer une échéance qui nous tombait dessus. Notre ami commun, Muscle Power, que vous avez eu l'avantage de rencontrer et d'assassiner, nous avait signalé que vous vous en fichiez, ça a été un malentendu et c'est la faute à Muscle Power. Nous sommes heureux de ce qui lui est arrivé, vous avez bien fait, on ne joue pas avec l'argent des autres. Nous espérons que, maintenant que tout est rentré dans l'ordre, vous n'êtes plus fâché contre nous.

Pensez que nous avons agi non par intérêt personnel, mais pour l'art théâtral, toujours si maltraité et si négligé par les pouvoirs publics. Bon, il faut qu'on s'en aille, pardonnez les ennuis causés et ne nous gardez pas rancune. Salutations les meilleures, signé

La direction et le personnel
de l'agence théâtrale La Protase. »

Je passai la lettre à Emilia pour qu'elle la lise. Après quoi je la repliai, la remis dans son enveloppe et glissai le tout dans ma poche. Je sortis de la mallette un billet, que je fourrai également dans ma poche. Et je refermai la mallette.

– Je continue à ne rien comprendre, dit Emilia.

– Je t'expliquerai tout ça plus tard. Aide-moi à me lever et sortons d'ici au plus vite.

Les réverbères s'allumaient dans un ciel devenu noir quand nous émergeâmes du sinistre théâtre, entre les décors duquel j'abandonnais mes pernicieuses rêveries. L'air relativement pur et les bruits de la ville me firent récupérer en partie le peu de forces qui me restaient. Je rafraîchis ma tête en la plongeant dans une fontaine publique et bus de l'eau jusqu'à éteindre la soif causée par le somnifère qu'on m'avait administré.

– Maintenant, je me sens parfaitement bien, déclarai-je.

– Tu crois cela? dit Emilia. Assieds-toi au bord du trottoir et attends que je vienne avec la voiture. Je te ramène à la maison.

– Non, non. Je me sens très bien et il nous reste une dernière chose à faire. Tu m'accompagnes.

– Où donc?

– A l'agence, tiens! Ne crains rien : le pire est passé.

Sans aucun enthousiasme, mais sans discuter le bien-fondé de ma démarche, Emilia me suivit, et nous retournâmes rue Pelayo, à l'immeuble de l'agence théâtrale. Le portier qui, malgré mes visites répétées, semblait me voir pour la première fois, nous demanda où nous allions.

– On nous a signalé un appartement à louer dans ce magnifique immeuble, déclarai-je en portant la main à ma poche comme si je m'apprêtais à lui donner un pourboire.

– Les nouvelles vont vite, constata le portier soudain radouci. Il y a à peine une heure que les anciens locataires sont partis. Vous désirez le visiter?

– Oui, dis-je, mais inutile de nous accompagner.

Je pris Emilia par le bras et nous entrâmes dans l'ascenseur.

– Tu vas m'expliquer cette salade? demanda-t-elle quand nous fûmes hors de portée des oreilles du concierge.

– Patience, répondis-je.

La porte de l'agence était grande ouverte. Sur le verre dépoli, où on lisait encore le nom de la firme, on avait collé une grande feuille où était écrit au marqueur :

LOCAL A LOUER. RENSEIGNEMENTS CHEZ LE CONCIERGE.

Nous entrâmes. La pièce était déserte et des classeurs, où tant d'illusions artistiques avaient trouvé un repos éternel, seul demeurait le fantôme d'une pâle silhouette sur le papier du mur. Les bureaux, les chaises et le petit banc avaient également disparu sans laisser d'autre trace que la saleté qui s'était librement accumulée pendant des années de ménages espacés et négligents.

– Nous pouvons repartir, dis-je à Emilia.

En passant de nouveau devant le concierge, je lui donnai le billet que j'avais au préalable mis dans ma poche.

– S'il vient quelqu'un pour l'appartement, lui recommandai-je, ne dites pas que nous sommes venus.

Le concierge hocha la tête gravement tout en glissant le billet dans sa chaussette et nous quittâmes, Emilia et moi, l'immeuble avec le vif désir tous deux de ne jamais y revenir. Quand nous nous retrouvâmes enfin dans la voiture et que celle-ci se mit à rouler, j'estimai le moment venu de donner à Emilia les explications rendues nécessaires par le cours des événements. Je le fis en ces termes :

– D'abord, comme tu l'as très bien deviné, je dois t'avouer que l'histoire que je t'ai racontée quand nous avons fait connaissance et jusqu'à maintenant, sans être entièrement fausse, était incomplète. A vrai dire, on m'a volé à Madrid et par ruse l'argent de la mallette. Malheureusement, je n'ai compris que récemment le pourquoi de la chose, à savoir que les destinataires de l'argent n'étaient pas les auteurs du vol. Il eût été d'ailleurs stupide de leur part de voler cet argent, puisqu'ils savaient que je devais en effectuer la livraison dès le lendemain. En réalité, ce sont les gens de l'agence théâtrale qui l'ont volé. Muscle Power – Dieu ait son âme! – ayant appris qu'on allait réaliser cette transaction, et sachant par quel moyen, avait averti le boiteux, lequel avait envoyé ses sbires à Madrid. Bien entendu, ni Muscle Power ni ses complices, qui sont des malfaiteurs à la gomme, n'avaient l'intention de me tuer, bien qu'ils aient tout de même compris qu'il fallait m'empêcher, une fois le vol découvert, d'aller au café Roncevaux annoncer la disparition de l'argent à ceux à qui il était destiné. C'est pourquoi ils imaginèrent une ruse qui consistait...

– A m'envoyer, moi, au café Roncevaux, acheva Emilia, profitant d'un feu rouge.

– Exactement. Ils devaient penser que, grâce à ton intervention, je retournerais à Barcelone convaincu d'avoir rempli ma mission. De plus, ils étaient sûrs de ton silence, d'abord pour la fidélité que tu as toujours manifestée envers Muscle Power – que Dieu l'ait en sa sainte grâce! – et puis parce que tu n'aurais pas été bête au point d'aller dénoncer un crime auquel tu participais.

– Bref, cette ordure de Toribio s'est payé ma tête, c'est ça? murmura Emilia en appuyant à la fois sur l'accélérateur et sur le frein.

– C'est du moins ce qu'il ressort de mon analyse. Les destinataires de la mallette ou, pour employer un terme générique, le Chevalier Rose, car je suis sûr que c'est de lui qu'il s'agit, est venu ou sont venus à mon hôtel, à Madrid, parce qu'ils mettaient en doute la droiture de mes intentions, ou pour d'autres motifs que j'ignore. On a trouvé le garçon de café manchot ronflant comme un sonneur, et puis on a découvert que la mallette et l'argent s'étaient évaporés. On a cru que le garçon de café c'était moi et, le soupçonnant de s'être approprié ce qui ne lui appartenait pas, on s'est fait justice de ses propres mains, en assassinant le pauvre manchot. On est venu ensuite à Barcelone en quête de Muscle Power – que la terre lui soit légère! – qu'on soumit probablement à un interrogatoire et qu'on a éliminé à coup sûr par traîtrise. J'ai le sentiment que c'est alors que le boiteux de l'agence théâtrale s'est rendu compte qu'il avait en face de lui un ennemi plus dangereux qu'il ne l'avait imaginé et, fort sagement, a décidé de restituer l'argent avant de disparaître de l'horizon.

Nous avions quitté les rues encombrées et grimpions maintenant la côte déserte qui menait à la maison d'Emilia. Ce n'était pas là que j'avais l'intention d'aller, mais, n'ayant songé à aucune autre destination, je ne cherchai pas à la faire changer de parcours. Je repris :

» Il t'a donc soumise à une étroite surveillance, a remarqué avec quelle promptitude et quelle assiduité je tournais autour de toi et s'est imaginé que j'étais un agent du Chevalier Rose. Profitant de notre absence, il a fait perquisitionner ton appartement par ses sbires, Hans et Enrique, pour trouver la mallette, il a fait attaquer le commissaire Flores dans le restaurant chinois et assiéger ta maison. Tout ça, comme nous le savons, en vain. Jusqu'au moment où, alors qu'ils devaient être au bord du désespoir, je me suis pointé à l'agence avec la fameuse mallette. Ils m'ont attrapé vite fait bien fait, m'ont injecté un somnifère pour gagner du temps, ont restitué l'argent et abandonné désormais pour toujours, je pense, avec l'agence théâtrale, leur fol espoir de s'enrichir sans se fatiguer et sans courir de risques.

– Ce que je ne comprends pas, dit Emilia, c'est pourquoi

ils n'ont pas rendu l'argent sans la mallette. Pensaient-ils que le Chevalier Rose ne se consolerait pas de la perte d'une Samsonite d'imitation qu'on peut acheter pour vingt francs dans les grands magasins?

– Je suppose qu'ils voulaient bien marquer qu'ils rendaient l'argent volé à Madrid. Ils ne savaient pas qui était le Chevalier Rose et ils n'étaient pas sûrs que je fusse son agent. Le seul moyen qu'ils avaient de manifester leurs intentions, et leur repentir, était de replacer l'argent à sa place d'origine : c'est-à-dire, dans la mallette. Du moins, c'est ainsi que je vois les choses.

Nous étions arrivés en haut de la rue Dama-de-Elche et Emilia avait garé la voiture devant sa porte. Par réflexe plus que par nécessité, nous inspectâmes les alentours pour nous assurer que nulle voiture suspecte ne montait la garde. Seul le chœur des téléviseurs altérait la quiétude du voisinage. Emilia arrêta le moteur, saisit à deux mains son volant bloqué et parcourut des yeux la disance qu'il y avait entre mes yeux, somnolents, et la mallette, que je tenais sur mes genoux.

– Et alors, maintenant? demanda-t-elle.

– Maintenant, tu gardes la mallette chez toi et demain sans faute tu appelles le commissaire Flores, tu lui répètes ce que je viens de te dire et tu lui remets la mallette avec l'argent. Cela fait, tu pourras mettre un point final à ce malheureux incident.

– Et le Chevalier Rose?

– Le Chevalier Rose ne soupçonne pas ton existence. Tu n'as donc rien à craindre. D'ailleurs, ce qui l'intéresse, c'est l'argent. Dès que tu l'auras remis au commissaire Flores, tu seras complètement en dehors du coup.

– Et toi, qu'est-ce que tu vas faire?

L'heure des adieux avait sonné. Je m'éclaircis la voix et dis :

– Pour le moment, chercher un endroit pour dormir; demain, je verrai.

– Je te rappelle, articula Emilia en regardant ailleurs, comme si elle parlait à une tierce personne, qu'il y a toujours un sofa chez moi.

– Je te remercie de ton hospitalité, mais je ne peux pas l'accepter. Jusqu'à présent, je t'ai caché la vérité non seulement en ce qui concernait l'argent, mais aussi en ce qui avait trait à ma personne et à quelques détails particuliers. Mon lointain passé n'a rien eu d'exemplaire et mon passé récent s'est déroulé entre les murs d'un hôpital psychiatrique. N'aie pas peur : je ne suis pas fou et, même si je l'étais, je ne te ferais aucun mal. J'essaie depuis des années de prouver aux autorités compétentes que je me suis racheté, mais je n'ai pas eu de chance jusqu'à maintenant, malgré tous mes efforts. Là n'est pas la question. Le fait est que, à l'heure actuelle, le commissaire Flores et un bon contingent des forces de l'ordre doivent être en train de me chercher pour m'enfermer de nouveau. Il est très possible que, m'ayant vu avec toi au restaurant chinois, on vienne te faire une petite visite avant le lever du jour. Ce serait avantageux pour toi, car tu pourrais leur remettre la mallette et t'éviter un déplacement; mais ce serait fatal pour moi.

– Mais où vas-tu te cacher?

– Je n'ai pas encore de plan précis, mais il est probable que je vais m'enrôler sur un bateau en partance pour l'Amérique. Là-bas, je pourrai recommencer une nouvelle existence et même acquérir, si le sort m'est propice, un certain vernis d'honorabilité.

Je tiens à préciser ici que cette longue tirade n'avait rien de gratuit bien au contraire car, tel que je connaissais le commissaire Flores, celui-ci n'allait pas manquer d'extorquer à Emilia, par des procédés d'une efficacité éprouvée sur des peaux autrement coriaces, tout ce que je lui aurais confié dans l'intimité concernant mes projets et j'estimais qu'il valait mieux que la malheureuse eût quelque chose à avouer. Il ne m'importait pas trop, d'ailleurs, que le commissaire Flores apprît mon départ, car je pensais qu'il était trop près de la retraite pour prendre la peine de me rechercher à travers un continent que je savais être vaste et lointain.

Nous n'avions plus, Emilia et moi, qu'à nous dire bonsoir et à suivre chacun son chemin. Comme j'ai toujours été d'un naturel sensible – et, avec le temps, ce trait de mon caractère commence à se teinter de pudibonderie –, j'optai pour un adieu désinvolte, un petit signe de la main, un bref sourire, j'ouvris la portière, je sortis de la voiture et, sans me retourner, je me mis à descendre la rue. Dans mon dos, j'entendis Emilia fermer sa portière avec une violence inutile et ses pas décidés se perdre en direction de sa maison.

12

De la velléité, ou le destin

Je marchais, me concentrant sur cette activité, d'une part pour tenter d'éloigner de mon esprit la tristesse de la séparation qui l'envahissait peu à peu, et d'autre part pour ne pas tomber dans les boîtes à ordures qui jalonnaient le trottoir, quand je me rendis soudain compte que je portais toujours le costume que M. Plutarquet m'avait prêté. Je m'arrêtai et m'appuyai au rebord d'une fenêtre pour réfléchir à la question. D'un côté, j'avais hâte de trouver un endroit pour dormir : j'étais écrasé de fatigue et les effets de la drogue qu'on m'avait administrée me permettaient à peine de conserver la verticale. D'un autre côté, malgré l'âme de canaille dont le sort m'avait doté, je ne supportais pas l'idée de priver de son unique costume un vieillard qui avait fait preuve à mon égard d'une telle générosité. Et comme enfin, entre l'appel du devoir et l'attrait du confort, ma conscience fit pencher la balance en faveur du premier, j'inspirai à fond pour insuffler à mes poumons la brise oxygénée de la nuit, je quittai mon appui de fenêtre et remontai la côte. Comme il n'était pas question, étant donné l'heure tardive, de réveiller le vieil érudit et n'ayant pas envie de fournir des explications qui ne rehausseraient pas mon image de marque, déjà si désastreuse, je forçai la serrure, m'introduisis dans l'entrée et, à la faible lumière qui venait de la rue, repérai la boîte aux lettres de M. Plutarquet, l'ouvris, me mis en caleçon et réussis non sans peine à tasser l'élégant complet dans l'étroit réduit. J'aurais aimé y joindre un mot de remerciement, mais je n'avais sur moi rien pour écrire et, d'ailleurs, je ne voulais pas courir le risque d'être surpris par un locataire noctambule en train de griffonner un mot en si petite tenue. Je quittai donc l'immeuble et sentis sur mes chairs grelottantes la fraîcheur de la nuit. L'endroit, par chance, était peu passant et il n'y avait guère de chance que je fisse une fâcheuse rencontre avant d'arriver dans une rue plus centrale où je trouverais quelque boutique mal protégée, dans la vitrine de laquelle je pourrais m'équiper. Je me disposais donc à descendre une fois de plus la rue quand je vis s'ouvrir la porte de la maison d'Emilia et celle-ci sortir en courant, l'effroi peint sur le visage.

– Emilia! criai-je de mon trottoir. Qu'est-ce que tu fais là?

Elle m'aperçut, poussa un cri de surprise, courut vers moi et, sans une explication, se jeta dans mes bras. Malgré le trouble où me mit cette effusion, je ne fus pas sans remarquer qu'elle tremblait de la tête aux pieds.

– Tu es encore là, sanglota-t-elle. Grâce à Dieu, grâce à Dieu!

– Je suis revenu, expliquai-je, faire une course. Où allais-tu?

– Chercher du secours. Il est arrivé quelque chose d'affreux. Viens!

Elle prit ma main et m'entraîna de force vers sa maison. Je voulais lui dire que j'étais pressé de partir, que la police allait certainement arriver et que ma liberté était en jeu, mais son désespoir était si évident, si intense, que je n'eus pas le courage de refuser de l'accompagner. Nous entrâmes donc, elle en sanglots et moi en caleçon, dans son immeuble et montâmes en ascenseur jusqu'au dernier étage. Je profitai du trajet pour lui demander ce qui se passait et tentai de la calmer par des petites tapes affectueuses, mais je n'obtins que des gémissements entrecoupés de hoquets. Il me suffit néanmoins de franchir le seuil de l'appartement pour comprendre la cause de son désespoir : dans le salon, qui était resté sens dessus dessous, comme la dernière fois que je l'avais vu, gisait un corps inanimé que je reconnus immédiatement appartenir à Maria Pandora, l'immonde journaliste. A travers ses mèches en désordre ses yeux vides regardaient fixement le plafond et de la commissure de ses lèvres un filet de bave écumante coulait jusqu'au sol. Une vague odeur d'amandes amères flottait dans l'air et, comme pour accentuer le pathétisme de cette scène, Emilia pleurait, la tête appuyée au chambranle de la porte ouverte. Je lui dis de fermer cette dernière, pour ne pas attirer l'attention des voisins, et lui demandai au passage si, en arrivant, elle l'avait trouvée ouverte ou fermée; à quoi elle répondit qu'elle était entrouverte et voulut savoir quelle différence cela faisait.

– Je t'expliquerai plus tard, dis-je . Nous allons d'abord examiner l'état de santé de cette malheureuse.

Je cherchai à travers le fouillis de ses vêtements une surface anatomique qui me permît de l'ausculter et, ayant enfin trouvé un morceau de peau, extrêmement froide et poisseuse, j'y collai mon oreille et retins ma respiration, dans l'espoir de percevoir un léger signe de vie. Mon espoir déçu, je priai Emilia de m'apporter une petite glace qu'une fois en ma possession je pressai contre les fosses nasales de la pauvre fille. Après quelques secondes, il me sembla voir une demi-lune de buée à la surface du miroir. Je l'essuyai à la jupe de la journaliste et je répétai l'opération avec le même résultat.

» Sans pouvoir l'affirmer, je me risquerais à dire qu'elle n'est peut-être pas tout à fait morte. Sais-tu faire du bouche à bouche?

– Pendant mon service social, j'ai appris à le faire avec une fille de Salamanque qui, à vrai dire...

– Tu me raconteras ces détails, que je devine piquants, à un autre moment, l'interrompis-je. Mets-toi à l'ouvrage, pendant que j'appelle un médecin.

Je laissai Emilia abouchée à son amie, cherchai dans l'annuaire le numéro des médecins du service d'urgence et décrochai le téléphone. Il n'y avait pas de tonalité. Je tirai sur le fil et constatai qu'on l'avait proprement sectionné. Sans rien dire, je revins près d'Emilia qui leva la tête quand mes mollets poilus entrèrent dans un champ visuel.

– Ils vont venir? demanda-t-elle anxieusement.

– Non. On m'a répondu qu'ils étaient en grève, mentis-je pour ne pas augmenter son désarroi. Continue à faire ce que tu faisais.

J'allai à la fenêtre pour voir si la police ou quelque autre corps spécialisé n'était pas en train de cerner le pâté de maisons, mais le calme continuait à régner à l'extérieur. Entre nos murs, en revanche, la fièvre montait, Emilia me faisait signe, par des gestes frénétiques, de venir près d'elle.

– Elle réagit, annonça-t-elle tout bas.

Effectivement, Maria Pandora avait fermé à demi ses paupières et sa gorge tentait d'émettre une petite toux qui méritait à peine le nom de gargouillis. Je l'auscultai de nouveau et sentis un faible battement là où devait se trouver sa trachée-artère.

– Elle va s'en tirer? demanda Emilia.

– Je ne sais pas.

– Qu'est-ce qui lui est arrivé, à ton avis?

– Elle a avalé un poison.

Le coup de freins d'une voiture dans la rue me fit sursauter.

» Suis scrupuleusement mes instructions, dis-je précipitamment : prépare un vomitif et fais-le-lui boire. Quand elle aura vomi, va chez le voisin et dis-lui d'appeler la police. Mais cela sera sans doute inutile car, si je ne me trompe, elle est sur le point d'arriver sans que personne l'ait appelée. Et dire qu'on se plaint!

Tout en lui donnant mes instructions, je me dirigeai vers la porte, me demandant si par le toit je ne pourrais pas gagner les immeubles voisins et échapper ainsi à mes poursuivants. Emilia, voyant la direction que prenaient mes pas, me dit :

– Mais, comment? Tu t'en vas?

– Sans perdre un instant. Encore adieu et bonne chance.

– Attends! implora-t-elle. Ne pars pas maintenant, je t'en supplie. Tu ne peux m'abandonner dans cette situation. Et puis, je croyais... Bon! va-t'en au diable, et bien fait pour toi si on t'attrape!

Ses invectives me parvinrent quand j'étais déjà sur le palier. Je fermai soigneusement la porte derrière moi. Un petit escalier en fer me mena à une autre porte, dont le bois était gonflé et disjoint par l'humidité. Je tirai un gros verrou et sortis sur le toit. Les programmes de la TVE s'étant achevés sans encombre, le silence régnait aux alentours. Le ciel était couvert, mais cette lueur rougeâtre et sans doute méphitique qui flotte toujours sur notre ville me permettait de distinguer les choses assez clairement. Par chance, presque tous les immeubles voisins avaient même hauteur. Je m'assis à califourchon sur un muret de séparation et j'explorai le terrain, de la vue et de l'ouïe : rien ne troublait la paix légendaire de ces toits en terrasse, mis à part la brise qui sifflait entre les antennes et le constant glouglou des chasses d'eau qu'on tirait, dans tous les foyers, avant de s'aller coucher. Au loin scintillaient, séductrices, les lumières orangées de la ville, par les artères de laquelle s'écoulait, doux et amorti par la distance, le flux incessant des véhicules motorisés. Pour quelque raison inexplicable, je m'attardai un instant à penser qu'il était grand temps que j'essaye de passer mon permis de conduire. Je suis convaincu maintenant que, sans cette pause intempestive, j'aurais mené à bien mon plan d'évasion, je l'aurais couronné du succès que je pensais avoir mérité par mes efforts et ne serais certainement pas en train de rédiger, à coups de dictionnaire, cet édifiant récit; mais la vie m'a appris que j'ai, en quelque endroit imperméable à l'expérience, un instinct qui m'empêche de faire ce qui pourrait m'être profitable et me pousse à suivre mes impulsions les plus insensées, mes tendances naturelles les plus désastreuses... Maudissant mon sort avec des superlatifs que je ne reproduirai pas, j'abandonnai donc mon poste d'observation, revins sur mes pas et, pour ne pas déranger, entrai dans l'appartement en crochetant la serrure. Maria Pandora était couchée sur le sofa, couverte d'un édredon. Un bruit de casseroles m'indiqua qu'Emilia était dans la cuisine. Elle à son tour dut m'entendre, car elle passa une tête, me vit et dit :

– Surveille le café.

Je me mis donc à surveiller le café tandis qu'elle s'enfermait dans la salle de bains. Quand le café fut passé, j'éteignis le gaz et cherchai dans les petits placards métalliques une tasse, une soucoupe et une cuillère. J'ajoutai au café une bonne dose de sel, du poivre, de la moutarde et un sirop pour la toux qui promettait le soulagement immédiat des affections respiratoires. Je remuai consciencieusement le mélange et, pour plus de sûreté, je le goûtai. Je faillis m'évanouir. Satisfait de ma préparation, je m'approchai de Maria Pandora. Emilia apporta des serviettes et un flacon d'eau de Cologne. Je lui dis d'asseoir la journaliste et donnai à celle-ci des petites cuillerées du breuvage, en lui bouchant le nez puis en lui fermant la bouche pour l'obliger à avaler. Quand j'en eus assez de cette lente et en apparence inefficace opération, je lui serrai les joues et lui entonnai dans le museau le reste du café enrichi. Puis nous la laissâmes se reposer et l'observâmes, attendant que l'antidote fît son effet bienfaisant ou achevât, avec une miséricordieuse célérité, de l'envoyer dans l'autre monde. Notre attente ne fut pas de longue durée, car on sait que la nature confère aux humains un bon goût inné en matière alimentaire, si elle ne leur donne pas toujours les moyens de le satisfaire. Il arriva ainsi que l'estomac de la journaliste se révolta et la libéra, par un procédé fort grossier, des substances mortifères qui s'y étaient logées. Au vu de quoi, je dis :

– Le pire est passé. Maintenant, je m'en vais pour de bon.

Sans me prêter attention, Emilia essuyait la sueur qui perlait au front de son amie. Elle m'ordonna :

– Aide-moi à la déshabiller. Elle est trempée.

Nous la déshabillâmes donc, laissant à découvert un corps à la contemplation duquel ni les vêtements malpropres qui le cachaient ni les précédentes cataractes gastriques ne m'avaient préparé. Remarquant ma réaction, Emilia me demanda ce qui m'arrivait d'un ton plus répréhensif que curieux, à quoi je répondis qu'il ne m'arrivait rien, quoique le fait que j'étais en caleçon ôtât toute crédibilité à mes protestations. Maria Pandora choisit heureusement cet instant pour se mettre à gémir désespérément et notre attention fut forcée de ce concentrer sur elle. Nous la couvrîmes avec l'édredon pour qu'elle ne risquât pas de s'enrhumer et nous tînmes conseil. Je continuais à être partisan de la mettre entre les mains de la Faculté, mais cette idée n'enchantait pas Emilia.

– Nous ne savons pas ce qu'il y a derrière tout ça. Je ne serais pas étonnée que Maria se soit mise dans de mauvais draps. Attendons qu'elle revienne à elle et qu'elle nous raconte ce qui s'est passé, après quoi nous aviserons.

Je pris le pouls de la malade et constatai qu'il battait régulièrement.

– Le danger immédiat est passé, admis-je, mais son état continue d'être préoccupant. Il faut qu'on l'examine. Je te rappelle d'autre part que la police est sur le point de faire son entrée et que, même si c'est pour moi qu'elle vient, elle ne manquera pas d'être surprise de voir une moribonde dans cet appartement par ailleurs peu présentable.

– Tu as raison. Je ne vois pas d'autre solution que de retourner chez M. Plutarquet.

– Emilia, pour l'amour de Dieu, m'écriai-je malgré moi, nous ne pouvons pas continuer à mêler ce pauvre vieux à nos histoires!

– Tu en as de bonnes! Tu passes ton temps à mettre les autres dans l'embarras et soudain tu as des scrupules! Regarde ce qu'on a fait de mon appartement et regarde ce qui est arrivé à Maria Pandora, pour ne rien dire du garçon de café manchot de Madrid, du pauvre Toridio et de tous ceux que j'ignore mais qui doivent être nombreux. Allons, allons! ne joue pas au petit saint et prends Maria sous les bras, moi je vais la prendre par les jambes.

Il m'eût été facile de lui prouver que ses arguments manquaient de logique et plus encore que ses accusations étaient injustes, mais je préférai remettre la polémique à plus tard et suivre ses directives. Est-ce que, par hasard, je me ferais vieux? marmonnai-je en moi-même.

13

Qui n'occulte un passé ? Qui ne cache un secret ?

La criminalité qui depuis quelques années règne en souveraine dans nos cités, en y semant tant d'angoisses, devait avoir mis cette nuit-là la police sur les dents, car nous ne fûmes pas inquiétés, comme je le craignais, tandis que nous descendions notre compromettant fardeau par l'ascenseur, traversions avec lui à toute vitesse le hall d'entrée puis la chaussée, et pénétrions sans faire le moindre bruit dans l'immeuble de M. Plutarquet, à la porte duquel nous frappâmes discrètement mais avec insistance.

– Ne vous inquiétez pas, m'empressai-je de dire quand enfin l'érudit nous ouvrit et que je vis la stupeur se peindre sur son noble visage : le costume que vous m'aviez prêté est intact et entier dans votre boîte aux lettres. Nous vous amenons une fille à moitié morte, une bande d'assassins est à nos trousses et j'ai la police sur mes talons, mais ne vous en faites pas. Ayez la bonté de nous laisser entrer et de bloquer toutes les issues.

S'étant remis de la mauvaise impression que nous avions dû lui causer, tranquillisé par mon calme discours et bien content de se trouver de nouveau en présence d'Emilia, le vieil historien s'effaça pour nous laisser entrer et fit jouer aussitôt un verrou de haute sécurité, qui transforma sa demeure en bastion imprenable.

– Suivez-moi dans ma chambre, dit-il à voix basse. Je vais retaper mon lit et nous mettrons là ce malheureux.

– C'est une fille, monsieur Plutarquet, dis-je.

– Quelle pitié, moi qui aime tant les filles! s'écria-t-il tout attendri. Une amie de Mlle Trash, je suppose?

– Une amie intime, précisa l'interpellée. Elle s'appelle Maria Pandora et elle est journaliste.

Nous étendîmes sur le lit du vieux professeur Maria Pandora, toujours enveloppée dans un édredon, et nous lui découvrîmes la tête pour qu'elle pût respirer plus à l'aise. M. Plutarquet regarda les traits livides de la journaliste, étouffa un cri et s'évanouit.

– C'est complet! dis-je.

– Mais qu'est-ce qui lui a pris? demanda Emilia.

– Je n'en ai pas la moindre idée, répondis-je. Il nous le dira quand il reviendra à lui. Pour l'instant, l'important, c'est de ne pas perdre le nord. Je suis sûr que tu as un ami médecin. Appelle-le, dis-lui de venir sans tarder et recommande-lui la plus grande discrétion. Pendant ce temps-là, je vais essayer de ranimer ce vieux débris pusillanime.

Je laissai Emilia le nez dans son carnet d'adresses et je traînai M. Plutarquet jusqu'à la cuisine, où je lui versai de l'eau sur le crâne jusqu'à ce qu'il reprît ses esprits, pût s'asseoir, s'essuyer la figure avec un torchon maculé de sauce tomate et gagner en titubant le petit fauteuil où la nuit précédente avait dormi Emilia. Laquelle vint nous rejoindre pour nous informer que Maria Pandora dormait maintenant paisiblement et que son ami médecin arrivait au plus vite avec des instruments appropriés et l'art de s'en servir.

– Me voilà amplement rassuré, dit M. Plutarquet. Puisque tout est en ordre et qu'il ne nous reste plus qu'à attendre l'arrivée de ce bon docteur, permettez-moi de vous présenter mes excuses les plus sincères. Au lieu de vous aider, comme j'aurais dû, je n'ai fait qu'augmenter vos soucis, en m'évanouissant. Ma conduite a, cependant, une explication, que je vais vous donner avec plaisir et même au risque de vous ennuyer. Ayez la bonté de vous asseoir.

Nous approchâmes deux chaises du fauteuil où le vieillard

s'était carré et nous prîmes l'air attentif. M. Plutarquet ferma les yeux, joignit les mains, respira profondément à plusieurs reprises, rejeta la tête en arrière et nous conta ceci :

» Il y a un peu plus de vingt ans, j'obtins, dans une école d'enseignement secondaire d'une ville de province dont je tairai le nom par charité, un poste d'auxiliaire intérimaire d'histoire. Je n'étais jamais sorti de Barcelone, étant d'un naturel timide et poltron, et, j'avais beau ne plus être un tout jeune homme, ce changement spectaculaire de mes conditions de vie m'avait mis dans un état d'excitation voisin de la démence. Soit pour cette même raison, soit parce que c'était inscrit dans mon destin, je fis la connaissance à l'époque d'une femme beaucoup plus jeune que moi, dont je tombai amoureux comme seuls tombent amoureux les enfants, les vieillards et quelques adolescents mal informés. La date de mon départ approchait et je compris que, si je ne voulais pas perdre pour toujours l'objet de mes délires, je n'avais d'autre alternative que de lui proposer le mariage. C'est ce que je fis, non sans détours; et, pour des raisons qui m'échappent encore, elle accepta.

Je ne dois pas être le romantique impénitent que parfois ma conduite pourrait laisser supposer : les aventures sentimentales du vieil érudit, loin de susciter mon intérêt, me plongèrent dans une somnolence telle que, la nuque appuyée au dossier de ma chaise, je m'endormis profondément. Quand je me réveillai en sursaut, je compris que j'avais perdu une bonne partie du récit, car le narrateur loquace avait les yeux pleins de larmes pour expliquer avec feu :

» Ma petite Clotilda dépérissait en province. J'ai du reste parfaitement conscience de ne pas être une personne d'agréable conversation, comme notre ami vient de le prouver ici même par ses ronflements. D'autre part, l'endroit où nous étions n'avait à offrir à une femme fougueuse et avide de nouveautés d'autres divertissements que la foire annuelle aux cochons et quelques *Te Deum* chantés avec plus d'onction que de brio. Inutile de préciser que mes conditions physiques n'étaient pas telles que la pauvre créature ait pu passer ses journées dans le souvenir ravi des nuits qui les avaient précédées. J'essayais en vain de l'intéresser à mes études, qui à l'époque tournaient autour des fluctuations du prix de l'avoine au seizième siècle. Je vous passe les détails, il vous suffira de savoir que notre première année de mariage s'écoula dans une monotonie désespérante. Moi, pourtant, j'étais heureux...

J'ai beau détester la muflerie, je dus me lever pour aller pisser et je profitai de mon incursion dans la salle de bains pour m'asperger d'eau le visage, afin de pouvoir supporter sans m'endormir le reste de cet assommant récit qui menaçait de durer toute la nuit. A mon retour, l'histoire en était à ce point :

» Au cours du deuxième printemps, quand les pluies torrentielles eurent fait de notre maison une mare de boue où se donnaient rendez-vous tous les crapauds du voisinage, le crieur municipal (car les rares événements de la localité ne justifiaient pas l'édition d'un journal, même en placards), le crieur, donc, annonça l'arrivée imminente d'une troupe théâtrale qui, faisant une tournée avant des débuts en grande pompe à Fernando Poo, venait nous offrir la représentation d'un mélodrame dont j'ai fini par oublier le nom. Notre budget ne nous permettait aucune folie, mais ma femme insista tellement, elle était si accablée de mélancolie, que je finis par céder à son caprice, empruntai de l'argent et pris des entrées. Quelle erreur! Il me semble encore voir l'exaltation avec laquelle ma petite Clotilda nettoyait et réparait l'unique robe de son trousseau, qui avait tant bien que mal résisté aux inclémences du climat et de la terre. Et comment décrire mon angoisse, en constatant le soir de la première que mon épouse, jusqu'alors si modeste, s'était lavé la tête avec un shampooing acquis Dieu sait comment? Mais je sais que je divague : je m'en tiendrai aux faits. Nous nous rendîmes au local où l'on devait représenter la pièce, un hangar que la municipalité avait fait aménager en transportant provisoirement devant l'hôtel de ville le fumier qu'on entassait là habituellement. Le spectacle commença. Et avec lui mon infortune. Je n'ai aucun souvenir de la pièce, car jamais auparavant je n'étais allé au théâtre et je n'étais plus d'âge à y prendre goût; aussi avais-je apporté un tas de copies à corriger; et, bien entendu, je n'ai aucun souvenir non plus de la troupe qui jouait la pièce. Mais je me rappelle par contre un acteur très maniéré et plus tout jeune, qui semblait tenir sous son charme la fraction féminine de l'auditoire, à tel point qu'au milieu du deuxième acte il dut disparaître dans les coulisses, sous la pluie des serpettes et des haches que les maris jaloux lui jetaient aux cris de : « Pédé! Tantouse! » « Viens ici, si t'es un homme! » et autres invectives de ce genre : il ne reparut plus, au grand détriment de l'intrigue dont il était le personnage principal. Absorbé dans ma tâche, je n'avais pas remarqué l'incident, ni non plus que ma femme, qui avait quitté son siège, prétextant un besoin urgent, ne revenait pas. Quand on eut baissé le rideau, que la salle se fut vidée et que l'aube eut point derrière les collines, je commençai à craindre qu'il ne fût arrivé quelque chose à ma petite Clotilda. Je rentrai à la maison : je la trouvai déserte; je parcourus les rues et les champs des alentours, questionnai les personnes que je rencontrais : en vain. Ma petite Clotilda avait bel et bien disparu. Il fallait tout de suite écarter l'éventualité d'un accident dont j'aurais déjà été averti, dans une communauté aussi restreinte qu'était la nôtre, et conclure, aussi douloureux que cela pût être, que mon épouse adorée avait décidé de s'en aller, pour quelque raison que ce fût, et qu'elle n'avait pas la moindre intention de rentrer au logis. Jugez de mon désespoir!

Et du mien, comprenant que ce pénible récit n'était pas encore arrivé à sa fin. J'étais excédé : je n'avais rien mangé de la journée, on m'avait drogué, j'avais dû ressusciter une morte et, pour comble, il me fallait supporter en caleçon la fraîcheur de l'aube qui s'annonçait à la pâleur du ciel. Du coin de l'œil je vis qu'Emilia dormait d'un sommeil profond, repliée sur sa chaise. Je signalai le fait au professeur pour voir s'il comprendrait l'allusion, mais il esquissa un fin sourire de complicité :

» C'est aussi bien, reprit-il. Mon histoire a un côté scabreux qui ne convient sans doute pas aux oreilles innocentes d'une demoiselle. Entre hommes, je pourrai parler à cœur ouvert.

Il se frotta les mains, l'air réjoui, comme s'il se préparait à cuisiner un plat succulent, combinant les ingrédients les plus exotiques, et il continua son récit :

» A la fin de l'année scolaire, comme trois mois étaient passés depuis la disparition de ma femme, que commençaient à s'envoler tous les espoirs que j'avais mis dans son repentir et son subséquent retour, et comme j'étais devenu la risée du canton, je présentai par écrit ma démission au ministère de l'Education nationale et revins à Barcelone avec la ferme intention de n'en plus jamais sortir. Le temps passa et le flot imperceptible mais incessant du quotidien éloigna mon chagrin, qui resta dès lors ancré dans les limbes de ma mémoire, à mi-chemin entre la souffrance et l'oubli.

Le vieillard, sans aucun préavis, se leva et se dirigea en traînant la savate jusqu'à son bureau, ouvrit un tiroir, fouilla dans des papiers et revint s'asseoir en serrant dans sa main une enveloppe jaune. Emilia s'agita sur sa chaise sans se réveiller. L'historien croulant contempla l'enveloppe et dit sans la quitter des yeux :

» Neuf ans après les événements que je viens de vous raconter, cette lettre m'est arrivée. Elle avait été écrite à Algésiras deux ans auparavant, et était adressée à l'institut où sept ans plus tôt j'avais enseigné. De là on l'avait expédiée au ministère, où elle resta prise dans les sargasses de la négligence bureaucratique jusqu'à ce qu'un fonctionnaire plus diligent, plus compatissant ou plus malicieux, ayant trouvé mon adresse, me la fît parvenir, en port dû.

Il ouvrit l'enveloppe qu'il avait caressée du bout des doigts et me tendit des feuillets manuscrits qui commençaient à se déchirer aux pliures. Je les lissai avec précaution, m'approchai de la lampe qui était restée allumée sur le bureau et dont le faisceau lumineux rétrécissait à mesure que la lumière du jour envahissait la pièce. Et je lus ceci :

« Sale vieux dégoûtant,

Depuis que je t'ai quitté les choses ont tourné de plus en plus mal mais je n'ai pas cessé un seul jour de bénir l'instant où je t'ai quitté. Vieux guignol! L'acteur dans les bras duquel je me suis jetée par désespoir était une canaille qui n'a pas arrêté de me battre et qui m'a abandonnée quand il a su que j'étais en cloque, mais je vénère encore sa mémoire car c'est grâce à lui que je t'ai perdu de vue. Sale cafard. Déshonorée, enceinte et sans un rond, je me suis livrée à la prostitution dans les cabinets d'une auberge de routiers jusqu'à la naissance de ma fille que j'ai abandonnée dans un panier à la porte d'un couvent. Je suis borgne, édentée, alcoolique et morphinomane. J'ai six fois été en prison et quatre fois à l'hosto, dans le pavillon des infectieux. Tout ça par ta faute, fumier, lavette, conard... »

Il y avait plusieurs autres feuillets d'une teneur identique. Je repliai la lettre et la rendis au professeur qui la baisa comme une relique, la replaça dans son enveloppe et commenta :

» Pardonnez sa syntaxe déficiente. Tant que dura notre union, nous faisions chaque soir une heure de dictée, mais je ne suis pas parvenu à lui faire dominer les mystères de notre si souple langage. Au demeurant, ce n'était pas de cela que je voulais vous parler...

Il baissa la tête pour dissimuler une rougeur qui rendait son visage indistinct dans les feux de l'aurore et reprit d'un ton mi-suppliant mi-plaintif :

» Dès que je vous ai vu, j'ai compris que vous aviez

l'expérience du monde. Vous connaissez bien les femmes, j'en suis sûr. Dites-moi très franchement : après avoir lu la lettre que je viens de vous montrer, pensez-vous que je puisse espérer qu'elle revienne?

– Il est difficile de le prédire, répliquai-je diplomatiquement; mais pour le cas où elle reviendrait, si j'étais vous, j'achèterais de la pénicilline. Et, puisque nous en sommes à nous poser des questions, éclairez-moi un point : quel rapport y a-t-il entre votre émouvant récit et votre évanouissement de tout à l'heure?

Pour toute réponse, le vieillard ouvrit de nouveau l'enveloppe et en tira une vieille photographie qu'il me tendit :

– Jugez vous-même.

Il s'agissait d'un instantané pris sans doute dans la rue par un photographe anonyme et on y voyait un couple en train de faire un bras d'honneur au destinataire de la photo-souvenir. Je compris au premier coup d'œil.

– Une étonnante ressemblance, commentai-je.

– Le portrait vivant de sa mère, corrobora le professeur.

– Et l'homme qui l'accompagne?

– C'est l'acteur..., marmonna le vieux.

Je m'assurai qu'Emilia continuait à dormir ou à faire semblant. Sans donner d'explications, je me levai, gagnai la salle de bains et déchirai la photo en petits morceaux que je jetai dans la cuvette des cabinets. M. Plutarquet me rejoignit au moment où je tirais la chasse d'eau et nous contemplâmes tous deux, muets, le tourbillon qui emportait vers la mer profonde les vestiges du passé.

– Malheureux, qu'avez-vous fait? s'écria le professeur consterné.

– Croyez, si vous voulez, que je suis fou. Très peu vous diront le contraire. Mais, si vous avez quelque estime pour les deux demoiselles qui reposent entre les chastes murs de cette demeure, ne dites à personne ce que vous m'avez vu faire et ne racontez jamais plus le pénible feuilleton que vous venez de me débiter. Pour le moment, je ne peux rien vous dire de plus. Vous m'avez compris?

– Non, monsieur. Je n'ai rien compris du tout et j'exige tout de suite une explication pleine et entière.

Je regardai sans répondre le fond de la cuvette des cabinets, me rappelai la photo dédicacée de Muscle Power que Maria Pandora cachait dans le tiroir de sa table de nuit, je revis la mort tragique de l'acteur et ne pus m'empêcher de méditer sur les coïncidences, les labyrinthes, les jeux de puzzle avec lesquels le destin aime à distraire ses loisirs et à compliquer les nôtres. On aurait sans doute pu tirer de cette réflexion un enseignement profitable aussi bien à moi qu'à vous, fidèle lecteur, si le cours de mes pensées n'avait été interrompu par un violent coup de sonnette qui nous fit tous sursauter.

14

Tout va mal, tout est en ordre

Comme je le disais donc, un coup de sonnette comminatoire nous fit reprendre contact avec le monde extérieur d'une façon des plus brutales. Qui était-ce à pareille heure?

– Le médecin, dit M. Plutarquet, comme s'il lisait dans mes pensées.

Rassurés, nous revînmes dans le salon où Emilia, brusquement arrachée à son sommeil, regardait étonnée tantôt vers la porte, tantôt vers le couple qui, d'une façon si précipitée et si suspecte, sortait de la salle de bains. Quant à nous, après que le professeur se fut assuré par conduits électroniques que celui qui appelait était bien le médecin, nous ouvrîmes.

Celui qui s'adonnait à la noble tâche d'apporter la santé à domicile s'avéra être, contrairement à ce à quoi je m'attendais, s'agissant d'un ami d'Emilia, un monsieur distingué, d'âge moyen, rubicond et replet, qui dégageait une rassurante odeur d'ail et de désinfectant, et qui nous demanda de l'excuser de son retard, nous expliquant que sa voiture avait été reléguée par un employé dédaigneux des privilèges de sa profession au troisième sous-sol du parking où il la laissait en pension, puis il demanda brusquement, voyant que le récit de ses infortunes nous laissait froids, où était la malade. Ce point éclairci, il nous pria de les laisser seuls et il s'enferma dans la chambre où gisait Maria Pandora. D'où il ressortit peu de temps après, en déclarant :

– Tout est en ordre.

– Pas d'issue fatale, docteur? demanda M. Plutarquet.

– Mais non, mais non, à condition bien entendu que vous soyez prudents à l'avenir. Qui est le père?

– C'est moi, devant Dieu et devant les hommes! s'écria le vieil historien, mettant un genou à terre et se frappant la poitrine de la dextre.

Le médecin le regarda avec un mélange de bienveillance et de surprise.

– Eh bien, mes félicitations! La grossesse est parfaitement normale et je ne crois pas qu'il y ait de problème, à moins que votre femme n'avale de nouveau du cyanure. Par chance, le vomissement provoqué sans doute par le propre état de la patiente a empêché que le poison fasse son effet. Pour l'instant, je lui ai donné un calmant, afin qu'elle se repose. Je ne pense pas qu'elle se réveille avant vingt-quatre heures. Qu'elle mange du riz à l'eau et du poulet bouilli. Si quelque chose n'allait pas, Emilia sait où et comment me joindre. Faites-vous partie d'une mutuelle?

Nous lui dîmes que non et que nous manquions pour le moment d'argent liquide, mais que nous passerions lui payer sa consultation dans les plus brefs délais. Sur cette promesse, il s'en fut.

Je dois dire que le soulagement que nous causa l'optimisme du diagnostic ne nous tira en rien de l'effondrement où nous avait plongés l'annonce de l'état intéressant de Maria Pandora. Moi surtout, qui était le seul parmi les présents, y compris la malade, à connaître l'histoire complète de ses origines, ainsi que le rôle énigmatique et, à mon avis, polyvalent que le défunt Muscle Power avait joué dans sa trame. Mais ce n'était pas le moment adéquat pour me laisser accabler par les vicissitudes de la vie : j'abandonnai mes réflexions et pris la parole avant même que les pas du docteur aient fini de résonner dans l'escalier.

– Je suis persuadé, dis-je, que nous sommes tous en train de nous poser un nombre infini de questions. A certaines d'entre elles, malheureusement, seule Maria Pandora peut répondre; il faudra donc attendre que l'effet du calmant se soit dissipé. Quant aux autres questions, seuls le temps et le hasard pourront leur apporter une réponse et ce sont deux facteurs qui échappent à notre contrôle. Je pense donc qu'il convient de remettre à plus tard nos conjectures et de nous concentrer sur l'aspect pratique de l'affaire.

Je regardai mon auditoire, vis qu'il était attentif à mon argumentation, impressionné par ma logique et frappé par ma prestance, laquelle était assez méritoire étant donné ma tenue des plus succinctes.

» Qui n'a pas changé, poursuivis-je, sinon pour empirer. A tort ou à raison, j'ai toujours été partisan de régler moi-même les problèmes que le sort a soulevés sur mon passage. Les résultats sont patents. Mais, cette fois-ci, je ne suis pas le seul à être impliqué dans l'affaire et mes forces ne sont pas telles que j'ose, même en plein délire, les mesurer à celles d'un adversaire qui manifestement nous suit, nous épie et nous menace, et qui continuera à le faire jusqu'à ce qu'il parvienne à ses fins néfastes ou qu'il soit vaincu sur son propre terrain.

Je remarquai que M. Plutarquet se grattait discrètement le derrière : je décidai donc d'abréger ma harangue et de passer du préambule à l'action :

» Nous allons donc agir de la façon suivante : premièrement, nous allons récupérer une fois de plus la mallette qu'hier soir, dans la confusion générale, nous avons oubliée chez Emilia; deuxièmement, nous allons appeler sans retard la police et troisièmement, mais ceci me concerne seul, je vais filer avant que cette dernière ne fasse son apparition. Une objection? Un commentaire?

Personne ne donnant signe de vouloir prendre la parole, je

me dirigeai sans plus tarder vers la porte. Emilia me retint par le bras en me demandant où j'allais. Je lui dis que j'allais chez elle reprendre la mallette. Elle s'écria :

– C'est très risqué. La police ou l'ennemi, ou les deux ensemble, sont peut-être en train de surveiller l'immeuble.

– Mlle Trash a raison, insista le vieil historien. Si l'on vous voit entrer, et ressortir avec la mallette, je ne donnerais pas cher de votre peau. Moi, par contre, qui suis connu dans le quartier avec ma face de toupie, je n'éveillerai aucun soupçon. Laissez-moi y aller et vous verrez que vous ne serez pas déçu.

Je fus ému par sa proposition, que je ne pouvais accepter, faute d'avoir vraiment confiance en son efficacité, mais les raisons que je lui donnai furent les suivantes :

– Votre place est ici, monsieur Plutarquet : au chevet de Maria Pandora. Et je dois avouer, à ma grande honte, que je connais mieux que vous l'art d'entrer et de sortir des maisons sans être vu.

– Si tu y vas, intervint Emilia, je t'accompagne.

Soit que la fatigue m'ait beaucoup affaibli, soit parce que je ne sais pas dire non aux jolies femmes, après une brève hésitation, j'acceptai sa compagnie. Avec les conséquences que l'on va voir.

15

De l'amour

A cette heure matinale, la rue était déserte. Nous la traversâmes en deux enjambées et arrivâmes au portail sans que personne nous ait vus. Tout en montant dans l'ascenseur, je me disais que j'aurais peut-être dû remettre le costume de M. Plutarquet car, si une mort certaine m'attendait, il ne me semblait pas digne de l'affronter aussi peu vêtu ; mais il était trop tard pour rattraper la chose et, d'ailleurs, mon existence n'avait pas été tellement honorable qu'il fût injuste d'y mettre un terme affublé de si indécente façon. D'autre part, le trajet n'avait pas été si long que je pusse mener mes réflexions plus loin. Nous inspectâmes le palier, j'entrouvris légèrement la porte, passai une tête prudente, constatai que l'entrée et le salon étaient déserts, ouvris la porte en grand, fit signe à Emilia de me suivre et nous pénétrâmes tous les deux dans l'appartement dont je refermai soigneusement la porte. Rien ne semblait avoir été déplacé, j'entends par là qu'on n'avait touché en rien au désordre intégral qui, voilà plusieurs chapitres, régnait dans cet appartement naguère si bien tenu. Et la preuve, la mallette était toujours là où Emilia l'avait laissée, c'est-à-dire tout de suite à droite en entrant dans le salon. Je la pris par sa poignée et marmonnait entre mes dents :

– Allons-nous-en.

– Non, dit Emilia ; suis-moi.

Je la suivis jusqu'à sa chambre, davantage soucieux de décamper au plus vite que de savoir ce qui l'attirait là, quand, à peine franchi le seuil de ce lieu intime, avec une rapidité et une coordination de mouvements qu'aujourd'hui, dans la lumière impitoyable à laquelle la mémoire soumet les plus lointains, fugaces et même imperceptibles instants du passé, je veux attribuer plutôt à un talent naturel qu'à une longue pratique, Emilia ferma la porte d'un coup de talon, d'une main me donna une bourrade qui me fit tomber à plat ventre sur son lit et de l'autre tira sur l'élastique de mon caleçon, avec une telle force que ce dernier – qui, au vrai, était loin d'être neuf le jour où il m'avait été offert par un camarade de l'hôpital psychiatrique, lequel avait eu, le jour de son départ, le geste magnanime de distribuer à ses amis venus lui dire au revoir à la grille les quelques biens en sa possession et était sorti tout nu dans la rue, où il fut aussitôt arrêté pour se voir interné de nouveau, perdant ainsi d'un seul coup la liberté, son trousseau et, soit dit en passant, sa grandeur d'âme –, que mon caleçon, disais-je, se déchira comme une voile que la tempête arrache à son mât, me laissant nu sinon démâté. Mais l'épisode ne s'acheva pas là, ce qui l'aurait d'ailleurs rendu inexplicable : car sitôt que je me fus retourné sur le lit pour essayer, à défaut de comprendre la cause ou le but de l'agression, du moins de la repousser, Emilia, qui s'était défaite d'une partie de ses vêtements avec une célérité que je refuse une fois encore d'imputer à l'habitude, se jeta sur moi, me serra dans ses bras, peut-être dans un élan de passion ou bien pour que je cesse de lui envoyer les coups de poing que je lui administrais, convaincu, dans ma défiance et ma modestie, qu'une femme qui se jetait sur moi, connaissant mon physique et la situation réelle de mes finances, ne pouvait agir que dans de méchantes intentions. Le fait est qu'elle me transforma en sujet passif d'abord, actif ensuite et bruyant toujours d'actes que je ne décrirai pas, estimant que les livres doivent être une école de vertu, ne croyant pas que le lecteur ait besoin d'autres détails pour comprendre ce qui s'est alors passé, tenant enfin que si, à ce point du récit, il n'a pas compris, mieux vaudrait qu'il referme ce livre et se rende à l'adresse que je lui fournirai, où, pour un prix raisonnable, il pourra satisfaire sa curiosité et ses autres appétits de plus basse catégorie. Après quoi, Emilia ayant trouvé dans le tiroir de la table de nuit un paquet de cigarettes, nous fumâmes.

– Mon premier amour, parvins-je à dire après un long silence, remonte à si longtemps que je me demande parfois s'il a bien existé tel que je me le rappelle ou si ma mémoire l'a inventé pour animer un passé qui, autrement, ressemblerait à un traité de sociologie.

Je posai dans le cendrier ma cigarette, attendu que le filet de salive qui continuait à couler de mes lèvres avait imbibé et menaçait de diluer le papier qui lui donnait sa forme, son utilité et son essence; puis je fermai les yeux et continuai ou crus que je continuais à dire :

» Elle s'appelait Pustuline Merdaleuil et elle était la fille d'un cousin de ma mère, qui était venu de son village sans préavis loger chez nous; je ne sais si attiré par les fastes clinquants de la grande ville ou dans l'espoir d'échapper à la justice, qui le recherchait pour Dieu sait quel méfait, il devait se sentir à l'abri dans le quartier populaire où mes parents, provisoirement d'abord puis de façon définitive, avaient pris racine et nous avaient procréés, ma sœur et moi. Ce cousin de ma mère était un gros homme à l'aspect de bûcheron, aux cheveux roux comme ses sourcils, qu'il fronçait toujours, à la barbe épaisse et si longue qu'elle se prenait dans la boucle de son ceinturon, et, peut-être parce qu'il était originaire du Nord, d'un naturel renfrogné, peu bavard; mais si généreux à l'heure de distribuer des gnons que, même dans ce quartier plutôt violent et querelleur, il s'était vite acquis un respect presque révérenciel, et le surnom, d'ailleurs incompréhensible, de Timoléon de la Morve-au-nez, bien que son nom fût celui que j'ai indiqué plus haut et son prénom Tancrède, si j'ai bonne mémoire. Je ne devais pas avoir plus de sept ou huit ans quand ce redoutable personnage fit son apparition dans notre vie, accompagné de sa fille, l'héroïne de ce récit intercalé, et aussi d'une truie volumineuse et plus toute jeune, à laquelle il portait une telle affection qu'il n'avait pas voulu la laisser au village, à la merci du tueur des abattoirs, et pour laquelle, malgré sa situation économique des plus précaires, il avait pris un billet de troisième classe, afin qu'elle ne voyageât pas dans le fourgon de queue, avec les autres animaux. Bien qu'il fût peu bavard, c'est lui-même, poussé peut-être par l'indignation, qui nous raconta les péripéties de ce voyage au cours duquel il avait fracturé la mâchoire d'un contrôleur peu condescendant et avait jeté sur la voie plusieurs voyageurs qui refusaient de partager la banquette avec la truie.

» J'ai déjà dit que nous vivions alors dans un quartier qu'on ne pouvait qualifier de huppé. J'ajouterai que notre foyer était une baraque de tôle ondulée et de carton, qui consistait en une seule pièce de deux mètres sur deux. L'arrivée inattendue de ces trois êtres nous causa donc plus de gêne que de plaisir. Mais ce n'était pas le moment de faire les difficiles et nous ne dîmes rien. Petit à petit, cependant, leur présence cessa d'être une nouveauté. Mon père n'était jamais à la maison, aussi n'avait-il pas sujet de se plaindre. Nous entendions notre mère crier et gémir plusieurs fois par jour, ce qui au début nous attrista jusqu'à ce que nous constatâmes que son tapage n'était pas dû à la contrariété, mais aux ébats qu'elle prenait avec son cousin. Quant à ma sœur Candida, qui a toujours été une nature généreuse, après avoir surmonté un premier accès de timidité, elle se lia d'amitié avec la truie, à laquelle elle faisait toutes ses confidences, qu'elle eut l'idée d'emmener à la paroisse pour qu'on la préparât à faire sa première communion, ce qui indigna le curé, et pour laquelle elle commença à tricoter des chaussons qu'elle ne put achever pour des raisons que je relaterai le moment venu. Je ne tarderai pas davantage, par contre, à décrire mes tendres sentiments.

» Je ne dirai pas que je me rappelle mais bien que je revis, comme si j'étais encore plongé en elles, les froides nuits d'hiver, tièdes au printemps, au cours desquelles toute la famille se rassemblait sous la lumière cuivrée d'une lampe à huile, en attendant que le chant du coq nous apportât un nouveau jour et un meilleur sort. Mon père, tête basse, roulait ses cigarettes de fumier séché, incapable de parler après avoir passé huit heures à chanter *Cara al sol* devant la délégation des Travaux publics dans le vain espoir de se faire embaucher. Maman, épuisée par les interminables tâches ménagères et surtout par les attentions aussi ardentes qu'assidues dont elle était l'objet de la part de son cousin, mais toujours laborieuse, réparait et nettoyait, pour les revendre ensuite les préservatifs usagés que ma petite cousine et moi nous repêchions à l'aide d'un filet à papillons dans le Llobregat, au point où débouchaient les égouts, près de la maison. Candida tricotait; la truie, l'estomac lourd d'ordures, grognait; et à travers les murs filtraient en cadence les éructations du voisin. Moi, enfin libéré de toute obligation et peu porté à la lecture ou aux autres façons tranquilles d'occuper des loisirs, je me distrayais en regardant ma cousine.

» Pustule, comme nous avions tous fini par l'appeler affectueusement, avait et doit toujours avoir, si elle est encore en vie, deux ans de moins que moi. Plus que maigre, elle était rachitique; son corps en arête de poisson était surmonté d'une petite tête qu'on avait tondue à la suite d'une fièvre typhoïde et qui ressemblait à un ballon. Elle était sale. N'ayant jamais eu de mère, car elle était née dans de très étranges circonstances, elle s'était identifiée, dans sa période de formation, à la truie, se modelant sur ses expressions, sur les attitudes qu'elle prenait et les sons qu'elle émettait. Elle dégageait une odeur particulière qui m'enivrait et que j'appelai longtemps parfum, jusqu'au jour où je me rendis compte que ce n'en était pas un. L'ai-je aimée? M'a-t-elle aimé? S'est-il agi entre nous d'un amour véritable ou seulement d'un succédané, l'ombre passagère de l'oiseau qui survole un champ de blé? Je ne le saurai jamais et je ne crois pas qu'elle non plus, où qu'elle soit, le sache, si tant est qu'elle s'en souvienne. Tout ce que je sais, c'est qu'un jour, après des mois de jeux innocents, le crépuscule nous surprit dans un bois de pins où certains voisins, les plus propres du quartier, venaient presque journellement faire ce qu'il eût été fâcheux qu'ils fissent chez eux, privés comme ils l'étaient de tout équipement sanitaire. Fatigués de courir çà et là et de nous battre, nous nous étendîmes sur le sol, qui était mou, comme de bien entendu. Sans savoir pourquoi, nous nous prîmes la main. Le vent souleva les jupons de ma cousine. J'hésitai un instant entre lui écraser le nez avec un caillou, ce que nous faisions à l'époque aux filles qui nous plaisaient, ou me laisser emporter par d'autres impulsions, obscures à l'origine, mais non équivoques dans leur manifestation. Je crois que, si elle avait pu exprimer ses préférences, ma cousine aurait opté pour la première solution. Mais, contrairement à ce qui se passe aujourd'hui, les filles d'alors ne pouvaient que consentir ou se défendre. Ma cousine fit ce qu'elle put pour se défendre...

J'ouvris les yeux et me retrouvai seul dans le lit. Avant que j'aie pu réagir et m'inquiéter, Emilia entra dans la chambre, enveloppée dans une serviette. Elle me sourit et dit :

– N'essaie pas de t'excuser : je l'ai fait parce que j'aime tes mollets.

– D'où viens-tu?

– Comme, après des phrases incohérentes, tu t'es mis à pioncer, j'ai été prendre une douche.

Je regardai, inquiet, la montre du garçon de café manchot que je portais toujours : il était dix heures passées.

– Nous sommes en train de commettre une imprudence, fis-je.

– Ne crains rien, dit Emilia en laissant tomber sa serviette et en ouvrant une armoire où pendaient des vêtements : car, si tes braiements n'ont pas fait accourir un bataillon d'ennemis, je ne pense pas qu'on vienne maintenant nous déranger. De toute façon, ajouta-t-elle (en enfilant une culotte filiforme, transparente et, à tous les points de vue, malcommode), il vaut mieux que nous retournions chez Plutarquet qui doit s'inquiéter de notre retard. Je te suggère donc de ne plus t'exciter comme je vois que tu le fais, de prendre une douche si tu veux, et de garder pour une autre occasion la suite de la belle histoire que tu étais en train de me raconter.

Mes genoux, en sortant de la douche, ne me soutenaient plus, mais je me sentais un autre homme. Emilia avait fini de s'habiller et, comme j'étais dans l'impossibilité d'en faire autant et que la rue était à cette heure-là assez passante, je dus m'envelopper dans un drap et m'enturbanner d'une serviette, espérant ainsi passer pour un petit-maître maghrébin. Nous prîmes au passage la mallette et, sur le pas de la porte, je me retournai pour jeter un dernier coup d'œil à l'appartement entre les murs duquel tant de bonheur m'avait été donné : j'avais beau être convaincu que dans le futur, quand les choses se seraient arrangées, j'y reviendrais fréquemment, je ne pouvais écarter tout à fait l'idée, fille de ma triste existence, que peut-être je le voyais pour la dernière fois.

16

De la violence

En posant le pied sur le trottoir, je ressentis sur tout mon corps la caresse d'un soleil printanier qui semblait étrenner ses rayons et j'éprouvai une faim insupportable.

– Qu'en penses-tu? demanda Emilia.

Elle témoignait de cette coïncidence des pensées qui se produit souvent entre personnes dont les cœurs viennent de se fondre dans un amoureux transport, ou même entre certaines qui sortent d'une violente dispute.

» Si j'allais à l'épicerie acheter de quoi faire un petit déjeuner?

Cela me paraissait une idée excellente : nous nous séparâmes. Je montai une à une, car je n'avais plus assez de force pour faire davantage, les marches qui menaient à l'appartement de M. Plutarquet. Je sonnai à sa porte : personne ne répondit. J'insistai : en vain. Pris d'inquiétude, j'arrachai l'une des appliques qui décoraient tout en éclairant le palier et, me servant en guise de crochet des fils métalliques qui apparurent derrière cet élégant objet, j'ouvris.

La pièce était un vrai capharnaüm. Le bureau où le pauvre vieillard travaillait avec tant de satisfaction était défoncé, les rideaux en charpie, les lampes en miettes, et les livres carbonisés, les voyous qui venaient de perpétrer ces méfaits les ayant mis à gratiner au four. De tout ce qui, quelques heures auparavant, rendait sinon confortables du moins supportables les quelques années qu'il restait à vivre au vieil historien, il ne subsistait absolument rien. Aussi loin que je remonte dans mon souvenir, j'ai toujours connu la violence. Je dirais même que, en ce sens, j'étais chez moi à bonne école. Mes premiers jouets furent des fouets et des matraques, des cailloux et des couteaux. Je ne me souviens pas d'avoir passé un mois sans distribuer des torgnoles ni un jour sans en recevoir. Je ne suis ni une mauviette ni un naïf : la vie est ainsi faite. Mais j'avoue que, à ce spectacle, les larmes me vinrent aux yeux. M. Plutarquet n'était pas drôle, mais il n'avait rien fait pour mériter un tel sort. C'est moi qui l'avais mis dans ce pétrin et, à l'instant critique, je l'avais laissé seul. Je m'assis par terre, accablé de remords. Je ne sais combien de temps j'aurais consacré à cette stérile expiation si des gémissements provenant de la chambre à coucher ne m'avaient tiré de ma sombre méditation. Trébuchant dans le drap qui m'enveloppait toujours, je courus à la chambre et trouvai M. Plutarquet gisant au sol.

Le pauvre vieux était plus mort que vif, son pyjama s'était décousu en plusieurs endroits, il avait un œil au beurre noir, sa lèvre inférieure saignait et son visage était tuméfié. Pour comble de malheur, il se mit, en me voyant, à fondre en larmes.

– Ah! mon ami, fit-il entre deux hoquets et deux sanglots : quelle calamité incommensurable! quel atroce destin!

Avec la serviette qui me servait de turban, j'essuyai le sang sur sa lèvre puis, déchirant des morceaux de mon drap, j'en fis des bandelettes et transformai le professeur en ravissant paquet, me retrouvant, moi, dans ma nudité originelle.

– Expliquez-moi, dis-je aussitôt après, ce qui s'est passé.

– Après votre départ, commença le vieil historien d'une voix chevrotante, j'entrai dans ma chambre pour veiller sur le sommeil de ma fille chérie, s'il m'est permis de l'appeler ainsi; et son visage de chérubin reflétait une telle sérénité que je ne tardai pas à dormir, moi aussi, comme une souche.

Je fus réveillé par un bruit venant du salon, auquel je n'attachai pas d'importance, pensant que c'était vous qui étiez de retour. Je vous appelai, mais ne reçus pas de réponse. Le bruit, par contre, ne cessait d'augmenter. Intrigué, je me levai et j'entrouvris la porte, pour voir ce qui se passait. Aussitôt des mains herculéennes me saisirent et me jetèrent au sol. Je me vis entouré par trois individus dont je ne pus reconnaître les visages : ils portaient des chapeaux enfoncés jusqu'aux oreilles, des cols relevés jusqu'au nez et leurs yeux étaient cachés par des lunettes de soleil. Mais je me souviens du moins qu'ils étaient grands et costauds. Je ne dis pas cela pour me faire pardonner mon inefficacité : je suis âgé et fluet, ma santé est précaire, un nain pourrait me renverser. Enfin, je reviens aux faits : les scélérats se sont accroupis pour bien montrer à quel point ils me jugeaient insignifiant et ils m'ont demandé où vous étiez. Je leur ai dit que vous étiez partis sans préciser où vous alliez et que je ne savais absolument pas quand vous aviez l'intention de revenir, mais que je ne pensais pas que ce serait avant ce soir. J'ai ajouté, pour donner de la vraisemblance à mes affirmations, que je vous avais entendu dire que vous alliez au cinéma. Là-dessus ils ont voulu savoir où était cachée la mallette. J'ai de nouveau feint l'ignorance, ce qui leur a fait monter la moutarde au nez. Ils m'ont roué de coups de poing et de coups de pied, m'ont traité de vieux mégot, de macaque, de navet, d'enfoiré, de fumier, de nullité et d'autres épithètes que j'ai oubliées. Tout en les proférant et en les soulignant de rires sardoniques, ils faisaient tomber les livres des étagères, dans la vile intention de les démantibuler. Mes pauvres livres...

Des sanglots interrompirent ce pathétique récit.

– Monsieur Plutarquet, inutile de m'en dire davantage. Je me suis trouvé moi-même à plusieurs reprises dans une situation semblable et je sais ce que c'est. A cette différence près que, moi, je passais aux aveux dès la première gifle, tandis que, vous, vous vous êtes conduit en héros.

– Merci du compliment, dit le professeur. Mais à quoi me sert d'être bien noté si nous avons perdu Maria Pandora?

C'est alors seulement que je remarquai qu'on avait enlevé la journaliste avec, en prime, l'édredon d'Emilia.

– Ne vous tourmentez pas, promis-je. Nous la retrouverons quoi qu'il en coûte. Et qu'ici même le ciel me foudroie si nous ne vous vengeons pas comme il faut de tout ce qu'ils vous ont fait, à vous et à votre fille.

Tout en disant cela, j'inspectais la chambre à coucher en quête d'un indice qui, passé au tamis implacable de ma logique déductive, aurait pu nous mettre sur la piste de nos adversaires. Inutile de dire que je ne trouvai rien d'autre que les sédiments immondes que le manque de propreté du professeur avait, au cours des ans, accumulés sous le lit. C'est alors qu'Emilia apparut, revenant de l'épicerie les bras chargés de paquets et si excitée qu'elle ne s'était même pas étonnée de trouver la porte ouverte, telle que, dans mon émoi, je l'avais laissée.

– Devinez, demanda-t-elle sans même dire bonjour, qui je viens de voir.

Mon silence, que soulignait mon air réprobateur, et l'aspect de M. Plutarquet la frappèrent soudain. Nous lui donnâmes une version succincte de ce qui s'était passé et elle joignit alors ses lamentations aux nôtres, qui avaient recommencé. Pour éviter qu'un désespoir général ne nous plonge dans le marasme de l'inaction, je demandai à Emilia qui était la personne qu'elle avait rencontrée, pensant qu'il s'agirait d'un aimable présentateur de la télévision, d'un homme politique habitant le quartier et connu pour son dynamisme, ou de quelque autre personnage célèbre qui, d'un pas indifférent et le regard absent, aurait croisé sa route : or, voici ce qu'elle nous dit :

– La femme de ménage qui nous a surpris avant-hier chez Maria Pandora.

Je sautai en l'air et, en reprenant contact avec le sol, je me rendis compte, comme tout homme qui désirerait reproduire l'expérience pourra facilement le comprendre, que j'étais nu.

– Tu es sûre? dis-je tout en enfilant la gabardine que j'avais précédemment empruntée à la journaliste précisément.

Le fait est qu'il me semblait peu convenable de rester à poil devant Emilia après ce qui venait de se passer entre nous, mon impudeur risquant d'être prise pour une manifestation de familiarité à laquelle j'étais loin de me sentir autorisé.

– Je sais ce que je dis, répliqua-t-elle, et je suis très physionomiste.

– Où l'as-tu rencontrée?

– En sortant du supermarché. Elle était postée au coin, en train de manger un cornet de frites. Elle levait la tête de temps en temps et regardait la rue en aval et en amont, comme si elle guettait quelqu'un.

– Elle t'a vue?

– Je ne crois pas.

M. Plutarquet intervint alors pour demander de qui nous parlions. Je le mis au courant et dis pour conclure :

– Le fait que cette sorcière soit allée avant-hier chez Maria Pandora et soit venue aujourd'hui par ici ne relève pas de la pure coïncidence. Je suis convaincu que, si nous retrouvons cette femme de ménage, nous retrouverons Maria Pandora. Te souviens-tu, Emilia, de ce que t'a dit ton ami à propos de la voiture dans laquelle cette farceuse nous a échappé?

– Oui : il a parlé d'une conserverie d'olives farcies.

– Cherche dans l'annuaire du téléphone le siège social de cette entreprise. Vite!

Je la laissai à sa recherche, ouvris le paquet qu'elle avait ramené de l'épicerie et me mis à manger un petit pain avec une bruyante voracité.

– Ne sera-t-il pas trop tard? me demanda M. Plutarquet.

– J'espère que non, dis-je la bouche pleine, en l'aspergeant de postillons. S'ils avaient voulu liquider Maria Pandora, ils l'auraient fait ici même. Je subodore que leurs intentions ne sont pas bonnes, mais qu'avant de passer à l'action ils essayeront de récupérer la mallette. Je ne serais pas surpris même qu'ils nous proposent un échange. Seulement, dis-je – et je finis d'engloutir mon petit pain tout en fourrageant dans le paquet avec l'espoir, aussitôt déçu, qu'Emilia ait eu l'attention délicate d'acheter une bouteille de Pepsi-Cola –, nous allons leur couper l'herbe sous les pieds. J'ai un plan. Avant, je vous en prie, donnez-moi un verre d'eau pour faire passer cet emplâtre.

Emilia revint toute fière avec l'adresse de l'entreprise. Je l'appris par cœur sans effort, reserrai la ceinture de la gabardine et fis mine de m'en aller. Ils me demandèrent où j'allais et je dis que j'allais là-bas.

– Je vous accompagne, décida le courageux historien.

– Moi aussi, fit écho Emilia.

Nous recommençâmes à nous disputer et finîmes par partir tous les trois, non sans être convenus qu'Emilia attendrait dans la voiture pour faciliter, le cas échéant, notre fuite, bien qu'elle eût allégué qu'il était injuste qu'en tant que femme elle dût toujours rester dans la voiture à respirer des hydrates de carbone et autres nocives émanations, tandis que nous autres, les hommes, goûtions de l'élément épique; à quoi je répondis qu'elle avait certainement raison mais que le monde était ainsi fait.

17

De l'argent

Midi sonnait quand nous arrivâmes devant l'édifice où la conserverie d'olives avait son siège. Il s'agissait d'un imposant gratte-ciel comportant, toute proportion gardée, quatre étages seulement et sis au confluent de la Via Augusta avec je ne sais plus quelle petite rue du quartier des Trois Tours. La façade, couverte de vitres réfléchissantes et ornée de protubérances en acier inoxydable, ressemblait, sous les rayons du soleil, à ce qu'elle voulait symboliser : un flambeau du progrès. S'agissant en fait d'une conserverie d'olives farcies, je m'étais attendu à trouver une sorte de hangar ou de baraquement avec des petits moutons paissant aux alentours; mais je sais que ma conception de l'économie nationale est excessivement bucolique et je ne fus pas surpris outre mesure par le net démenti que la réalité donna à mes anachroniques imaginations. Notre érudit chevrotant résuma exactement ces pensées et d'autres, en déclarant :

– Que diantre allons-nous faire ici?

A quoi je ne sus que répondre, pas même en mon for intérieur. Mais il n'était pas question de reculer. Nous prîmes donc notre courage à deux mains et avançâmes vers la somptueuse entrée.

Avant que les portes de l'édifice s'écartent docilement devant nous, actionnées par une cellule photo-électrique aux aguets, qui nous avait vus arriver et, diligente, s'était mise à fonctionner, j'avais pu voir, reflété dans les vitres polies, le triste spectacle que nous offrions. Au moment de sortir de chez lui, M. Plutarquet avait déclaré qu'il ne pouvait comparaître devant l'ennemi avec un pyjama en loques sans porter un grave préjudice à sa dignité; aussi Emilia y avait-elle cousu quelques points, avec si peu de savoir-faire que le pantalon, maintenant, arrivait à peine à mi-mollets; la veste, d'autre part, s'était trouvée si rétrécie que le pauvre vieux devait se tenir constamment les bras en croix, sous peine de la déchirer aux entournures. Moi, avec la gabardine, j'étais un peu plus présentable, bien que l'observateur le plus obtus pût se rendre compte que rien ne couvrait la section poilue qui courait du bas du vêtement aux souliers vernis que M. Plutarquet avait exhumés d'une armoire et qui, outre qu'ils étaient couverts de moisissures, me serraient tellement que ma démarche était calamiteuse et maniérée.

C'est donc une mauvaise impression, sinon pire, que nous dûmes faire à l'hôtesse d'accueil, dotée de seins cyclopéens dont elle se serait dépouillée si elle avait pu, car notre tenue ne nous rendait pas dignes d'un pareil signe de bienvenue; elle s'approcha de nous avec un déhanchement non exempt de fermeté et nous indiqua d'une main la sortie, tandis que de l'autre elle faisait signe à un solide gaillard appelé, en cas d'insistance de notre part, à nous dissuader de désobéir à son ordre. Je ne manquai pas de remarquer l'énorme pistolet que ledit gaillard portait à la ceinture et je me remis à contempler avec un intérêt redoublé la devanture de l'hôtesse d'accueil, à seule fin d'employer à quelque chose d'agréable les ultimes instants qui me restaient peut-être à vivre, tout en débitant :

– Bonjour, mademoiselle. Excusez-nous d'arriver en retard au rendez-vous, mais nous avons un nouveau chauffeur. Veuillez prévenir le patron que nous sommes enfin là.

Elle s'arrêta, perplexe devant mon discours, et se gratta la nuque, provoquant par ce geste un déplacement de volumes qui m'obligea à regarder le gros pistolet du gardien pour que ne s'effondre pas d'un coup mon plan ingénieux, dont la pierre angulaire consistait à feindre la froide indifférence pour les plaisirs de ce monde qui caractérise le magnat blasé de tout.

– Avec qui, finit-elle par demander, avez-vous rendez-vous?

– Le Conseil d'administration, en session plénière, attend notre visite, annonçai-je avec une fausse modestie. Veuillez nous conduire à la salle de réunions, s'il y en a une.

L'hôtesse arrêta d'un regard le gardien qui s'était placé derrière nous et demandait :

– Je les vire?

Et elle :

– Si vous voulez bien me donner votre carte, je la ferai parvenir à Monsieur le Secrétaire général.

– Voilà, dis-je, qui va être impossible, car nos valises ont été perdues à l'aéroport. Peu m'importe cette perte matérielle quand le principal est toujours, comme vous pouvez le constater, entre nos mains.

J'ouvris d'un air détaché la mallette et laissai ses yeux se repaître du spectacle de l'argent qu'elle contenait; puis je refermai. Quand elle me regarda enfin, non seulement son expression avait changé, mais son périmètre thoracique avait visiblement augmenté.

– Ayez la bonté de me suivre, balbutia-t-elle.

Je profitai, comme j'avais pris l'habitude de le faire les derniers temps, du trajet en ascenseur pour méditer sur le levier puissant qu'est l'argent, qui peut ouvrir tant de portes, rompre tant de chaînes, brouiller tant de cervelles et changer tant de mauvais vouloirs en cajoleries. Jamais, à vrai dire, depuis que je roule ma bosse dans cette vallée aride, je ne me suis trouvé en possession de ce vil métal, comme l'appellent ceux qui ne l'aiment pas, et je ne suis donc pas qualifié pour juger des effets délétères que ceux qui le connaissent lui attribuent. Je peux parler de l'ambition et de l'avarice, car je les ai vues de près. De l'argent, non. Il sert précisément, ça, je le sais par expérience, à éviter à ceux qui en ont le contact poisseux de ceux qui n'en ont pas. Et j'avoue, honnêtement, que cela ne me semble pas mal : si j'en crois les statistiques, nous autres, les pauvres, nous sommes laids, mal embouchés, sans manières, débraillés et, lorsqu'il fait chaud, nous sentons assez mauvais. Mais nous avons aussi, dit-on, une excuse, ce qui, selon moi, n'altère en rien la réalité. Il n'en est pas moins vrai que, à défaut d'autre chose, nous sommes plus acharnés au travail, plus facétieux, désintéressés, modestes, courtois et affectueux que bien d'autres; et non revêches, égoïstes, prétentieux, mufles et grossiers, comme nous le serions sans doute si, pour survivre, il ne nous fallait pas plaire à tout prix. Je pense, pour conclure, que, si nous étions tous riches et n'avions pas besoin de turbiner pour gagner notre croûte, il n'y aurait ni joueurs de football, ni toreros, ni chanteurs, ni putains, ni voyous, que la vie serait donc bien terne et cette planète un sinistre endroit.

Notre parcours le long des couloirs moquettés dont je m'efforçai de relever mentalement les tours et détours, croisements et bifurcations, pour le cas où il nous faudrait revenir sur nos pas au plus vite, prit fin devant une porte qui, à la différence de celles en verre dépoli qui flanquaient de part et d'autre les couloirs cités au début de ce paragraphe, semblait être en acajou ou autre brillante matière; et elle ne donnait pas accès, comme nous pûmes le constater quand elle s'ouvrit devant nous, au saint des saints de l'entreprise, mais à ce qui devait être un salon d'attente pour visiteurs de marque, à en juger par sa somptueuse décoration : canapés de cuir, candélabres de bronze et table de marbre, au centre de laquelle se dressait, majestueuse, une olive de basalte haute de plus d'un mètre, surmontée d'un amas de pierres précieuses qui, entre les mains du sculpteur, s'étaient transformées en parfaite imitation de piments et d'anchois.

D'un doigt qui, terminé par un ongle rouge et pointu, me parut menaçant dans un tel contexte, l'hôtesse nous indiqua un des canapés et nous redemanda, une fois que nous fûmes assis, qui elle devait annoncer; à quoi je répondis :

– Veuillez dire à M. le Directeur général que MM. Veau et Mouton sont ici. Il comprendra.

La superbe créature disparut derrière un rideau qui devait dissimuler une autre porte : comment, sinon, n'aurions-nous pas entendu ses os se fracasser contre le mur? Je me retrouvai alors seul avec M. Plutarquet, qui profita de l'occasion pour me chuchoter à l'oreille :

– Mon cher ami, nous sommes dans une souricière.

J'allais lui répondre que c'était également mon avis mais qu'ils s'abstînt de parler pour le cas où des micros seraient branchés dans la pièce quand le rideau s'écarta de nouveau, livrant passage à un monsieur frisant la cinquantaine, vêtu d'un complet bleu marine, et parmi les traits insipides duquel seule méritait d'être mentionnée une moustache d'un tracé si rectiligne qu'elle me fit soudain penser qu'une chenille lui était grimpée au visage : idée que je repoussai aussitôt, la jugeant incompatible avec le sérieux d'un homme d'affaires de cette envergure. Le monsieur, étranger à tout cela, était parvenu jusqu'à nous et nous tendait une main pour que nous la serrions, ou pour que nous admirions la chevalière en or qui brillait à son petit doigt. M. Plutarquet et moi fîmes l'une et l'autre chose, et le monsieur dit :

– Tout le plaisir est pour moi. Je me présente : Santiago Pimprenelle, secrétaire général. Ces messieurs du Conseil vont vous recevoir immédiatement.

Sur quoi il tourna les talons et repartit vers le rideau. Vu de dos, il paraissait plus vieux. Ce qui ne l'empêcha pas de soutenir d'un bras la lourde portière pour que nous passions sans nous décoiffer dans la pièce contiguë, une salle rectangulaire de taille considérable. Quand je dis considérable, je veux dire qu'elle avait cent vingt mètres de long sur quarante de large et sept de haut. Les murs, dans lesquels n'était percée aucune fenêtre ni ouverture quelconque donnant sur l'extérieur, exception faite de quelques panneaux grillagés à travers lesquels ronronnait l'air conditionné, étaient recouverts d'une substance brillante, vieil or, couleur mille-feuille baignant dans du miel; le sol était recouvert d'une moquette épaisse, aux teintes chatoyantes, et le plafond montrait une formation serrée de tubes fluorescents qui diffusaient une lumière laiteuse, par moments clignotante. A une extrémité de la salle, bondissait un jet d'eau que des réflecteurs en perpétuel mouvement teignaient de toutes les couleurs de l'arc-en-ciel. Enfin, au centre géographique de la salle, il y avait une très longue table de Formica ou de malachite, je ne sais, autour de laquelle étaient assis une douzaine d'imposants personnages dont les visages se confondent dans mon souvenir : probablement parce que j'étais alors très nerveux. Quoi qu'il en soit, toujours précédés par notre accompagnateur, nous parcourûmes la distance qui nous séparait de la table du Conseil, devant laquelle nous nous arrêtâmes et baissâmes la tête en signe de soumission et de respect.

A notre salutation, chacun de ceux qui étaient rassemblés là répondit à sa manière et selon la conception qu'il se faisait de l'étiquette : qui d'une légère inclinaison de la tête, qui en agitant gaiement les cinq doigts de la main, qui en arborant la mine austère de la méfiance. Après quoi, il s'instaura un silence glacial, à peine rompu par les saccades d'une petite toux ou un discret raclement de gorge, silence au cours duquel nous fûmes l'objet d'une inspection, d'un jugement et sûrement d'une sentence défavorable de la part de tous les présents. Et ce jusqu'à ce que M. Santiago Pimprenelle, toujours à nos côtés, finisse par murmurer :

– Montrez-leur l'argent, vous allez voir comme ils seront contents.

J'ouvris la mallette et j'exhibai – avec le geste à la fois emphatique et malicieux du prestidigitateur qui, après avoir montré au public une boîte vide, y introduit la montre de valeur que non sans réticence un spectateur lui a confiée, ajoute deux œufs, un lapin et la tête sectionnée d'un assistant, y verse ses propres mictions, puis écrase ce mélange hétérogène avec un pilon, rouvre enfin la boîte et, à la déception de ceux qui s'attendaient à voir couler un répugnant amalgame, en fait sortir une blanche colombe –, j'exhibai, dis-je, les liasses de billets. A la vue desquelles, après quelques instants de stupeur, tout le monde se mit à parler à la fois, les uns poussant des cris, les autres des gémissements, tous tapant sur la table, levant les bras pour réclamer, chacun, l'attention des autres, confondant dans le chahut leurs cigares qui se consumaient au fond des cendriers de cristal et se les introduisant dans les orifices les plus inattendus, agitant papiers, photocopies, contrats, bilans, mémoires, comptes de profits et pertes, études financières, actes et minutes, faisant cornets des documents les plus précieux, se mouchant avec dans le but touchant de nous faire rire, répandant sur la moquette étrons de carton-pâte, mouches de plastique, lézards de caoutchouc et autres articles de farces et attrapes dont le succès est garanti en société, se bourrant de pastilles de couleurs, de tailles et d'efficacités diverses, atteints ou feignant d'être atteints d'infarctus, d'angines de poitrine, de cachexies, de thromboses et d'apoplexies, levant les deux jambes à la fois pour mieux expulser leurs vents, bref, menant une telle sarabande qu'on put craindre de voir le plafond s'effondrer sur nos têtes et le sol céder sous nos pieds. Et je ne sais combien de temps aurait duré ce vacarme ni comment il se serait terminé si n'avait soudain retenti un coup de sifflet strident qui rétablit aussitôt l'ordre, comme par enchantement.

18

Du pouvoir

Le silence s'instaura, si brutal et complet que j'en fus tout saisi. Je cherchai des yeux, sans la trouver, la provenance du coup de sifflet qui venait de retentir quand je remarquai que tous les administrateurs tournaient la tête vers un appareil qui se trouvait devant une chaise vide, à l'un des bouts de la table, et ressemblait à un grille-pain, sur l'une des parois duquel une petite lumière verte clignotait. Avant que j'aie pu interroger notre guide sur ce qui se passait, celui-ci susurra à mon oreille :

– M. le Directeur général va nous adresser la parole : écoutons bien.

Les administrateurs s'apprêtaient effectivement à prendre des notes et à faire marcher leurs calculatrices de poche ; sauf un ou deux qui manipulaient désespérément des magnétophones.

– L'épargne privée, commença à dire l'interphone sur un ton si grave et si faible qu'il se confondait avec les bouillonnements du jet d'eau, est comme la semence qui, fécondée par le laboureur, se transforme en...

Nous ne pûmes savoir en quoi elle se transformait, car il y eut alors une interférence avec l'émetteur d'une radio locale qui nous gratifia d'une annonce publicitaire pour une gaine chauffante aux vertus multiples, hygiéniques, diététiques et sustentatoires. Après quoi on entendit de nouveau la voix qui disait :

» ... et les Arabes avec leurs foutus marchandages.

Des murmures d'approbation parcoururent toute l'assistance et un lèche-cul se mit même à applaudir. La voix du grille-pain s'éleva de nouveau :

» Puisque nous avons épuisé l'ordre du jour et qu'il n'y a plus de questions à traiter, je vais lever la séance. A ceux qui désirent rester, on servira du thé et des biscuits.

Personne ne fit mine de se lever, certains s'écrièrent « chouette! » et eurent un mot de remerciement, mais la plupart froncèrent les sourcils, firent la petite bouche ou tirèrent carrément la langue pour manifester leur dégoût. A quoi, la voix, indifférente, ajouta :

» Pimprenelle, vous êtes là?

Notre accompagnateur s'inclina en s'adressant au grille-pain :

– Toujours à vos ordres!

Puis il se tourna vers nous et chuchota :

» M. le Directeur général m'honore de sa confiance.

– Pimprenelle, dit encore la voix, faites passer dans mon bureau les deux messieurs qui ont eu l'amabilité de venir nous voir.

Il s'agissait de nous. Le vieil historien et moi échangeâmes un regard où l'on pouvait, je crois, lire de l'hésitation. Mais le mielleux Pimprenelle, sans laisser à celle-ci le temps de nous influencer, nous donna quelques discrets coups de coude en disant :

– Allons, allons! Ne faisons pas attendre M. le Directeur général.

Nous trottâmes à sa suite autour de la table de réunion, tentant d'éviter les mains avides des administrateurs qui cherchaient à s'emparer de la mallette et qui nous faisaient au passage des propositions de placements, des offres de valeurs, des prières déchirantes : nous franchîmes ainsi l'espace qui nous séparait du bout de la salle opposé à celui par lequel nous étions entrés. Pimprenelle sortit alors de la poche intérieure de sa veste une carte perforée qu'il introduisit dans une fente et une tenture murale glissa, découvrant un couloir obscur où nous nous engageâmes pour déboucher dans un réduit, une cellule aux murs capitonnés, éclairée par de puissantes ampoules :

– Nous allons nous arrêter ici quelques instants, dit Pimprenelle, pour reprendre souffle, remettre de l'ordre dans nos idées et vous fouiller pour nous assurer que vous ne portez pas d'armes. Vous comprenez, bien sûr, qu'il ne s'agit là que d'une ennuyeuse formalité, rendue nécessaire aujourd'hui par la mauvaise volonté des gens. Veuillez déboutonner votre gabardine.

Je fis ce que le secrétaire général me disait de faire et celui-ci, voyant que je ne portais rien sous ce vêtement, me dit :

» Inutile de me donner une explication. Moi aussi, parfois...

Après nous avoir fouillés, Pimprenelle colla son visage au mur et déclara :

– Tout est en ordre, monsieur le Directeur.

Sans qu'il y ait eu réponse verbale, un panneau, une épaisse plaque d'acier, s'ouvrit et nous vîmes un bureau qui, par contraste avec l'aspect riant, voire tape-à-l'œil, de la salle que nous venions de quitter, était décoré avec une sobriété invitant au recueillement : une table d'acajou incrustée de morceaux de nacre en forme de bateaux, une chaise pivotante et deux fauteuils de cuir. Dans une niche crépitait un télex et sur une console une demi-douzaine de téléphones lançaient des clignotements intermittents : c'était leur silencieuse façon d'indiquer que quelqu'un appelait en vain. La lumière indirecte était tamisée et, à travers un haut-parleur invisible, la manécanterie des Petits Chanteurs de Montserrat entonnait des chants de Noël.

» Ayez la bonté d'entrer, murmura Pimprenelle.

Engourdis par l'atmosphère sédative que l'argent et le bon

goût, en étroite connivence, avaient créée, nous pénétrâmes dans le bureau sans nous douter que nous tombions dans un piège : de fait, à peine étions-nous entrés que le panneau se rabattit dans notre dos avec une surprenante rapidité, nous enfermant, M. Plutarquet et moi, et laissant dehors le fourbe secrétaire, dont nous entendîmes le rire sardonique juste avant que le panneau d'acier nous isole et nous abandonne à la merci de ce qu'on voudrait bien faire de nous; ce que nous comprîmes aussitôt, alors qu'instinctivement nous nous mettions à donner des coups contre les murs, à crier, à proférer des injures et des menaces auxquelles seul répondait un silence odieux.

– Nous sommes tombés dans un fameux piège, et de la façon la plus idiote, m'écriai-je enfin, en m'effondrant dans l'un des fauteuils. Mon plan n'était pas aussi bon que je le croyais.

– Ne vous accusez pas toujours de ce qui va mal, mon cher ami, répondit le vieil historien en se laissant choir à son tour dans l'autre fauteuil. Nous avons fait ce que nous avons pu. Patience!

Comme pour empêcher que ces paroles réconfortantes ne versent un baume sur mon âme troublée, la voix qui peu avant nous avait parlé à travers le grille-pain résonna de nouveau, dans le bureau cette fois :

– Que mes premières paroles soient pour vous souhaiter la bienvenue dans cette maison, qui est la vôtre. Comme vous devez maintenant vous en douter, toute fuite est impossible et toute résistance inutile. Je vous demanderai de ne pas fumer.

– Qui êtes-vous, demandai-je en m'adressant au vide, et que voulez-vous de nous?

– Ce que je veux, répondit la voix, est entre vos jambes. J'aurais pu dire plus simplement « la mallette », mais j'ai délibérément employé cette phrase à double sens, pour égayer un peu notre entretien. Quant à mon identité, à la nature exacte de mes activités et à tout ce qui peut servir à éclairer ce cas embrouillé, je vous donnerai par courtoisie les explications que vous attendez depuis le début du roman. Ayez l'amabilité de regarder par ici. Non, de l'autre côté. Comme ça.

Un petit moteur ronronna et du plafond descendit un écran argenté. Une petite fenêtre s'ouvrit dans le mur opposé, un faisceau de lumière traversa la pièce et vint projeter sur l'écran une image, complètement floue.

» Dès que ce maladroit de Pimprenelle aura pu régler l'appareil, reprit la voix, je vous ferai le commentaire. Ah! voilà. Ce que vous voyez là et que vous aurez sans doute reconnu, c'est la façade extérieure de l'édifice où nous nous trouvons. Elle a été dessinée par une équipe d'architectes selon mes instructions. Je passe?

Nous convînmes que oui.

» Ceci est l'organigramme de l'entreprise fait par un dessinateur, qui est aujourd'hui chef du personnel dans l'une de nos filiales. Vous remarquerez que les olives farcies ne sont qu'une de nos multiples activités. Ni la seule ni la principale. Si nous avons cependant gardé cette firme et son nom à la tête de notre complexe industriel, c'est que cela nous permet d'obtenir des crédits à l'exportation, sans parler de raisons sentimentales sur lesquelles je ne m'étendrai pas. Comme vous pouvez voir, nous avons trois sociétés financières, un holding, six entreprises de construction, une compagnie de leasing, une autre de marketing, un cabinet d'études de rentabilité, un consulting, un centre de gériatrie, deux usines de mise en bouteilles, un complexe sucrier aux Caraïbes qui camoufle un groupe de bailleurs de fonds, un atelier d'enregistrement de disques, une entreprise cinématographique à capitaux mixtes, un bureau de libre-échange à Andorre-la-Vieille, une chasse gardée, un atelier de transformation. Et quelques autres affaires encore.

» Ce que vous voyez maintenant est le bilan consolidé au trente et un décembre dernier. Je l'enlève parce que vous n'allez rien y comprendre et que les chiffres ont été truqués pour le fisc. Ceci est un graphique de nos bénéfices bruts à partir de 1956. Voyez comment nous piquons du nez, puis remontons et nous maintenons en fragile équilibre et voyez quelle confusion s'installe dans les dernières années. Ah! voici une séquence de *Charlot ramoneur* que j'introduis dans toutes les projections, pour égayer un peu les séances. Vous pouvez rire tant que vous voudrez.

Seuls les éclats de rire de Pimprenelle rompirent un lourd silence.

» Celui qui est de dos, continua la voix, c'est moi, il y a bien longtemps, serrant la main d'un ministre, après avoir conclu un accord important et très avantageux pour notre pays. Regardez comme le ministre se cache la figure dans son mouchoir.

– Vous n'avez pas changé! lança Pimprenelle.

– Je dois vous avertir, dit la voix, que sur toutes les diapositives où j'apparais mon propre visage est caché par un de ces rectangles noirs qu'emploient sur leurs affiches certaines salles de cinéma pour couvrir les seins, sexes, prépuces, anus, bref, tout ce qui pourrait offenser la morale publique. Ici, par exemple, me voici à l'aéroport de Riad, en Arabie Saoudite. Un voyage d'affaires. J'ai su trop tard que, pour les massages, c'est à Bangkok qu'il fallait aller. L'Arabie Saoudite, c'est du sérieux. Il faut voir ce que font ces gens-là! L'avenir est entre leurs mains, quoi qu'on dise. Regardez! Une fabrique en plein désert. Les matières premières arrivent tous les jours en hélicoptère et pourrissent sur place. Je ne comprends pas comment les Américains ne se rendent pas compte.

– S'ils vous écoutaient, dit Pimprenelle, ce serait une autre paire de manches!

– Maintenant, vient une série de photos de famille, reprit la voix, qui n'ont rien à voir là-dedans, mais j'ai pensé qu'elles vous amuseraient. Oh! voici la maison où je suis né! La deuxième fenêtre à partir de la gauche, celle dont les volets sont fermés, vous la voyez? Il y a quelques années, j'ai fait des démarches pour qu'on classe la maison monument historique, mais Son Excellence est morte entre-temps, et le projet est resté en rade.

» Au jardin d'enfants. Dans ce temps-là, tous les enfants étaient pareils. Je n'ai jamais su lequel j'étais. Passons.

» Ma famille, au baptême de mon petit frère. Maman n'est pas là parce qu'elle était encore au lit, avec des hémorragies. Le parrain, c'est l'oncle Basilio, qui a été tué sur le Jarama.

» Sur une plage de San Sebastian, avec une petite voisine, Maria de l'Assomption. La première fille que j'ai pelotée, en matinée, dans un cinéma du quartier. Je l'ai revue dans les années soixante, une vraie tour. Elle était mariée et mère de quatre enfants. Je lui ai demandé si elle se souvenait du moment où je lui avais mis la main au panier. Elle a rougi et m'a avoué qu'elle s'en souvenait, qu'elle se rappelait même le film qu'on projetait ce jour-là. Elle m'a donné son adresse et son numéro de téléphone. Je lui ai envoyé un chèque de cinq mille pesetas et je ne l'ai plus revue.

» Mon grand-père.

» Moi, pendant mon service militaire. Une période de ma vie qui n'aurait rien eu de transcendant si la Sainte Vierge ne m'était pas apparue une nuit où je montais la garde.

» Avec ma fiancée, qui est ma femme maintenant, le jour où on nous a livré notre première Fiat 600. Un des rares documents iconographiques témoignant de mon bref passage dans la petite bourgeoisie.

» Le jour de mon mariage. Maman était morte et nous avions mis papa à l'asile. Celui qui est à ma gauche, c'est mon cousin Enrique, le fils de l'oncle Basilio. Après, il a fait de la prison puis il est devenu sous-secrétaire au ministère du Commerce. Maintenant, il vit à Puerto Rico.

» Ma femme, top-less, sur la plage de Salou. Pimprenelle, ne regardez pas. Vous autres, vous pouvez regarder, car vous ne sortirez pas vivants d'ici.

– Vous êtes unique! s'esclaffa Pimprenelle.

Les choses, inutile de le dire, prenaient mauvaise tournure.

– Je suis, continua la voix imperturbable, sévère, mais pas cruel. Aussi vais-je sauter les photos du premier bal de la petite au Liceo, celles du voyage à Venise et celles de la course de taureaux à l'ancienne, que j'ai eu l'honneur de présider. Par contre, je ne voudrais pas que vous manquiez celle-ci qui a pour moi une valeur sentimentale énorme. Elle a été prise au cours d'une audience accordée par Son ex-Excellence le chef de l'Etat au palais du Pardo à seize hommes d'affaires, la fine fleur du pays, vers la fin de l'année soixante-douze. C'est moi, juste à la droite de Son Excellence. Difficile à reconnaître, je l'avoue, car à l'époque l'étoile et la santé de notre invincible Caudillo avaient commencé à décliner et tous les seize, d'un commun accord, avions décidé de mettre chacun un masque de Mickey. Le Caudillo, naturellement, fut assez surpris de nous voir entrer ainsi dans la salle du trône. Nous lui avons expliqué que nous avions voulu lui faire une petite farce, connaissant son légendaire sens de l'humour, donner un petit air de fête à la réunion, alléger par cette plaisanterie le poids qui s'abattait sur ses augustes épaules. De sa petite main molle, qu'il pouvait encore remuer, il fit un geste qui semblait vouloir dire : bon, c'est très bien. Mais nous avons tous vu qu'il avait compris. Pas un muscle n'a bougé sur son noble visage impavide; ses yeux, simplement, se sont attristés, ces yeux qui avaient su scruter les chemins de l'histoire cherchant le pourquoi et le comment du destin de la patrie, bien qu'aujourd'hui les révisionnistes insinuent que ce n'était pas lui qui agissait, que c'est Onésimo Redondo qui lui avait tout suggéré; ces yeux prédestinés, dis-je, qui avaient su distinguer, dans la confusion, l'incertitude, le désordre gouvernemental, le chemin de l'Espagne, ces yeux se remplirent de larmes. J'étais à côté de lui – voyez la photo – et je m'en suis bien rendu compte. J'ai senti un froid glacial me geler le cœur, un étau me serrer la gorge. J'ai posé ma main sur son bras, naguère d'acier, alors de chair et d'os, et j'aurais voulu lui dire : « Ne pleurez pas, mon général, ce n'est pas une trahison; nous avons toujours été à vos côtés et nous le resterons tant que le monde durera; mais les temps changent, mon général, et il y a des choses qu'on ne peut plus demander; notre fidélité demeure intacte, mais il y a des choses que, même vous, vous ne pouvez pas contrôler; de grandes mutations se préparent; pour conserver l'esprit il faut parfois altérer la forme; mais ne doutez pas de nous, mon général, demandez-nous n'importe quel effort, vous nous trouverez aussitôt prêts à l'accomplir et heureux de le faire; demandez-nous la vie, mon général, nous vous l'offrons avec plaisir; demandez-nous notre honneur, demandez-nous de renoncer à nos titres de noblesse, à nos décorations, à notre famille, à notre foyer, demandez-nous de prendre les armes, de nous lancer, malgré notre âge, dans les tranchées, sur les barricades, de prendre le maquis, de gagner la haute mer, demandez-nous d'endurer la faim, la soif, le froid, la misère, les maladies, les dangers, demandez-nous de supporter des courants électriques dans le scrotum, de manger nos matières fécales; mais ne nous demandez pas de céder le pouvoir; pas cela, mon général; vous nous l'avez enseigné, vous nous avez donné un exemple immarcescible, ne nous faites pas claudiquer aujourd'hui; ce n'est pas de la peur, ce n'est pas de la cupidité; c'est l'ordre des choses qui est en jeu; passez le flambeau, mon général, n'emportez pas l'autorité dans la tombe. » Et il a compris. Lui, l'homme avisé, l'homme fort, le courageux soldat de toujours, a compris; ses lèvres ont esquissé un pâle sourire, plein de cran et de mélancolie. Ses yeux se sont séchés et il nous a regardés avec le regard tendre du père qui voit son fils partir pour le front, la gloire ou la mort. Et sans nous être donné le mot, comme poussés par un même élan mystérieux, nous nous sommes mis à chanter *J'avais un camarade*. Le Caudillo a redressé son dos de colosse et à joint sa voix aux nôtres – Pimprenelle, imbécile, vous ne voyez pas que je pleure? Mouchez-moi donc, j'ai le nez qui coule! –, il a joint, dis-je, aux nôtres sa voix affaiblie, lasse d'avoir commandé, et un frisson nous a tous parcourus dans le dos. Nous avons repris la chanson deux, trois, quatre fois, car le Caudillo avait pris du retard et il en était encore au premier couplet quand nous en étions au troisième, et au lieu de « camarade » il disait « mamarade » ou quelque chose dans le genre mais cela n'ôtait rien à notre émotion – Pimprenelle, cochon! ne mettez pas ce Kleenex sale dans votre poche –, à notre émotion, dis-je, qui frisait la passion, qui frisait l'érotisme...

19

Sur des charbons ardents

– Les cloches sonnent, dit la voix, les tambours résonnent, une comète traverse le ciel, les aveugles entendent, les muets voient, le Duero coule à contre-courant, dans Grenade la nuit les rois maures parlent, une mule a mis bas pendant le Carnaval : il y a des présages. De grands événements se préparent. Pimprenelle, préparez la vidéo.

Le petit moteur se remit à ronronner et du sol émergea une console dont les portes en s'ouvrant, propulsées par un ressort, mirent en évidence ce qui semblait être un téléviseur.

» Japonais, informa la voix.

Si, bien entendu, une telle précision me laissait froid, je réfléchissais par contre activement à la façon de sortir de cet endroit pour le cas où, comme l'avait prophétisé la voix, s'y produirait effectivement un événement d'une certaine importance. Inutile de dire que, pendant qu'on nous avait tannés avec le précédent film, j'avais exploré le terrain, cherchant le moindre objet susceptible de me servir d'arme le moment venu, et inutile encore de préciser que je n'avais rien trouvé : car il n'y avait dans la pièce ni lampe de bronze, ni nécessaire de bureau en marbre, ni cadre à forte moulure, ou autre objet à l'aide duquel, avec un peu de chance et d'adresse, j'aurais pu fracturer un crâne. Je n'avais pas non plus, comme en d'autres circonstances critiques, des poches où, en cherchant bien, on finit toujours par trouver de ces bricoles qui, en cas d'urgence, peuvent vous tirer d'affaire. Mais, comme il n'y a rien de tel que les situations critiques pour vous aiguiser l'esprit, je m'obstinai à fouiller les poches du seul vêtement que je portais, c'est-à-dire la gabardine, tout en sachant pertinemment qu'elles étaient vides. Quelle ne fut pas ma surprise quand je sentis mes doigts heurter un objet carré, de petite taille et presque plat, que je ne me rappelais pas avoir mis là, ni avoir trouvé quand j'avais pris possession du vêtement! Me demandant donc comment cet objet pouvait se trouver là, j'en arrivai à la conclusion que, deux jours plus tôt, sinon davantage, j'avais laissé cette même gabardine dans le vestiaire du restaurant chinois, et que sans doute l'employé qui s'en était chargé avait dû glisser dans la poche une de ces boîtes d'allumettes, gadgets publicitaires, indiquant le nom de l'établissement et son adresse, avec quelque appréciation louangeuse pour allécher le client. Sur quoi, en guise d'expérience, j'ouvris la mallette, y pris un billet de cinq mille pesetas, craquai une allumette et mis le feu au billet. Comme rien ne se produisait, je répétai l'opération. Au troisième billet, le programme de télévision s'interrompit et la voix demanda :

– Mais qu'est-ce que vous faites?

– Je fais brûler les billets l'un après l'autre, répondis-je, et je continuerai ainsi jusqu'à ce que vous consentiez à parlementer.

Pour bien montrer que je parlais sérieusement, j'enflammai un nouveau billet.

– Ne touchez pas à cet argent! brailla la voix.

– Pas de pourparlers, pas d'argent.

– Vous êtes en mon pouvoir!

– Oui, mais c'est moi qui ai la mallette et beaucoup d'allumettes avec.

Il y eut un silence que je mis à profit pour enflammer un autre billet.

– Attendez! lança la voix. Parlementons.

– D'accord.

– Que voulez-vous?

– Sortir d'ici sains et saufs, qu'on nous rende Maria Pandora indemne et qu'on verse une prime à tous les employés de la maison.

Ce dernier point, évidemment, m'importait peu, mais dans le monde des affaires il faut toujours demander un peu plus que ce qu'on veut, pour marchander.

– Laissez-moi cinq minutes pour réfléchir.

– Vous en avez deux.

Il s'écoula un temps que personne ne prit la peine de chronométrer et la voix reprit :

– C'est bien. J'accepte vos conditions. Posez la mallette sur la table et marchez vers la porte, les mains en l'air.

– Mon œil! Tant que nous ne serons pas tous les trois, Maria Pandora, M. Plutarquet et moi-même, hors de danger, je ne lâcherai pas la mallette.

– Je peux demander à mes hommes de s'en emparer par la force.

– Et, moi, je peux commencer à brûler les billets cinq par cinq.

– Ce type est fou, marmonna la voix en aparté.

– La liberté ou je brûle tout, dis-je.

– Pas de précipitation, supplia la voix. Je vais donner des ordres. Pimprenelle, qu'on amène cette fille. Non, pas celle de l'écran, celle qui est enfermée dans la salle des coffres. Un peu de patience, vous autres, l'ouverture de la salle des coffres fonctionne à retardement et le personnel aussi, hélas! Voulez-vous que, en attendant, je vous passe *Emmanuelle contre les idiots d'Amendralejo*?

– D'accord.

Tandis que, sur l'écran de télévision, une fille gagnait péniblement son salaire, M. Plutarquet se glissa près de moi et me souffla à l'oreille :

– Ces gens ne m'inspirent aucune confiance.

– A moi non plus, monsieur Plutarquet, mais restez calme, et faites ce que je vous dirai. J'ai un plan.

– Ciel! s'écria le professeur qui avait été échaudé.

Un temps passa au bout duquel le panneau de métal s'ouvrit : on lança un ballot sur le sol de la pièce. Avant que nous ayons pu réagir, le panneau s'était refermé. Nous nous précipitâmes et vîmes qu'il s'agissait de Maria Pandora, enveloppée dans l'édredon d'Emilia qui maintenant faisait peine à voir.

– Ma fille, ma petite fille! sanglota M. Plutarquet, que t'ont fait ces vauriens?

Encore sous l'effet du narcotique, la journaliste ronflait dans une enviable sérénité.

– Vous êtes contents? demanda la voix.

– Très contents, dis-je. Voyons maintenant comment s'organise notre sortie.

– C'est très simple : deux hommes vont entrer dans la pièce. Ils vont vous bander les yeux et vous conduire jusqu'à la sortie. N'opposez aucune résistance. Quand vous serez dans la rue, ces hommes vous ôteront les bandeaux et vous leur remettrez la mallette. D'accord?

– D'accord, dis-je.

Puis tout bas à M. Plutarquet :

» Pensez-vous pouvoir porter Maria Pandora?

– Je crois que oui.

– Alors prenez-la dans vos bras et préparez-vous à courir.

– Et vous?

– Ne vous inquiétez pas.

Le panneau métallique s'ouvrit une nouvelle fois et nous vîmes les silhouettes de deux sbires de haute stature, aux larges épaules, portant chacun une cagoule. Je me mis de dos à la porte, ouvris la mallette, craquai plusieurs allumettes à la fois et les approchai des billets qui se mirent à flamber comme seul le fait du papier froissé. Ayant compris mon geste, les deux sbires se jettèrent sur moi. Je fermai le couvercle de la mallette, le maintins rabattu une fraction de seconde puis le relevai : une épaisse fumée malodorante envahit la pièce.

– Filez, monsieur Plutarquet! parvins-je à crier.

Le vieillard, qui avait chargé sur son dos le corps inerte de Maria Pandora, sortit en courant tandis que les deux hommes cherchaient à m'arracher la mallette et à me faire une prise de karaté. Avec une habileté rare, acquise dans ma tendre jeunesse, perfectionnée pendant ma vie civile et rafraîchie occasionnellement à l'asile d'aliénés (où la cohabitation, comme on sait, provoque frictions et malentendus), je parvins à envoyer à l'un des hommes un coup de pied en un point fort sensible, dont, par déférence, je tairai le nom au lecteur.

– Mes couilles! hurla, moins réservé, le sbire.

L'autre m'avait saisi à la gorge et me soulevait dans les airs, ce qui, joint à la fumée, me faisait suffoquer. Et je ne sais pas comment aurait fini cette bagarre si des soupapes que je n'avais pas remarquées dans le plafond ne s'étaient ouvertes, et transformées en autant de douches froides, certainement déclenchées par la présence de la fumée; elles déversaient de l'eau dans toutes les directions. J'envoyai un coup de poing à celui qui m'étranglait. Comme ce dernier avait les deux mains occupées à me serrer le cou et que, en plus, sa cagoule trempée lui brouillait la vue, il ne put se défendre. L'autre se jeta sur nous, bien qu'en piteux état, et sans donner des preuves de grand enthousiasme. Je lui assenai un coup sur la tête avec ma mallette et il se retira dans un coin. Je ne sais si tout cela se passa plus vite que je ne le raconte ou si je le raconte plus vite que cela ne se passa. Peu importe. Le fait est qu'une sirène se mit à hurler et qu'on entendit des voix crier « Au feu! au feu! » et se demander les unes aux autres quel était le numéro des pompiers; que l'eau, entrant en contact avec les fils électriques, provoqua des courts-circuits qui, à leur tour, engendrèrent de nouveaux incendies; que les messages que le télex transcrivait en belle écriture sur des rubans de papier se transformèrent en autant de bûchers; que, dans le va-et-vient de la bagarre, nous finîmes par cogner le téléviseur dont la vitre explosa, ouvrant une brèche dans le mur; et que, Dieu sait comment, je parvins à échapper aux griffes de mon sbire, traversant en deux bonds l'antichambre puis le couloir, et arrivant dans la salle de réunion, que les administrateurs avaient fort à propos évacuée, où je trouvai M. Plutarquet affalé sur une chaise, essoufflé et gémissant :

– Ça n'est plus de mon âge!

Assommé par les coups, asphyxié, trempé, les cheveux roussis, j'eus encore la sainte patience de me charger de Maria Pandora et criai au petit vieux :

– Suivez-moi, espèce d'andouille, il y va de notre vie!

Tout le monde, heureusement, semblait nous avoir oubliés. L'alarme s'était étendue à l'édifice tout entier et les pompiers étaient arrivés, inondant les dépendances avec leurs grosses manches d'arrosage, démolissant à coups de hache tout ce qui gênait leur passage. Sans être inquiétés, nous sortîmes dans le grand couloir, le parcourûmes de bout en bout et attendîmes l'arrivée de l'ascenseur. Celui-ci, bien entendu, avait cessé de fonctionner et notre chance eût été incertaine si n'était apparue, à cet instant précis, l'opulente hôtesse d'accueil qui, croyant toujours que nous étions d'importants clients, affrontait les plus grands périls pour nous sortir indemnes de la catastrophe. Nous descendîmes derrière elle, en trébuchant, par un escalier obscur, dans un angle duquel, soit dit en passant, je parvins à lui pincer une fesse, et nous arrivâmes dans le hall puis dans la rue, où s'agglutinait une foule composée à parts égales d'employés de la maison et de badauds qui attendaient avec une délectation morbide de voir apparaître des corps calcinés et autres spectacles de mauvais goût.

Tout cela ne m'empêcha pas de remarquer la présence

manifeste de plusieurs voitures de police. Ne souhaitant pas de rencontre avec cette dernière, pour des raisons qu'il est inutile d'expliquer, et ayant des choses plus pressantes à faire, je pris congé de l'hôtesse d'accueil, pénétrai dans la masse des badauds, toujours avec Maria Pandora dans les bras et M. Plutarquet sur mes talons, et la traversai sans attirer l'attention.

Je ne sais par quel miracle j'aperçus, à un proche coin de rue, la voiture d'Emilia. Nous nous dirigeâmes vers elle et y montâmes, en nous entassant n'importe comment. Emilia, en nous voyant si mal en point et noirs comme des ramoneurs, se mit à pousser des cris et à nous questionner, se plaignant à la fois de notre retard et de la vive inquiétude que nous lui avions causée.

– Nous t'expliquerons, dis-je, coupant court au flot de ses doléances, en temps et lieu ce qui s'est passé. Pour l'instant, il est urgent que nous partions d'ici.

Emilia mit la voiture en marche et, en actionnant son volant, lui fit suivre une trajectoire capricieuse, jusqu'à ce que nous fûmes assurés que personne ne nous suivait. Profitant du répit que cette promenade nous donnait, nous mîmes Emilia au courant de nos vicissitudes et nous nous laissâmes aller à la joie d'avoir réussi à nous tirer de cette aventure tout en délivrant Maria Pandora. Cependant, comme, malgré la joie régnante, une larme perlait à mes cils qui, s'ils n'avaient jamais été de velours, étaient devenus presque inexistants du fait de l'incendie, et que cette larme se creusait un sillon dans le masque de suie qui couvrait mon visage, Emilia me demanda quelle était ma cause de mon chagrin; à quoi je répondis que c'était le souvenir de la mallette sacrifiée qui me faisait pleurer.

– Allons, allons! me dit-elle, nous avons toujours su que cet argent ne nous appartenait pas.

– C'est exact, dus-je convenir; mais, à vrai dire, je m'y était attaché.

Je n'ajoutai pas, pris de honte, qu'à certains moments

j'avais eu la faiblesse de rêver à l'emploi, si mon sort eût été autre, que j'aurais fait du capital que pendant si longtemps j'avais tenu entre mes mains, ou même d'une fraction de ce capital, qui aurait suffi d'après mes calculs, à débrouiller, avec l'aide d'un bon avocat, la situation judiciaire qui conditionne toute ma vie, et encore à acquérir un modeste logement, acheter des vêtements et donner à ma destinée un nouveau cours. Quoi qu'il en soit, la roue de la fortune, après m'avoir soumis à tant d'épreuves et m'avoir montré çà et là des lueurs d'espoir, refaisait de moi un proscrit, impécunieux et nu, et, comme si cela ne suffisait pas, j'étais en proie à la plus abjecte autocompassion. Je m'efforçai donc de chasser d'aussi lugubres pensées, soupirai et repoussai la caboche de Maria Pandora, allongée sur nos genoux, qui m'enkylosait l'entrejambe. Après quoi, je retrouvai mon humeur habituelle et nous en vînmes à étudier les risques que nous courions encore, étant tous les trois d'avis que la première chose à faire était de déposer Maria Pandora en lieu sûr, non seulement parce que son état exigeait du repos et des soins, mais aussi parce qu'elle constituait un encombrant fardeau.

– Mais où allons-nous la mettre? demandèrent à l'unisson le professeur et Emilia.

– Ça, dis-je, j'y ai déjà pensé.

20

Pas de répit

Le soleil était encore près de son zénith, toutes les horloges marquaient approximativement trois heures vingt-cinq, et pourtant Candida somnolait déjà contre son réverbère. On lui avait dit que, à cette heure-là, elle avait des chances de se faire quelques sous vu que les employés de banque, leur journée finie, aiment à se dédommager des amertumes de leur travail en usant de ces distractions que ma sœur pouvait leur fournir à prix modiques. Apparemment, il n'en allait pas ainsi, car la ruelle sordide était déserte quand mon ombre y pénétra. Candida, qui, avec les années, une faiblesse congénitale et diverses maladies que lui avaient passées ses rares clients, était devenue un peu myope, remarqua que quelqu'un approchait; mais, malgré l'air de famille qui caractérise ma démarche, elle ne parvint pas à reconnaître ma silhouette demeurée floue. Elle se redressa et s'efforça de donner à la masse informe de son corps un contour sinueux, à tel point qu'elle finit par perdre l'équilibre et tomba par terre. Je m'élançai à son secours et lui demandai si elle s'était fait mal.

– Purée! répondit l'ingrate. Je manque de me tuer, et par-dessus le marché c'est toi qui es là. D'où sors-tu? Non, ne me dis rien. J'aime mieux ne pas savoir. Aïe! mon Dieu! j'ai dû me casser quelque chose.

– Allons, voyons! ça ne sera rien, fis-je tout en tirant sur ses cheveux hirsutes et cassants, pour l'aider à se relever.

Quelques bleus, seulement, qui rehausseront tes charmes.

Elle secoua sa jupe mitée pour en détacher les écorces de mandarine qui s'y étaient incrustées, reprit son souffle et dit sur un ton récriminatoire :

– Tu m'avais annoncé que tu reviendrais dans deux heures et voilà des jours que je t'attends! Tu aurais pu téléphoner! Où sont mes faux cils? Et qu'est-ce que tu fais avec cette figure noire et ce vêtement en loques?

– Candida, je n'ai pas le temps de te raconter maintenant ce qui m'est arrivé. Je suis dans le pétrin et j'ai besoin de ton...

– *Good bye...*

– ... aide généreuse et spontanée. Laisse-moi t'expliquer : il s'agit d'une fille...

– Tu es encore là?

– ... qui ne se trouve pas bien. Et pas par ma faute. Je n'ai rien à voir avec elle, bien que, je l'avoue, elle m'intéresse : qui sait si un jour je ne songerai pas à me ranger et à créer une famille, fonder un foyer.

Je fis une pause pour qu'elle puisse me poser quelques questions, mais elle garda le silence; d'où je conclus qu'elle avait mordu à l'hameçon. On la fait marcher, ce pauvre ange! avec une facilité qui est parfois irritante.

– Si tu es dans l'embarras, dit-elle enfin, j'ai une amie qui est très adroite et qui te fera un prix spécial, si tu viens de ma part.

– Tu m'as mal compris, Candida. Cette fille est malade au vrai sens du mot. Ou plutôt, elle a eu un accident et elle n'a aucun endroit où aller. Je me suis dit que peut-être chez toi, un jour ou deux...

– Elle ne va pas claquer dans mon lit?

– C'est un roc.

– Vrai que c'est sérieux, elle et toi?

– Candida, t'ai-je jamais menti?

– Où est-elle? balbutia Candida, devenue tout miel.

– Dans une auto, à deux pas d'ici.

Nous entrions à peine tous les cinq dans le réduit qui tenait lieu de demeure à ma sœur et l'atmosphère, déjà en elle-même peu oxygénée, se chargeait d'une odeur humaine qui certainement ne devait faire aucun bien à Maria Pandora; ma sœur, en plus, la couvrait de caresses, de mamours et de baisers.

– Hou! qu'elle est mignonne, n'arrêtait-elle pas de me dire.

Le professeur et Emilia me regardaient de travers. Je leur lançai un clin d'œil pour leur faire comprendre que j'avais dû inventer un prétexte, mais en vain, et je débitai donc :

– Ne perdons plus de temps et tâchons de nous sortir de ce bourbier. Nous avons asséné un grand coup à l'ennemi, mais, loin d'avoir neutralisé sa force en ce qu'elle a de satanique, nous n'avons fait qu'augmenter sa colère. Il est évident que l'argent faisait partie d'un plan. Rien ne nous dit, cependant, que la perte de cet argent empêche la réalisation de ce plan. Tout semble indiquer que nous sommes à deux doigts de savoir quel il est, et donc de pouvoir le déjouer. Ce n'est qu'ainsi, je vous le rappelle, que nous pourrons en finir avec la menace qui, maintenant plus que jamais, plane sur nous.

– Je ne dis pas que tu n'aies pas raison en ce qui concerne le dernier point, constata Emilia, mais je ne vois pas que nous soyons à la veille de savoir quel est leur plan, quand il se réalisera ni en quel lieu.

– Dans les catacombes des morts sans nom, articula une voix derrière nous.

Nous fîmes tous une volte-face si brusque qu'elle finit, dans cet espace restreint, en faux pas et contusions. Maria Pandora s'était dressée sur son lit et, bien qu'elle fixât sur nous un regard inquiet, que le spectacle que nous offrions pouvait justifier, il était évident qu'elle ne nous voyait pas. Je dirais que nous courûmes jusqu'à elle si l'endroit eût permis une activité aussi athlétique. Je retins M. Plutarquet qui s'apprêtait à commettre quelque insanité et laissai Emilia s'occuper de la journaliste, ce qu'elle fit en disant :

– Maria, tu me reconnais? C'est moi : Emilia!

Elle lui lissa les cheveux, lui caressa les joues et se mit à lui donner des baisers que j'interrompis en toussotant quand ils cessèrent leur fonction thérapeutique pour devenir une franche étreinte. Emilia se reprit :

– Tu n'as rien à craindre, Maria. Tu es entourée d'amis, en lieu sûr. Et enceinte, si tu veux le savoir.

– Putain de merde! dit Maria Pandora. Quelle chierie!

– Elle revient à elle, annonça Emilia.

– Demandez-lui qui est le père, s'inquiéta le vieil historien

– Demande-lui d'abord, dis-je, à quoi elle faisait allusion en parlant des catacombes.

Emilia posa la question que je voulais qu'elle lui pose, mais la journaliste se borna à proférer de nouveaux et toujours percutants jurons, puis elle sombra dans une profonde torpeur.

– Nous ne pourrons rien en tirer d'autre, constata Emilia.

– Elle n'est pas vraiment ce qui s'appelle raffinée, ajouta ma sœur en me regardant quelque peu déçue.

– C'est l'effet des médicaments, dis-je.

Je m'assis par terre, les jambes repliées en tailleur, les dimensions de la pièce rendant impossible toute autre posture, appuyai mon front sur mes genoux et offris l'image de la désolation.

– Pourquoi est-ce que vous vous dégonflez maintenant, cher ami? me demanda le vieil historien en se penchant vers moi.

– Parce que, répondis-je, nous étions sur le point d'obtenir un renseignement précieux et que nous restons sur notre faim.

– Ne vous avouez pas si vite vaincu, répliqua le professeur. Nous savons peu de chose, certes, mais suffisamment pour pouvoir nous orienter, avec une bonne bibliographie.

Il se leva et s'adressa à ma sœur sur un ton plein de gravité :

» Charmante demoiselle, me permettez-vous de jeter un coup d'œil sur votre bibliothèque?

Ecrasée par tant d'emphase, Candida oublia son avarice chronique et remit à M. Plutarquet un roman-photo intitulé *la Moule vorace*, plus une brochure sur les vertus alimentaires des fécules du docteur Flatulin Roteux.

» Ce ne sera peut-être pas suffisant, constata le vieil historien avec un tact exquis. Pourriez-vous, cher ami, aller dans une librairie acheter un plan de la ville et un guide touristique?

Plus enclin au découragement qu'à l'exaltation, j'allai jusqu'aux Ramblas et piquai dans un kiosque à journaux, outre une carte routière, un guide des Musées et Monuments de Catalogne. A mon retour, le professeur nous pria de garder le silence et se plongea dans la lecture de cette documentation. Au bout de quelques minutes, il chantonna :

» Eurêka!

Je m'approchai de lui, qui me montra une page du guide où il était question d'un musée de faux bijoux, d'une pinacothèque privée, ouverte au public les mardis de cinq à sept, d'un monastère romain et de ruines ibériques remplies d'ossements et de gravats. Celui qui avait rédigé ces lignes ne laissait pas transparaître un enthousiasme excessif pour ces quatre Mecques de la culture. J'allais dire au professeur que je ne voyais pas l'intérêt de la chose, quand mes yeux tombèrent sur un passage concernant le monastère, qui disait ceci : « ... les fouilles entreprises par le gouvernement de Catalogne vers les années trente, dans un but, sans doute, de profanation, n'ont pas permis de retrouver les catacombes que la tradition situe dans ce monastère dépourvu d'intérêt.

Des tentatives ultérieures visant à ce que la fondation Ford finance les travaux n'ont obtenu que des réponses sarcastiques et les fouilles n'ont pu être poursuivies. Les archivoltes du cloître manquent... »

– Maître, m'écriai-je, croyez-vous que nous soyons sur la bonne piste?

– Dans le domaine de la science, pontifia M. Plutarquet, il ne faut jamais crier victoire. Pourtant, j'oserais affirmer...

– Où donc, m'empressai-je de demander sentant poindre un discours, est situé ce monastère?

– Près du village de Sant-Pere-de-les-Cireres, auquel, à défaut de lustre, il donne son nom. Passez-moi la carte routière.

Nous repérâmes le village sur la carte et calculâmes qu'il nous faudrait trois heures pour l'atteindre, si l'autoroute était dégagée.

– Eh bien, en avant! m'écriai-je, soudain ragaillardi.

Il était clair qu'Emilia devait nous accompagner, puisque la voiture était à elle, qu'elle était la seule à savoir conduire et à posséder un permis; par conséquent, Candida devait rester au chevet de Maria Pandora. Je craignis que ma sœur refusât de rester à la maison au détriment de son négoce, mais il n'en fut rien.

– Quand il y a du football à la télé, nous expliqua-t-elle, la clientèle disparaît.

Je me souvins, non sans nostalgie, qu'on retransmettait ce soir-là le match Espagne-Argentine. Ce sera, pensai-je, pour une autre fois.

21

Tout monte

Comme il n'y avait pas de bouchons sur l'autoroute, la voiture marchait que c'était un bonheur, et Emilia se révéla une excellente conductrice, bien que, épuisée par les émotions de la journée, par une nuit pour ainsi dire blanche et, sans vouloir me vanter, par nos ébats récents, elle dodelinât par moments de la tête, risquant ainsi de mettre une fin brutale à notre équipée. Bref, la première partie de notre voyage se déroula de la façon la plus agréable. Le soir tombait; les derniers feux du soleil accentuaient la verte fraîcheur des champs fertiles, le brun rouge de la terre et le gris ascétique des montagnes lointaines, dont les sommets se perdaient dans les nuages. Décor idyllique qui nous rasséréna l'âme à tous trois, surtout à M. Plutarquet qui, n'ayant pas quitté l'asphalte depuis longtemps, n'en croyait pas ses yeux.

– C'est fou, disait-il à chaque instant, comme ce paysage a changé. Il y a trente ans, cet acacia, par exemple, n'existait pas. Et quelle route merveilleuse! Vraiment, nous n'avons rien à envier à ces fichus Français.

Il fut, heureusement, pris du mal qui affecte tant de voyageurs et s'endormit peu avant d'arriver au premier péage. Emilia, profitant de l'occasion, me demanda de lui raconter ce qu'était devenu ce premier amour dont je lui avais fait la confidence sur l'oreiller le matin même.

– La vie, dis-je, s'est chargée de nous séparer.

– Ça, dit Emilia, c'est une mauvaise excuse.

Je lui fis remarquer qu'il convenait de reprendre de l'essence.

» Je vois, dit-elle, que tu ne veux pas parler. Ce n'est pas moi qui vais t'accuser de lâcheté. Il nous en coûte à tous de reconnaître que nous avons, à un moment donné, tout misé au premier tour de la roulette avant même de connaître les règles du jeu. Moi aussi, j'ai cru que la vie c'était autre chose. Après, on continue à jouer, on gagne ou on perd alternativement, mais rien n'est plus pareil : les cartes ont été truquées, les dés pipés et les jetons ne font plus que changer de poche aussi longtemps que dure la soirée. La vie est ainsi faite et il est inutile de la qualifier d'injuste *a posteriori.*

Je lui demandai si elle voulait m'épouser. Elle répondit :

» Je crois que tu as raison.

– A quel propos?

– A propos de l'essence.

Elle tourna si brusquement que je faillis me casser les dents sur le changement de vitesse, et elle prit une voie qui menait à une station-service où elle se lança dans une discussion technique avec l'individu déplaisant qui s'occupa de nous. Je profitai de cet arrêt pour faire usage des commodités et piquer dans un distributeur une demi-douzaine de chewing-gums qui agrémentèrent, en occupant nos mâchoires, le reste du voyage.

Il faisait complètement nuit quand nous arrivâmes à Sant-Pere-de-les-Cireres. Dans la dernière partie du trajet nous n'avions fait que monter, prendre des virages et klaxonner sur une route sinueuse et obscure, qui pénétrait dans un massif montagneux, sauvage, solitaire et brumeux. Le village ne comportait qu'une seule rue perpendiculaire au flanc de la montagne et, par conséquent, extrêmement à pic. Les maisons étaient en pierre et semblaient inhabitées. Le vent apportait, venue de très loin, une odeur de bétail, de bois brûlé et l'aboiement syncopé d'un chien. Des ampoules sans globe, pendues à des câbles allant d'un toit à l'autre et que le vent agitait à son gré, projetaient une lumière cendrée qui faisait tournoyer des ombres fugaces dans des lambeaux de brume.

– Voyez un peu, commenta M. Plutarquet, ces coins pittoresques de notre géographie.

Sans prêter attention à ses sottises, nous garâmes la voiture devant un bistrot et entrâmes demander où se trouvait le monastère. Il n'y avait personne derrière le comptoir, mais à nos appels répondit, provenant de l'arrière-boutique, une voix qui nous invita à passer. Nous écartâmes un rideau fait de capsules de bière San Miguel et nous nous trouvâmes dans une salle de bonnes dimensions où trônait un téléviseur, juché sur un podium tapissé du drapeau catalan. Le patron plaçait des chaises en demi-cercles face à l'appareil.

– Excusez-moi de ne pas vous servir, mais il faut que je termine mon installation avant leur arrivée.

– L'arrivée de qui? demandai-je.

– Des gens, couillon.

– Vous montez et démontez chaque jour la boutique?

– Ce qui me fatigue avec les touristes, c'est qu'il faut tout leur expliquer, fit le cabaretier-sociologue. Maudit soit celui qui a inventé le tourisme. Vous venez d'où?

– De Barcelone.

– Ah! ce sont les pires : les Barcelonais! Les pires avec les Français.

– Permettez qu'on vous aide, dis-je en prenant une chaise.

Nous terminâmes tous les quatre d'installer l'amphithéâtre et le patron contempla le résultat avec une évidente satisfaction.

– Le pire, mis à part les Français et les Catalans, ça a été de transporter la télé, nous conta-t-il. Vous n'imaginez pas ce qu'elle pèse. Avant, j'en avais une en noir et blanc qui était moins lourde. Mais celle-ci, comme elle est en couleurs, elle pèse le double. Venez, je vous paye une bière pour m'avoir aidé.

Nous allâmes jusqu'au comptoir, il ouvrit une canette de bière, remplit trois petits verres et but le reste de la bouteille au goulot.

– Santé, santé! lançâmes-nous.

– Habituellement, dit le patron pour répondre à la question que nous lui avions posée une demi-heure auparavant, le poste est là, sur cette étagère. Le client qui vient pour prendre quelque chose peut regarder gratis. Quand on donne un programme spécial, j'augmente un peu le prix des consommations. Ça me paraît juste.

– Et ça l'est, assurai-je.

– Mais aujourd'hui, comme la partie commence à deux heures du matin, j'ai pensé que j'en profiterais pour faire un dîner-spectacle. A mille balles le couvert et, vous n'allez pas le croire, toutes mes tables sont réservées. A dix heures et demie, je commence à servir : potage vermicelle, boudin et fromage blanc. A minuit, une petite coupe de champagne. Ensuite, des disques à la demande. A deux heures, la partie. Celui qui ne paye pas le dîner complet ne voit pas la partie. J'avais pensé commander des mirlitons et des chapeaux de cotillon au représentant, mais ma femme m'a dit : « Miguel, ne te complique pas la vie! » Alors, pas de frivolités.

– Pourquoi transmet-on la partie à deux heures du matin? demanda M. Plutarquet.

– Parce qu'on la retransmet *via* satellite de je ne sais où. De France, probablement.

– Et qui joue? demanda encore M. Plutarquet qui était toujours dans la lune.

– L'équipe nationale contre une bande de salopards. Si vous voulez dîner et voir la partie, je vous mets une table. C'est mille cinq cents balles.

– Avant, c'était mille.

– Maintenant, c'est de la revente

– Non, merci bien, fis-je. Nous venions simplement vous demander où se trouve le monastère. Nous sommes photographes et nous voulons faire un reportage.

Les yeux du patron ne furent plus que deux fentes par où filtrait la méfiance.

– Il fait nuit, et il y a du brouillard.

– Nous avons un matériel électronique, répliquai-je.

– C'est votre affaire, finit-il par dire en haussant les épaules. Moi, je vous avertis de ne pas y aller. Si vous ne voulez pas comprendre, ça ne sera pas de ma faute.

– Pourquoi nous déconseillez-vous d'aller au monastère? voulus-je savoir.

– Ecoutez, monsieur, je ne dis pas que je conseille ni que je déconseille. Je suis le patron de ce bistrot de village. L'été dernier, j'ai eu ici même, là où vous êtes, des Français. Trois garçons et deux filles. C'était un soir comme celui-ci. Ils se sont entêtés à aller au monastère. Peut-être qu'en France ils n'en ont pas. Ou bien c'étaient des drogués. Les Français, vous savez... Bref, ils n'ont pas tenu compte de ce qu'on leur a dit. On ne les a jamais revus. Je n'insinue rien. Je raconte ce qui s'est passé. Je suis né et j'ai toujours vécu ici. Je suis ignorant et superstitieux. Pour tout l'or du monde, je n'irais pas ce soir dans le bois. A vous de voir ce que vous voulez faire.

Nous nous regardâmes, le professeur, Emilia et moi.

– Nous vous remercions beaucoup de l'avertissement, articula Emilia au nom des trois, mais nous aimerions savoir comment on va au monastère.

– Vous êtes en voiture? demanda le patron du bistrot.

– Oui.

– Ça ne vous servira à rien, il faut y aller à pied. Suivez cette route jusqu'au bout, et vous verrez un chemin qui part en montant. Suivez-le jusqu'à ce que vous arriviez à un pont de bois. Passé le pont, vous verrez une déviation. Prenez à droite et continuez à monter. De toute façon, avec ce brouillard, vous allez vous perdre. Si à mi-chemin vous changez d'avis et voulez venir dîner pour voir la partie, vous le savez : c'est deux mille balles.

Nous remerciâmes l'hôtelier inflationniste et, sans plus tarder, nous nous mîmes en route. Au début, ça n'alla pas trop mal car la montée était douce et la visibilité relativement bonne, mais peu à peu la pente s'accentua et le brouillard s'intensifia. Nous commençâmes à nous cogner aux arbres, à buter sur des cailloux et des racines, à tomber dans des trous, à patauger dans des bourbiers. Heureusement, les jurons que nous lançions tous trois à chaque instant nous empêchaient de nous perdre les uns les autres, ce qui aurait eu de fâcheuses conséquences. Jouait aussi en notre faveur le fait éprouvé que les montagnes, au fil du temps, ont acquis une forme cônique et que ceux qui les escaladent sont ainsi certains d'arriver au sommet, à condition d'aller toujours en montant et de ne pas se rompre les os dans l'entreprise.

Je ne sais pas depuis combien de temps nous avancions dans cette brume orageuse quand le pauvre historien, chez qui les ans pesaient plus que la détermination, souffla dans mon dos en murmurant :

– Je n'en peux plus. Continuez sans moi, je passe la nuit ici.

J'essayai de lui redonner du courage en l'assurant que le monastère ne pouvait plus être très loin et que, s'il s'arrêtait là, il risquait d'être mangé par les bêtes sauvages qui, à n'en pas douter, devaient rôder dans ces parages infernaux. Mes propos cependant ne le firent pas changer d'avis et il serait resté là si, à cet instant précis, Emilia, qui était partie, ignorante de l'incident, assez loin en avant, n'avait poussé des cris déchirants qui nous glacèrent le sang dans les veines et nous redonnèrent des forces pour courir à son secours.

Les gémissements qui succédaient à ces cris nous permirent de la trouver facilement. Elle était agrippée à un arbre et tremblait des pieds à la tête. Nous lui demandâmes ce qui s'était passé.

– Rien, dit-elle. Ce n'est rien.

– Pourquoi as-tu crié? demandai-je.

Elle mit un certain temps à répondre.

– C'est une bêtise, dit-elle enfin. Il m'a semblé voir des gens à travers la brume.

– Des touristes?

– Non...

– Je t'en prie, explique-toi. Quel genre de personnes? Combien étaient-ils?

– Plusieurs. Une longue file. Vêtus de blanc... comme des fantômes. Mais je me suis peut-être trompée. C'était peut-être seulement le brouillard...

– Ils ne t'ont pas vue?

– Je n'en sais rien. Ils avaient la tête cachée. Ils chantaient une chanson, en chœur. Les derniers transportaient...

– Quoi? demandâmes-nous, le professeur et moi, voyant qu'elle hésitait à parler.

– Un cercueil. Du moins à ce qu'il m'a semblé.

J'allais proposer qu'on retourne au bistrot et qu'on remette à plus tard notre expédition quand le vieil historien éclata de rire et dit :

– Chère mademoiselle Trash, ne vous laissez pas influencer par les circonstances. Ce que vous avez vu n'a rien de surnaturel. Si vous aviez étudié attentivement la carte, vous auriez remarqué que nous sommes tout près de la frontière. Vous avez fait la rencontre fortuite d'une troupe de contrebandiers. Je parie ce que vous voudrez que, dans ce que vous avez pris pour un cercueil, il n'y a rien d'autre que de la vaisselle Arcopal, des appareils électro-ménagers et des bas nylon.

Je m'abstins de dire ce que je pensais de la chose, et nous reprîmes notre ascension en nous enchaînant les uns aux autres avec la ceinture de ma gabardine et la cordelière du pyjama de M. Plutarquet. J'ouvrais la marche, tenant un bout de ma ceinture. Derrière moi, venait Emilia, qui d'une main tenait l'autre bout de ma ceinture et de l'autre main une extrémité de la cordelière. A l'arrière-garde venait le vieil historien, tenant d'une main sa cordelière et de l'autre son pantalon de pyjama. Ce système retarda considérablement notre avance; il avait en outre l'inconvénient pour moi de permettre au vent d'ouvrir complètement ma gabardine et au froid humide de recroqueviller mes parties honteuses.

22

En pieuse compagnie

Le talus était presque vertical et le brouillard si épais qu'on avait l'impression d'être entré dans le pis d'une vache, quand j'entendis Emilia m'appeler. Je m'approchai d'elle et, en guise d'explication, elle me montra la cordelière du pyjama : nous avions perdu M. Plutarquet. Nous revînmes sur nos pas et nous le trouvâmes allongé par terre, le pantalon descendu aux chevilles.

– Cette fois-ci, dit-il à bout de souffle, c'est sérieux. Je ne bouge plus d'ici. J'aime mieux mourir sur place.

– Monsieur Plutarquet, déclara Emilia, nous sommes arrivés jusqu'ici ensemble et nous continuerons ensemble cette aventure. Levez-vous, remontez votre pantalon et appuyez-vous sur mon épaule.

– Je ne me permettrai pas..., protesta le fragile érudit.

– Taisez-vous, allons! fit Emilia.

Sur quoi elle fléchit les genoux, passa son bras entre les cuisses molles du professeur et le chargea sur son dos comme un sac. Je lui proposai de partager le fardeau, elle refusa et nous continuâmes à grimper. Je ne pense pas que nous aurions été bien loin si, tout à coup, un faible tintement de cloches n'avait percé la brume.

– Le monastère! s'écria Plutarquet.

Nous tendîmes l'oreille pour déterminer d'où provenait le ding-dong et nous décidâmes d'un commun accord que le monastère devait se touver sur notre droite, un peu plus haut et à courte distance du point où nous nous trouvions. Nous reprîmes notre marche avec une ardeur renouvelée et après diverses péripéties dues au relief accidenté, dont il serait fastidieux de raconter le détail, nous aperçûmes dans le brouillard les murs couverts de mousse d'une bâtisse imposante. Les conditions météorologiques ne nous permettaient pas d'en bien voir les formes. Le terrain, aplani, était devenu meuble sous nos pieds et un examen plus attentif révéla que nous étions en train d'écraser des plants de tomates.

– Le potager du couvent, dit Emilia en lançant le vieillard sur les sillons moelleux.

Les cloches avaient cessé de retentir et un silence sépulcral nous entourait. Maintenant que nous avions atteint le but de notre expédition, nous ne savions plus quoi faire. Il n'était pas exclu que ce monastère, détourné de ses fins pieuses, fût en réalité le repaire de l'ennemi et de ses hordes démoniaques : révéler notre présence serait peut-être nous mettre sottement dans la gueule du loup. Nous n'avions pas non plus oublié les funestes prédictions de l'aubergiste. Nous tînmes un bref conciliabule et ce fut M. Plutarquet qui, avec sa sagacité coutumière, éclaircit la situation :

– L'alternative est claire : ou nous vérifions ce qui se trame dans le couvent ou nous repartons. Je vote pour le premier parti.

Il resserra son pantalon de pyjama avec sa cordelière et marcha vers le portail du couvent. Emilia et moi, encouragés par son exemple, le suivîmes. Le téméraire érudit tira le cordon qui pendait du linteau et une allègre clochette résonna dans la bâtisse. Nous attendîmes le cœur battant que quelqu'un accoure à notre appel et, au moment où nous pensions que cela ne se produirait plus, une petite fenêtre s'ouvrit dans le portail, où une figure parcheminée apparut à la lueur vacillante d'une bougie.

– Béni soit le Seigneur! proclama le visage. Que désirez-vous?

– Amen, répondit M. Plutarquet. Nous voudrions entrer.

– Nous faisons partie du Touring-Club de Catalogne, ajoutai-je pour donner de la vraisemblance à notre présence insolite, et nous nous sommes perdus dans la montagne. Si vous aviez la charité de nous laisser entrer un petit moment, jusqu'à ce que le brouillard se dissipe...

– Ici, le brouillard ne se dissipe jamais, répondit sèchement le frère portier, mais je suppose que vous pourrez entrer pour vous reposer.

Il referma son judas, on entendit un bruit de chaînes et de verrous, et le portail s'ouvrit en grinçant.

» Soyez les bienvenus dans la maison du Seigneur, reprit le frère portier.

Nous vîmes qu'il s'agissait d'un tout petit vieillard qui avait dû grimper sur un tabouret pour atteindre le judas. Le vestibule n'était éclairé que par la bougie qu'il avait posée sur un saillant du mur. A la faible lueur de cette petite flamme, on distinguait à peine le plafond.

– Belle demeure, dis-je.

– Un joyau de l'art préroman, nous informa le frère portier. Hélas! en très mauvais état de conservation. La pierre s'effrite rien qu'à la regarder et les poutres vont nous tomber sur la tête un de ces quatre matins. S'il vous plaît de faire un modeste don, je vous montrerai les fresques de la chapelle.

– Nous aimerions mieux, pour le moment, parler au père prieur, exposa M. Plutarquet.

Le père portier ne parut pas surpris de cette demande.

– Notre révérend père prieur sera enchanté de vous recevoir. Ayez la bonté de me suivre, vous, messieurs. Mademoiselle ne peut aller au-delà du vestibule, parce qu'elle porte des pantalons.

– Mademoiselle a une dispense de l'évêché, pour des raisons de santé, dis-je.

– Elle a aussi une dispense pour ne pas porter de soutien-gorge?

– C’est une dispense générale.

– Monseigneur l’évêque saura ce qu’il fait. Par ici, s’il vous plaît.

Il leva sa bougie et nous pénétrâmes à sa suite dans un dédale de corridors obscurs, balayés par des courants d’air glacés et flanqués de petites niches qui abritaient de la poussière, des détritus, avec quelques crânes par-ci par-là. Nos pas résonnaient sous les voûtes et dans les méandres des couloirs; et, quand nous parlions, un écho profond, saisissant, nous enveloppait.

– Il vient beaucoup de visiteurs au monastère? demandai-je pour rompre le silence et par souci de statistique.

– Quand? demanda le frère portier.

– Pendant l’année.

– Je ne sais pas.

Je décidai de renoncer aux banalités. Notre guide, pour sa part, s’arrêta brusquement devant une petite porte à laquelle il frappa discrètement. Une voix répondit de l’intérieur quelque chose d’inintelligible, le frère portier ouvrit et passa la tête. J’entendis qu’il disait :

– Des touristes demandent asile : deux hommes et une demoiselle sans soutien-gorge.

– Qu’ils entrent, répondit une voix grave.

– Passez, nous dit le frère portier en s’effaçant.

Nous pénétrâmes dans une cellule carrée, pas très grande, aux murs nus, blanchis à la chaux. Dans un coin, un lit étroit; au milieu de la pièce, une table rustique à laquelle était assis un vieux moine qui lisait dans un gros livre à la pâle clarté d’un quinquet. Le père prieur, car c’était lui sans aucun doute, leva la tête de dessus son livre, renvoya d’un geste le frère et nous fit signe d’approcher, chose que nous fîmes volontiers, son air affable et l’austérité qui l’entourait ayant dissipé nos craintes.

– Considérez que vous êtes chez vous, commença par dire le père prieur, et veuillez excuser les façons de notre frère portier. C’est un brave homme, mais son caractère s’est un peu aigri avec l'âge. Je l'emploie comme portier parce que c'est le seul qui ait encore l'ouïe fine. D'ailleurs, nous recevons rarement des visites. Vous voyez que je ne peux même pas vous offrir un siège, à moins que vous n'approchiez mon modeste lit.

– Nous ne voulons pas vous déranger, mon révérend père, dis-je.

– Me déranger? Bien au contraire. Rien de ce qui peut rompre un peu la monotonie ne me dérange. Je ne devrais pas parler ainsi, mais je vous avouerai que je suis devenu assez frivole. J'ai passé soixante-douze ans dans la prière et la méditation, et je pense parfois qu'un peu de distraction ne nous ferait pas de mal, n'est-ce pas? Nous sommes tellement isolés...

– Mais vous avez bien quelques contacts avec les gens du village? risquai-je.

– Non. Ils ont leur paroisse et, si je me souviens bien, l'accès au monastère est difficile. Pourtant, quand je suis venu ici, j'étais jeune.

– Qui vous procure la nourriture et les vêtements?

– Nous vivons sur le potager, qui donne de moins en moins car personne n'a plus la force de le cultiver. Et nous ravaudons nous-mêmes nos habits. Celui que je porte, on me l'a donné à Avila, le jour de ma profession. Je n'en ai pas changé. Il me semble qu'il commence à s'effilocher mais, moi aussi, je suis sur le point de retourner en poussière. Nous verrons qui tiendra le plus longtemps.

– Combien y a-t-il de moines dans la communauté? demandai-je.

– Hier soir, nous étions dix-neuf. A nos âges, je ne me risque plus à avancer de chiffres.

– Rien que des hommes? s'enquit Emilia.

– Rien que des hommes, affirma le père prieur d'un air condescendant.

– Et pas un de jeune? demanda M. Plutarquet.

– C'est moi le plus jeune, et je crois me souvenir que j'ai

dans les quatre-vingt-sept ans. Nous sommes le dernier bastion d'un ordre qui date de la construction du monastère. Jadis, c'était un ordre prospère dont les hospices jalonnaient le chemin de Compostelle. Avec le déclin des pèlerinages, les vocations ont diminué.

– Et les dix-neuf que vous êtes maintenant ont toujours vécu ici?

– Non. Des vingt-trois que nous étions quand je suis arrivé, il n'en reste que deux. Les autres sont venus de différents monastères. On a pensé qu'il valait mieux nous grouper tous sous un même toit. Des neuf ou dix couvents qui sont encore debout, on a tiré trente moines qu'on a fait venir ici. Il y a de cela quelques années. Quarante, tout au plus.

– Que sont devenus les couvents qu'on a vidés?

– Je ne sais pas.

– Mais ces couvents et leurs terres sont propriété de l'ordre, dit M. Plutarquet.

– L'ordre ne possède rien. Les monastères se sont construits dans les montagnes et les montagnes n'appartiennent à personne.

– Etes-vous sûr, insista le vieil historien, qu'il n'existe pas quelque part des titres de propriété?

– Pas que je sache. Mais, si vous voulez voir la bibliothèque et la fouiller, faites-le en toute liberté. A condition de ne pas maltraiter les petites souris du bon Dieu.

Ne voyant pas l'intérêt que pouvait avoir la question posée par M. Plutarquet, je décidai d'attaquer sur un nouveau front :

– Est-il vrai, dis-je, qu'il y a dans ce monastère des catacombes d'un grand intérêt?

– Oh! non, répondit en souriant le père prieur. C'est une légende. Il n'y a pas si longtemps, sous la République, apparut ici une équipe de spéléologues, si c'est bien ainsi qu'on les nomme; et, avec l'autorisation préalable du diocèse, ils ont mis le monastère sens dessus dessous. Ils ont remué toutes les pierres. En vain.

Je décidai de changer de sujet :

– Vous qui êtes ici depuis si longtemps, vous devez connaître ces montagnes comme votre poche.

Il fit un geste d'affirmation et prit un air modeste.

» Dans ce cas, continuai-je, vous pourrez me dire si ce que j'ai entendu raconter est vrai : que des contrebandiers utilisent ce chemin pour commettre leurs délits, protégés par le brouillard.

– Des contrebandiers? Non, je ne crois pas. Le terrain est escarpé et dangereux, et le passage en France impraticable toute l'année. Pendant cette guerre civile qui, m'a-t-on dit, a eu lieu il n'y a pas longtemps, plusieurs personnes ont essayé de passer la frontière à travers ces montagnes. Elles n'y sont jamais parvenues.

– On les a arrêtées?

– Non. Les patrouilles qui sont parties pour les arrêter se sont perdues elles aussi dans les bois. Pendant des années, tous ces gens ont vécu comme des bêtes sauvages, mangeant des racines, chassant des lapins, s'abritant dans des grottes et, bien entendu, essayant d'éviter les embuscades qu'ils se tendaient mutuellement. A l'heure qu'il est, cependant, ils ont dû mourir, car il y a longtemps qu'on n'entend plus hurler par les nuits de lune. Ou bien ils sont devenus si vieux qu'ils n'ont plus de voix.

– Ils ne se sont pas reproduits? demanda Emilia.

– Que voulez-vous dire? demanda le père prieur d'un air intrigué.

– Une dernière question, mon révérend père, intervins-je. Avez-vous entendu parler du Chevalier Rose?

Le moine réfléchit un moment :

– Non, je n'ai jamais entendu ce nom-là. Ici, nous avions le Moine Noir. Il se promenait dans les cloîtres à minuit, portant sa tête sur un plateau. Une répugnante apparition! Mais il y a un temps fou que je ne l'ai pas vu et, d'ailleurs, ce n'est pas ce que vous cherchez. Je regrette.

– Ne vous en faites pas, le rassura Emilia. Vous êtes vraiment chou.

– Et vous, une compagnie bien agréable. Mais je vais devoir vous laisser quelques instants, car c'est l'heure des vêpres, je dois aller à la chapelle diriger les prières. Vous n'êtes pas obligés d'y assister mais, si vous voulez venir, vous serez les bienvenus. Avec votre permission.

Il se leva péniblement et se dirigea vers la porte en enportant le quinquet. Nous le suivîmes et parcourûmes de nouveau les couloirs du monastère pour arriver dans une chapelle en ruine ou brûlaient deux cierges : là, s'était réunie la communauté. Nous constatâmes qu'ils étaient effectivement dix-huit, plus le père prieur, et que tous frisaient les cent ans.

Nous entendîmes la fin de l'office et nous accompagnâmes ensuite le cortège qui, le père prieur et son quinquet en tête, prit le chemin du réfectoire. Le prieur, hospitalier, nous invita à nous asseoir à sa droite, à la longue table qu'avaient déjà occupée, avec un notable empressement, les autres moines. L'un d'eux s'absenta quelques secondes et revint portant un plat où étaient posées sept carottes crues.

– Notre collation, expliqua le père prieur, va de pair avec notre vitalité déclinante. Si j'avais su que vous seriez des nôtres, j'aurais fait ajouter une carotte. Il faudra vous contenter de ce qu'il y a.

Et M. Plutarquet :

– Ce qui compte, c'est l'intention, mon révérend père.

– J'ai manqué à tous mes devoirs, soupira le père prieur.

Ayant terminé ce frugal dîner auquel par discrétion nous ne prîmes pas part, les moines se levèrent l'un après l'autre et sortirent en file indienne. Le dernier était le prieur qui prit congé de nous en nous disant :

– Je vous laisse ce quinquet pour le cas où vous ne voudriez pas dormir tout de suite. Nous, nous n'avons pas besoin de lumière : nous connaissons le monastère par cœur et nous allons nous coucher. Au fond du couloir, vous trouverez des cellules vides. Si l'un de vous trois n'est pas marié, je le prie instamment d'occuper une cellule individuelle. Et, si vous avez besoin de quelque chose, vous savez où me trouver. N'hésitez pas à m'appeler, car je dors à peine une demi-heure, à l'aube. Bonsoir.

Quand nous fûmes seuls, Emilia dit :

– J'ai l'impression que nous sommes en train de perdre misérablement notre temps.

A quoi M. Plutarquet répondit qu'il était personnellement entièrement d'accord, mais que l'endroit où nous nous trouvions était pour tout historien d'un immense intérêt et que, si nous n'y voyions pas d'inconvénient, il se proposait d'accepter la gracieuse invitation du père prieur et de se plonger tête baissée dans la bibliothèque du monastère.

– Je vais droit à Heidelberg, annonça-t-il. Bonsoir.

Il s'appropria le quinquet sans demander la permission et disparut à l'angle du couloir, me laissant seul avec Emilia. J'eus le pressentiment que, malgré l'occasion propice, l'humeur de cette dernière n'était pas aux jeux amoureux : aussi proposai-je, entêté comme j'étais à ne pas m'estimer vaincu, que nous fassions une dernière tentative pour trouver les catacombes, malgré ce qu'avait dit à leur sujet le père prieur. Elle accepta ma proposition, avant tout, je le soupçonne, pour se voir débarrassée de ma présence. Nous retournâmes donc à la chapelle où je sortis les cierges des candélabres, les allumai à la lampe votive qui brûlait devant le tabernacle, en donnai un à Emilia et gardai l'autre.

– Toi, tu cherches, dis-je, du côté de la cuisine, dans les garde-manger et dans la lingerie, s'il y en a une. Moi, je profiterai de ce que je suis un homme pour aller sonder les moines. Dans une heure, nous nous retrouverons ici et nous nous raconterons ce que nous aurons découvert. D'accord?

Elle me toisa de haut en bas, haussa les épaules et s'en alla sans rien dire. Je me demandais ce qui avait pu faire changer de façon si soudaine et si radicale son attitude envers moi;

mais, ne trouvant pas d'explication vraisemblable, je décidai de remettre à plus tard l'analyse de ce point et de me consacrer à résoudre un mystère dont je pressentais le dénouement aussi proche qu'hérissé d'aventures dangereuses.

A mesure que j'avançais dans les couloirs qui menaient aux cellules, une sensation d'abord faible puis forte, qu'il m'importe peu d'appeler peur, s'empara peu à peu de moi. A cause du vent qui, avec un sifflement sinistre, fouettait les couloirs déserts, mon ombre, devenue géante à la lueur du cierge, se déplaçait d'un côté et de l'autre de mon corps, en me donnant l'impression pénible qu'un spectre pervers me guettait en silence. Les crânes qui, de leur niches, semblaient observer mon passage avaient un air moqueur de mauvais augure.

C'est dans cet état d'esprit que j'arrivai devant la porte de la première cellule, à laquelle je frappai discrètement.

– Qui va là? demanda une voix.

– Moi.

– Qui êtes-vous?

– Ouvrez et vous verrez, mon père.

La porte s'entrouvrit et le visage revêche du frère portier apparut dans l'interstice.

– Que vous faut-il à une heure pareille? demanda-t-il.

– Invitez-moi à entrer et je vous le dirai.

– Je ne peux pas. Je suis en camisole. Que voulez-vous?

– Vous poser une question. Si le monastère reçoit peu de visiteurs, à quoi occupez-vous votre temps libre?

– Je graisse les gonds des portes et je prie pour le salut des impertinents et des indiscrets. C'est tout?

– Oui, mon père. Je ne vous dérangerai pas davantage. Dormez bien.

Dans la cellule voisine, personne ne répondit à mon appel. Je tapai sur la porte sans autre résultat que de faire tomber les lambris du plafond et de recevoir sur la tête une pluie de plâtras et de gravillons. Je tournai la poignée et vis qu'elle cédait. J'entrai et, à la lueur de ma bougie, je distinguai une forme arrondie couchée sur un grabat. Je m'approchai : il s'agissait d'un moine corpulent à longue barbe blanche. Je le secouai pour voir s'il était mort : il ouvrit les yeux sans manifester la moindre peur ou contrariété.

– Bonjour, mon fils, murmura-t-il. Tu veux te confesser?

– Pas maintenant, mon père. Plus tard peut-être. Pour le moment, j'aimerais vous poser quelques questions.

– Depuis combien de temps ne t'es-tu pas confessé?

– Que préférez-vous, le football ou les courses de taureaux?

– Et de quels péchés te souviens-tu?

– Vous êtes sourd comme un pot, n'est-ce pas?

– Te repens-tu d'avoir fait pleurer le petit Jésus?

Je le laissai me donner l'absolution et ressortis dans le couloir. Quand je frappai à la cellule voisine, une voix lointaine me répondit, et m'invita à entrer, ce que je fis. A peine eus-je franchi le seuil, une rafale de vent éteignit ma bougie et je me trouvai plongé dans une totale obscurité. Je ne pus réprimer un cri et reculai pris d'effroi. J'entendis alors quelqu'un m'appeler dans le noir :

– Je suis là au fond, devant la fenêtre. Marchez droit devant vous, n'ayez pas peur, vous ne pouvez buter dans rien. Guidez-vous sur ma voix.

Je suivis ces instructions et finis par heurter un corps menu et fragile qui tomba par terre. A tâtons, je trouvai un tas de bure grossière, puis en tirant dessus, je parvins à remettre sur pied le moine que j'avais involontairement renversé.

– Pardonnez-moi, mon père, dis-je. Vous êtes-vous fait mal?

– Non, non. J'ai l'habitude de tomber. Comme je suis toujours dans le noir... L'important, c'est que le télescope ne soit pas cassé.

– Quel télescope? Pourquoi êtes-vous toujours dans le noir?

– Je suis astronome. Je suppose que cette réponse vaut pour les deux questions. Et vous, qui êtes-vous?

– Un visiteur. J'ai dîné ce soir au réfectoire, vous ne vous souvenez pas de m'avoir vu?

– Je ne lève jamais les yeux du sol, sauf pour regarder le firmament. De la poussière aux étoiles, tel est mon slogan, si vous me passez cet anglicisme.

– Qu'est-ce que vous pouvez voir, avec tout ce brouillard?

– Certes, monsieur, c'est un gros inconvénient, reconnut-il d'un ton où perçait la contrariété, mais je me dis que Dieu me l'envoie pour m'éviter de tomber dans l'affreux péché d'orgueil et je l'accepte avec joie. Et puis il y a parfois une éclaircie et alors... Oh! délices! il m'est donné de contempler le grand prodige de la création. Ce soir, comme vous voyez, nous n'avons pas de chance. J'en suis vraiment désolé car c'était le bon moment.

– Le bon moment pour quoi?

– Pour établir les coordonnées de la nouvelle étoile. Je ne vous l'avait pas dit?

– Je ne crois pas. Vous avez découvert une nouvelle étoile?

– J'en suis presque sûr, mais dans le domaine scientifique, comme vous savez, il faut être très prudent si on ne veut pas se couvrir de ridicule. Enfin, j'ai bien étudié les cartes et je vous assure que mon étoile ne figure nulle part. S'il n'y avait pas ce brouillard, vous pourriez la voir maintenant même, car elle doit être en train de passer. Laissez-moi vérifier l'heure... c'est ça, une heure et douze minutes...

– Mais comment savez-vous qu'il est une heure et douze minutes puisque vous ne pouvez pas voir votre montre?

– Par la conjonction du Centaure et de Cassiopée.

– Et pourquoi ne peut-on voir cette étoile qu'à une heure déterminée?

– Toutes les étoiles se déplacent. A nos yeux, bien entendu. En réalité, c'est la terre qui tourne. A vrai dire, cette étoile-là galope. A mon avis, il s'agit d'une découverte de grande envergure. J'avais pensé, voyez-vous, la baptiser du nom du fondateur de notre ordre. Mais je ne sais absolument plus comment il s'appelait, alors, provisoirement, je l'ai appelée Marilyn. Qu'en pensez-vous?

– C'est une bonne idée. Vous n'auriez pas des allumettes?

– Je ne fume pas.

Je sortis de la cellule à l'aveuglette en refermant la porte derrière moi. On ne pouvait dire que ces premiers contacts aient été fructueux. Je songeais déjà à abandonner mes recherches et à trouver un endroit confortable pour passer le reste de la nuit quand j'entendis des cris et des coups qui provenaient d'une des cellules. M'orientant d'après le bruit, je courus voir ce qui se passait et, en ouvrant la porte de la cellule, me trouvais devant un moine qui se flagellait consciencieusement avec sa ceinture.

– Excusez-moi, mon père, m'empressai-je de dire, mon intention n'était pas de vous interrompre. Je pensais qu'il vous arrivait quelque chose. Mais, puisque je suis là, me permettez-vous d'allumer mon cierge à votre lampe?

De sa main libre, le moine me fit signe de patienter et il continua à se fustiger.

– ... quarante-huit, quarente-neuf et cinquante, compta-t-il. Voilà. Bien sûr, vous pouvez allumer votre cierge et même emporter ma lampe si vous voulez.

– Tous les moines se flagellent? demandai-je.

– Oh! non, dit le pénitent. A ce point de vue, nous sommes supermodernes. Mon cas est exceptionnel.

– Pourquoi? voulus-je savoir.

Il regarda autour de lui comme s'il craignait que quelqu'un nous entende, il s'approcha de moi à tel point qu'une des puces qui logeaient dans sa barbe me sauta au menton et il me dit, d'une voix presque inaudible :

– Parce que, moi, j'ai des relations avec le Malin.

23

Le succube chanteur

Le moine démoniaque posa un index dressé devant ses lèvres, et produisit ce son :

– Psssssssssst.

Je fis signe que je comprenais.

» J'ai essayé en vain plusieurs exorcismes. Je me donne cinquante coups de fouet à jeun et cinquante autres avant de me coucher, en pure perte. Sans l'aide du Très-Haut, nos faibles forces ne servent à rien.

– C'est bien vrai.

J'amorçais un discret repli, n'ayant pas davantage de temps à perdre pour étudier un sujet passionnant du point de vue théologique, mais peu en rapport avec l'objet qui m'occupait alors, quand le possédé saisit mon bras, posa sa tête sur mon épaule et reprit ses lamentations :

– Une vie entière consacrée à servir le Seigneur et à la fin, quand je suis sur le point de comparaître devant le Tribunal Suprême, patatras! Le Prince des Ténèbres vient tout démolir. Vous trouvez ça juste? Qu'est-ce que j'ai fait pour mériter un tel sort? Vous buvez? Moi, pas. Vous fumez? Moi, pas. Vous avez joué quelques fois au houla-hop? Moi, pas. Pourquoi ce châtiment tombe-t-il sur moi et pas sur vous, pouvez-vous me le dire?

– Quand avez-vous remarqué les premiers symptômes? demandai-je par courtoisie.

– Il y a à peu près un an. Par un après-midi tiède et sensuel. Tous étaient partis travailler au jardin. J'étais un peu grippé et j'avais demandé une dispense au père prieur, souhaitant rester dans ma cellule. Je m'étais allongé sur mon lit avec une bouteille d'eau chaude aux pieds et l'*Imitation de Jésus-Christ*. La chair est faible et je me suis endormi. C'est alors que j'ai entendu la voix.

– C'était peut-être un rêve?

– Les rêves aussi sont véhicules de tentation. Etant jeune homme, j'ai rêvé une fois que j'étais dans un tramway plein de monde, et qu'à côté de moi se trouvait une jeune fille. Je me suis réveillé trempé comme une soupe.

– Ça nous arrive à tous.

– C'est possible. Mais, cette fois-ci, ce n'était pas un cauchemar. Je me suis levé, je me suis versé l'eau de la bouillotte sur la tête, j'ai fait plusieurs flexions. Rien à faire. La voix lascive continuait à me perforer les tympans. Depuis ce jour-là, je continue à l'entendre presque tous les jours.

Il recommença à se flageller et je dus m'écarter pour ne pas être atteint par le fouet.

– Et cette voix, que disait-elle? demandai-je.

– Des horreurs.

Le moine avait interrompu ses fustigations.

» Je ne peux pas les répéter.

– Dans ce cas, je n'insiste pas.

– Mais si. Insistez, me pria-t-il.

J'insistai et il colla de nouveau ses lèvres à mon oreille.

» Ajoute quelques cerises au dindon, chuchota-t-il.

– Comme c'est curieux!

– Si vous voulez, je vous prête ma ceinture.

– C'était une voix de femme?

– Oui, et superbe!

– Puis-je m'allonger sur votre lit? C'est seulement pour faire une expérience.

– Faites comme chez vous. Pour ce qui est de moi, un péché de plus ou de moins...

Je m'étendis sur le grabat, fait de planches recouvertes d'une paillasse, et je posai ma tête sur un oreiller en toile à sac, rempli de pois chiches crus.

– Je n'entends rien, fis-je.

– Attendez un peu, dit l'ensorcelé.

J'attendis quelques minutes et, soudain, je perçus clairement la voix inimitable de la célèbre cantatrice Lola Flores. Je me levai comme poussé par un ressort.

» Vous voyez! proclama le moine d'un air triomphant.

Il levait déjà sa ceinture pour l'abattre sur mes côtes quand je l'arrêtai d'un geste impérieux et me mis à examiner attentivement le mur contre lequel était adossé le grabat. Je ne tardai pas à trouver une fissure d'un centimètre de large entre deux pierres. J'appliquai mon oreille à cette brèche et j'entendis distinctement la ritournelle.

– Sur quoi donne ce mur? demandai-je.

– Sur le versant de la montagne. Le monastère est construit au bord de la corniche. La façade nord donne sur le vide.

– Ne bougez pas d'ici. Je reviens dans un instant.

Je sortis dans le couloir et, après m'être perdu à deux reprises, je finis par trouver la chapelle. Emilia, assise sur un banc, regardait fixement la flamme de son cierge. Elle leva la tête en m'entendant approcher. Elle avait visiblement pleuré.

– Crois-tu, dit-elle, qu'on puisse changer la façon d'être des gens?

– Je n'en sais fichtre rien, répondis-je. Mais en guise de consolation je peux t'informer que j'ai trouvé les catacombes.

En revenant vers la cellule du moine démoniaque, je demandai à Emilia si, de son côté, elle avait trouvé quelque chose d'intéressant ou d'amusant.

– Une seule chose qui m'a surprise : la pièce aux provisions est complètement vide, sauf que j'y ai trouvé une bonne douzaine de caisses de Schweppes.

– C'est vraiment pas de chance, m'écriai-je, pensant aux bacchanales auxquelles je me serais livré si, au lieu de ce breuvage, les moines avaient eu l'idée de stocker du Pepsi-Cola. Et d'où penses-tu que ces bons pères aient tiré un produit si peu compatible avec l'austérité de leurs mœurs?

– Je n'en ai pas la moindre idée. C'est justement pourquoi j'ai mentionné le fait.

Nous étions arrivés à la cellule de l'ensorcelé, où nous entrâmes sans frapper. En voyant Emilia, le moine multiplia les protestations, mais il finit par accepter l'intrusion de la jeune fille et se risqua même à lui suggérer, non sans une certaine timidité, d'avoir l'amabilité de le flageller, ce qu'elle refusa catégoriquement, en lui demandant pour qui il la prenait. J'intervins alors en priant le moine de cesser ses enfantillages et d'aller, s'il voulait nous être utile, de cellule en cellule, réveiller ses coreligionnaires et les convoquer tous dans les plus brefs délais à l'endroit où nous nous trouvions : d'abord parce que je ne voulais pas entrer dans des catacombes qui n'étaient pas à moi sans que soient présents leurs propriétaires légitimes, puis parce que je ne savais pas ce qui nous y attendait et que je pensais qu'il ne serait pas superflu de pouvoir compter sur des renforts, bien que la pieuse congrégation ne constituât pas précisément une bande de samouraïs aguerris. Je ne fis pas part, bien entendu, de cette dernière réflexion à l'ensorcelé qui partit aussitôt, plein de bonne volonté, accomplir sa mission, après avoir roulé une page de l'*Imitation* en forme de porte-voix.

Ainsi délivré de sa présence, je me mis à l'ouvrage. Le grabat, comme je l'ai dit, était en bois; mais il y avait, pour maintenir ses pieds, des barres de fer qui, une fois arrachées, me servirent de levier. A petits coups, j'agrandis la fente qu'il y avait là entre les pierres du mur, jusqu'à obtenir la place suffisante pour y introduire les deux barres et pouvoir peser sur elles. La pierre branla. Je revins à la charge; au bout de quelques minutes d'efforts et de transpiration, je parvenais à détacher le bloc et obtenais une ouverture pouvant livrer passage à un corps comme le mien, et même à un plus gros. Je dus protéger de la main la flamme de ma bougie, pour que le courant d'air ne l'éteignît pas. Je confiai la bougie à Emilia et passai ma tête par l'ouverture : une odeur fétide m'offensa les narines, mais la voix de Lola Flores me caressa les oreilles. Le reste n'était que ténèbres.

– Passe-moi la bougie, commandai-je à Emilia.

Faisant écran avec ma main, j'introduisis dans le trou le luminaire. A sa lueur palpitante, j'aperçus une cavité ovale d'où partait un tunnel. La lumière était incertaine et je dus attendre que mes yeux se fussent habitués à l'obscurité pour vérifier que ce que j'avais pris d'abord pour un portemanteau était en réalité un effrayant squelette. Sans le moindre enthousiasme, je passai dans l'ouverture pratiquée mes épaules, mon buste, mes hanches et mes jambes, puis je sautai dans l'antre que je viens de décrire. Un examen plus attentif du squelette me fit voir une petite pancarte suspendue à son cou et qui indiquait : Frère José Maria, 1472-1541, et cette pieuse légende : Que tout se passe au mieux pour vous. Aux pieds du squelette on pouvait encore voir des morceaux putréfiés de ce qui, dans le temps, avait dû être son habit monacal.

Je faillis lâcher ma bougie en sentant une main se poser sur mon bras. Mais c'était Emilia qui m'avait rejoint.

– Retourne à la cellule, lui dis-je, et attends l'arrivée des moines.

– Tu vas aller là-dedans? demanda-t-elle en montrant le tunnel.

Je dis que oui.

» Alors je t'accompagne.

– Il y a sûrement des rats, la prévins-je.

– Ils se sauveront en te voyant, fut sa charmante réponse.

Sans discuter davantage, nous avançâmes dans le tunnel

en nous tenant par la main. A droite et à gauche s'ouvraient des niches où des dépouilles humaines s'adonnaient au repos éternel. Outre des rats, des écheveaux de vers, des essaims de frelons et des myriades de chauves-souris animaient l'endroit de leur présence. L'air était à peine respirable. La voix de Lola Flores avait cédé la place à celle de Julio Iglesias, qui entonnait *L'amour, c'est quoi?*, et autres indiscutables succès du hit-parade, aux accents desquels même les squelettes semblaient balancer allègrement leurs pelvis concaves. Le tunnel devenait parfois si étroit que nous devions avancer de profil ou à quatre pattes. Puis il s'élargissait de nouveau en une salle où s'entassait une autre promotion de défunts. En tout cas, le tunnel ne cessait de monter vers ce qui, selon mes calculs, devait être le sommet de la montagne.

Nous avions fait un bon bout de chemin quand Emilia me serra la main en disant :

» Regarde!

Je regardai dans la direction qu'elle m'indiquait et vis qu'un des squelettes portait un T-shirt où étaient imprimés, sur un écusson, les mots : PRINCETON UNIVERSITY BASKETBALL TEAM. A sa main, pendait un pompon fait de serpentins jaunes.

– Quelle chose étrange! m'écriai-je.

– Qui a pu commettre une telle profanation? interrogea Emilia.

– Nous n'allons pas tarder à le savoir, assurai-je.

Nous reprîmes notre marche et finîmes par buter contre un mur de briques qui bouchait le tunnel. Un simple coup d'œil me suffit pour constater que les briques étaient fausses et qu'il n'y avait là ni poussière ni toiles d'araignées.

– C'est une porte secrète, constatai-je. Dommage que je n'aie pas pensé à prendre une des barres de fer.

– J'en ai pris une, dit Emilia en me montrant l'objet.

– Bigre! murmurai-je en voyant l'air suffisant avec lequel elle me l'offrait.

Je me remis à la tâche ingrate qui consistait à démolir ce qui de toute évidence avait été construit pour se protéger contre les indiscrets et ceux qui se mêlent des oignons d'en face. Le faux mur semblait être en acier et je croìs que je ne serais parvenu qu'à épuiser le peu de forces qui me restait, si la barre de fer n'avait, sans doute par hasard, touché un mécanisme qui fit remonter la paroi le long de glissières invisibles et la fit disparaître dans le haut du tunnel. L'éclat de plusieurs tubes fluorescents nous aveugla momentanément.

– Où sommes-nous? me demanda Emilia qui avait repris ma main.

– Dans un passage qui relie les catacombes à quelque chose d'autre, dis-je quand j'eus recouvré la vue.

Nous étions effectivement dans un couloir de construction récente, sur le sol duquel s'amoncelaient des outils, des chalumeaux, des marteaux-pilons et des batteries portatives : les restes de l'outillage employé pour le creusement du passage. Dans un coin étaient empilées des caisses de Schweppes.

– C'est ce que buvaient les ouvriers qui ont creusé ce couloir, déduisis-je à voix haute. Les moines ont dû trouver quelque part les caisses que tu as vues dans leur pièce aux provisions et ils les ont gardées, ne sachant pas si le liquide était buvable ou non. Tiens, voici les haut-parleurs qui diffusent la musique. Un phénomène acoustique, que quelqu'un qui s'y connaît pourrait expliquer, fait que les chanteurs se font entendre dans la cellule du moine. Mais ces éclaircissements, malgré leur intérêt, ne nous disent rien sur le principal de l'énigme : à moins que nous n'admettions qu'on a pu entreprendre un travail d'une telle envergure dans le seul but de jeter le trouble dans l'âme d'un saint homme.

– Exact, conclut Emilia.

– Alors, continuons, dis-je.

Nous avançâmes dans le couloir neuf, suivis d'un cortège

de chauves-souris et de rats qui, profitant de l'issue que nous avions pratiquée, avaient décidé de changer d'ambiance. Toujours montant, nous débouchâmes sur ce qui paraissait être un vestiaire de gymnase, dont les murs étaient garnis de petites armoires métalliques fermées par des cadenas dérisoires. J'en forçai un, ouvris la petite armoire. Au dos de la porte étaient collées la photo en couleurs d'une blonde à poil et diverses cartes postales. Dans l'armoire, une blouse blanche pendait à un portemanteau. Par terre, il y avait des bottes en caoutchouc, et sur une planche des gants faits d'un tissu rigide, non pas comme le deviennent certains articles de mauvaise qualité après deux ou trois lavages, mais rigide d'origine. Une sorte de scaphandre de plastique transparent était accroché à un clou.

– Les fantômes, souffla Emilia. Les fantômes que j'ai vus dans la montagne.

Je ne sais si cette explication humaine de ce qui, sur le moment, lui avait paru être une vision surnaturelle tranquillisa ou non Emilia. Je sais par contre qu'elle me causa une énorme inquiétude. Je suis ignare assurément, mais j'ai vu assez de films pour savoir que le genre d'accoutrement que nous venions de trouver est celui qu'emploient les gens qui travaillent avec des matériaux radioactifs ou autres produits dangereux, et je me demandai si ma gabardine, parfaite pour les pluies printanières, serait une protection suffisante contre les rayons corrosifs auxquels nous allions sans doute très vite être exposés.

– Emilia, dis-je, ne bouge plus!

Je ne sais quelle allait être sa réaction. Car, avant qu'elle ait eu le temps de me répondre, une porte s'ouvrit, cinq hommes en sous-vêtements firent irruption dans le vestiaire et s'écrièrent à l'unisson en nous voyant :

– *What the hell is this?*

24

Danger

L'assiduité avec laquelle, à mes périodes de liberté, j'avais fréquenté les Ramblas et leurs artères avoisinantes me permit de comprendre que ces hommes parlaient anglais; aussi essayai-je en vitesse de me rappeler ce que, toujours désireux d'élargir mon horizon culturel, j'avais réussi à apprendre de cette langue quelques années auparavant : il ne me revint en mémoire que certains mots dont j'avais oublié le sens, si jamais je l'ai su, et à propos desquels, pour comble de malheur, je n'étais pas très sûr de l'ordre syntaxique. Malgré quoi, je dis à ces gens, du ton le plus cordial que je pus prendre :

– *Fuck, shit, ass, snot, and milk twice.*

Puis, pour le cas où cette tentative de rapprochement n'aurait pas suffi à dissiper les doutes que les nouveaux venus pouvaient avoir concernant la droiture de nos intentions, je lançai ma barre de fer à la tête du plus corpulent d'entre eux, tournai sur mes talons et, prenant Emilia par la main, m'enfuis en direction des catacombes.

Néanmoins l'avantage que l'effet de surprise nous avait donné dura peu, car, à peine les cinq individus furent-ils remis de leur stupeur, qu'ils échangèrent entre eux quelques bribes de phrases gutturales, partirent en courant derrière nous et nous rattrapèrent dans la pièce aux outils où je m'étais arrêté pour chercher frénétiquement la bougie que, trop confiant, j'avais jetée, ne l'estimant plus nécessaire, et sans laquelle je ne me sentais pas le courage de m'enfoncer de nouveau dans le terrifiant tunnel. Nous aurions certainement été pris et lancés, peut-être, au fond d'une chaudière ou d'une turbine pour y être brûlés dans d'atroces convulsions si, à cet instant précis, n'avait surgi du long sépulcre la communauté religieuse au grand complet avec le père prieur en tête : lequel, nous voyant l'objet d'une agression, ne doutant pas de quel côté était la vertu et de quel côté le vice, et pris de la témérité que l'innocence confère à celui qui la pratique avec ardeur, se jeta sur nos assaillants : lesquels, paralysés par la perplexité où les plongeait en toute logique cette charge de moines féroces, ne parvinrent pas à réagir avant que les saints hommes ne leur soient tombés dessus dans une houle de robes monacales, avec tourbillons de barbes et craquements d'os. Remerciant le ciel de cette aide providentielle sur laquelle, à vrai dire, je n'avais pas compté, et toujours accompagné d'Emilia qui, malgré son ressentiment manifeste à mon égard, ou peut-être poussée par cela, avait décidé de me suivre jusqu'au bout du monde, j'échappai à la mêlée et revins sur mes pas, laissant les religieux régler leurs comptes avec les protestants.

Du vestiaire que nous avions dû quitter si précipitamment et où nous revînmes sans encombre, partait un escalier en colimaçon que nous montâmes jusqu'à un palier spacieux, sur l'un des murs duquel s'ouvrait une grande fenêtre dont nous nous approchâmes prudemment et d'où nous vîmes ceci : une salle circulaire aussi grande que des arènes de village, qui avait pour toit une coupole de métal constellée d'écrous gros comme ma tête, ce qui n'est pas peu dire, et dans laquelle une ouverture en quartier d'orange laissait passer un télescope monumental pointé vers le ciel; passage par lequel je pensai un moment qu'allait être projetée cette célèbre femme-canon avec laquelle, du temps de mes fredaines, j'étais sorti une ou deux fois, et que j'avais dû quitter pour des raisons de santé et de prestige. Et n'allez pas croire que ce télescope était la seule merveille que renfermait l'endroit, car il y avait là un déploiement d'appareils électroniques que je n'aurais jamais pensé que pût acquérir un pays victime, comme on sait, de l'inflation, du chômage, de l'anémie financière et d'autres maux encore pires. Il y avait là des tables de contrôle, des compteurs non pas du gaz et de l'électricité, mais d'autres phénomènes plus importants, des appareils de toute espèce, pour lesquels mon maigre vocabulaire ne peut me fournir de mots, et de nombreux écrans de télévision, le plus petit n'étant pas de la taille de ma main et le plus grand dépassant celle d'un drap de grand lit. Je crois qu'ainsi l'inventaire est complet.

– Un observatoire, demanda Emilia, ou un centre météorologique?

– S'il s'agissait de quelque chose d'aussi innocent, pourquoi tant de mystère? lui répondis-je. Laisse-moi réfléchir.

Je commençai à me gratter le cou, puis le nez, l'avant-bras, les aisselles, le thorax et j'allais me gratter le derrière quand les morceaux de ce puzzle chaotique se mirent à s'emboîter les uns aux autres dans ma tête.

» Analysons, repris-je alors, les données dont nous disposons. D'abord, je ne vois pas quelle logique préside à l'installation d'un observatoire au sommet d'une montagne qui se caractérise par ses brumes perpétuelles. Mais je me rappelle aussi la conversation que j'ai eue avec un vénérable moine qui, selon ses propres dires, a découvert une étoile ne figurant pas dans les listes célestes. Il m'avait paru douteux, dès ce moment-là, que ce moine, qui ne disposait que d'une longue-vue préhistorique et pas plus grande qu'une... qu'une... enfin, pas très grande, finis-je par dire (car il ne me venait à l'esprit que des métaphores peu convenables), ait pu faire une telle découverte, et mon doute n'a fait que croître quand il m'a expliqué que cette étoile se déplaçait à la vitesse du lièvre. Moins savant mais mieux informé, j'inclinerais à penser que ce que le pauvre moine a vu n'était pas une étoile, mais un satellite artificiel. Nous pourrions donc aventurer l'hypothèse que nous nous trouvons dans une station de repérage et de guidage-radar, si c'est ainsi qu'on les appelle, sans doute d'administration mixte, ce qui explique au passage la présence d'individus de langue anglaise qui doivent remplir de hautes fonctions techniques, reléguant, je le crains, leur contrepartie espagnole à de plus bas travaux. Quelle heure est-il?

– Deux heures un quart, constata Emilia. Pourquoi cette question?

– Parce que, à deux heures pile, commence la retransmission via satellite de la partie de football. Autrement dit, si les choses fonctionnent comme je l'imagine, un satellite artificiel doit être en train de survoler notre sol.

Conscient que l'occasion le méritait, j'abandonnai tout respect humain et, relevant pour être plus à l'aise le bas de ma gabardine, je me grattai furieusement l'endroit que j'avais réservé pour un lieu et un moment plus propices.

» Nous avons toujours su, dis-je en même temps, que le but de l'opération était de commettre un acte terroriste. Et quel plus grand crime que d'interférer dans la retransmission d'un match de football, privant ce pays, qui a tellement besoin de réconfort, d'une partie de grande...

– Arrête ton char, coupa Emilia, l'inquiétude soudain peinte sur son beau visage. Si ce que tu dis est exact, et j'aurais tendance à penser le contraire, mais les sentiments ne se commandent pas et quelque chose de plus fort que la raison me pousse à te croire, il est impossible que nous soyons devant un crime pire que le simple brouillage d'un programme de télévision, dont, certes, nous avons l'habitude.

– Explique-toi, fis-je.

C'est elle maintenant qui se grattait, je ne dirai pas où.

– Si nous parlons de terrorisme, parlons-en sérieusement. Que se passerait-il si cette station, au lieu d'être entre les mains d'honnêtes technocrates, consciencieux dans leur travail, loyaux envers leurs gouvernements et dévoués au progrès, était tombée entre celles de manipulateurs sans scrupules, d'aventuriers, de profiteurs, de mercenaires ou d'exterminateurs?

– Bravo! Ça me plaît, dis-je tout excité. Continue.

– N'entrerait-il pas dans le domaine des choses possibles, poursuivit Emilia (qui semblait gagnée par mon ardeur et, soit dit en passant, par mon incurable incontinence verbale), que l'ennemi, profitant des nombreux appareils qui sont ici, détourne le satellite de sa route et le fasse tomber sur ce pays?

– Un coup fumant!

– Ne fais pas l'idiot. J'ai lu, bien que tu me croies incapable d'un tel effort, que les satellites artificiels utilisent l'énergie atomique. Rends-toi compte! Toute la Catalogne, que dis-je? toute la péninsule ibérique serait touchée par la radioactivité.

– Ciel! m'écriai-je, voilà qui retarderait énormément notre entrée dans le Marché commun. Il faut empêcher cela.

– Oui, mais comment? demanda Emilia.

– N'importe comment.

25

Le nucléaire? Non merci

Près de la fenêtre, il y avait une porte munie d'un gigantesque verrou et semblable en tout point à celles qui, dans les boucheries, ouvrent sur la chambre froide où sont conservés les filets, jusqu'à ce qu'apparaisse le client capable d'en payer le prix exorbitant. Je tirai le verrou sans problèmes, j'ouvris la porte et nous pénétrâmes dans la salle des machines. Une fois là, je constatai que je ne savais pas quoi faire, car c'est à peine si je peux compter jusqu'à dix avec les doigts de la main, ou jusqu'à vingt si l'objet justifie que je me déchausse; quant aux formules, je n'en connais pas d'autres que celles de la plus élémentaires politesse : aussi commençai-je à tout regarder bouche bée tandis que les secondes passaient et que l'holocauste s'annonçait de plus en plus imminent. Pour faire quelque chose, je me mis à examiner les écrans de télévision qui me semblèrent, tout bien considéré, les appareils les plus domestiques et donc les plus faciles à manier. La plupart donnaient des listes de nombres, de lettres et de signes de ponctuation, que je ne m'attardai pas à déchiffrer. Un écran-témoin retransmettait avec une netteté remarquable la partie de football. Une rentrée en touche mal utilisée priva notre équipe d'une attaque en règle qui aurait pu créer une situation dangereuse pour l'adversaire.

– Sapristi! marmonnai-je.

Un cri perçant d'Emilia me tira de mes abstractions. Je regardai autour de moi et vis sortir d'une cabine vitrée, qui de par son élévation m'était passée inaperçue, un être vêtu du cache-poussière blanc et du scaphandre que nous avions vu auparavant dans le vestiaire dont il a été question au chapitre précédent. Je me précipitai vers le petit escalier métallique par où l'individu effectuait lentement sa descente, gêné par les bottes d'égoutier qu'il portait aux pieds, j'arrivai avant qu'il soit en bas, je le saisis par les chevilles et tirai avec vigueur. Il se cogna si fort que son scaphandre éclata comme une cruche qu'on casse, laissant à découvert non pas la face hirsute, l'air méchant et les sourcils froncés d'un bandit, mais le visage placide d'un monsieur chauve, d'âge avancé, dont les lunettes bifocales, en se brisant, avaient zébré d'égratignures les joues molles. Confus d'en avoir fait la victime d'un geste inconsidéré, je lui dis :

– *Excuse me, mister.*

A quoi la victime, soit qu'elle fût morte, soit simplement qu'elle eût été commotionnée, ne répondit pas. Je laissai le corps étendu par terre et courus de nouveau auprès d'Emilia qui appelait au secours. Elle s'était mise à tripoter des boutons, à actionner des manettes et, d'un écheveau embrouillé de fils électriques, jaillissaient des étincelles et s'échappait une fumée bleuâtre. J'ôtai ma gabardine et la lançai sur les fils. Le danger conjuré, je me dirigeai vers le télescope et collai un œil à la lentille pour savoir ce qui se passait là-haut. Quand j'étais petit, une de nos voisines qui travaillait au Grand Théâtre du Liceo – non pas comme chanteuse ainsi qu'elle le laissait parfois supposer par vanité, mais comme femme de ménage, et qui ramassait après chaque représentation les résidus corporels que certains mélomanes, dans leur extase, oubliaient de retenir – avait trouvé dans une loge des jumelles à monture de nacre et, avant d'aller les revendre pour une bouchée de pain, les avait apportées à la maison par une claire nuit d'été, pour que nous puissions observer le cosmos de plus près. Je me souviens que, lorsque était venu mon tour, j'avais braqué l'instrument vers l'infini en retenant mon souffle, pensant voir des poulpes, des dragons, des nains, et Dieu sait quelles autres visions de rêve : le fait est qu'existait alors la croyance, que des découvertes ultérieures se sont chargées de réfuter, que les femmes des autres mondes n'hésitaient pas à exhiber là-haut leurs cuisses et leurs seins, comme si les galaxies étaient un perpétuel calendrier de bistrot : moi, je n'étais parvenu à voir qu'une sorte de fesse blême qui était la lune ainsi que me l'expliqua mon père en me donnant une gifle pour m'apprendre à faire le malin et pour que je passe les jumelles à ma sœur : laquelle, rêveuse, jura, bien qu'elle eût déjà plus de dioptries que de cheveux sur la tête, qu'elle avait vu dans le ciel le visage souriant de Carlos Gardel, et même elle avait cru entendre les premières mesures du tango *Seule, fanée, défaite*. Je ne sais pas pourquoi je raconte tout cela, à moins que ce ne soit pour marquer le contraste entre ce vieux souvenir d'une déception et ce que, par le télescope de la station spatiale, il me fut donné de contempler : c'est-à-dire une sphère dorée d'où sortaient deux ou trois antennes que la vitesse ou un fort vent de proue rabattaient en arrière, si brillante et majestueuse que je n'aurais pas été surpris de voir apparaître dans un angle du champ visuel les Rois Mages apportant, dans les fontes de leurs chameaux, l'or, l'encens et la myrrhe – soit dit en passant, je n'ai jamais su ce qu'était cette dernière ni à quoi elle servait.

Si cette vision me laissait abasourdi, l'impression que la sphère devenait de plus en plus grande, signe non équivoque qu'elle venait sur nous à une vitesse affolante, me fit revenir à des réalités plus urgentes et moins agréables. Je décollai mon œil de la lentille et, approchant ma bouche du tube par où je venais de regarder, je criai à pleins poumons :

– Allô! Y a-t-il quelqu'un là-bas?

J'appliquai mon oreille à l'extrémité du télescope dans l'espoir d'obtenir une réponse, mais ne captai qu'un émouvant silence sidéral. Je regardai de nouveau et vis que le satellite remplissait maintenant de son mortel éclat tout le cercle.

» Nous sommes perdus, annonçai-je.

Abattu et désespéré, mais décidé à ne pas céder sans lutte, je revins au poste de commande, m'assis sur un tabouret giratoire et commençai à mouvoir des petites roues, à enfoncer des touches et à mettre des fils dans tous les trous qui n'étaient pas occupés. Emilia me regardait faire comme si elle s'attendait à ce que je dise quelque chose.

» Je suis tout à fait conscient, me mis-je donc à pérorer, que l'heure fatidique a sonné, où il convient de regarder en arrière avec la sereine lucidité de celui qui sait que le rideau va tomber et que, même s'il tarde un peu, le doute n'est plus possible. Je ne dirai pas que je quitte ce monde sans chagrin; parmi les nombreux sentiments contradictoires et inopportuns qui luttent dans mon âme pour un résultat généralement déplorable, ne figurent ni le stoïcisme admirable ni l'élégante résignation. Je constate avec tristesse en levant l'ancre que je n'ai jamais possédé les vertus les plus éminentes de l'être humain : je suis égoïste, peureux, versatile et menteur. Mes erreurs et mes péchés ne m'ont donné ni expérience ni cynisme, ni repentir ni prudence. Il me reste mille choses à faire et mille questions à résoudre, parmi lesquelles je citerai, à titre d'exemple : pourquoi les poules pondent-elles des œufs? Pourquoi les cheveux et la barbe, si proches, sont-ils si différents? Pourquoi n'ai-je jamais rencontré de femme bègue? Pourquoi les sous-marins n'ont-ils pas de fenêtres pour mieux voir le fond de la mer? Pourquoi les programmes de télévision sont-ils si mauvais? Je crois également que la vie pourrait être plus agréable qu'elle n'est, mais je dois me tromper : peut-être n'est-elle pas si mauvaise, un peu banale seulement. Idiot, paresseux et sous-informé, je suis parvenu à être ce que je suis; sans doute que, si j'avais été plus accrocheur, j'aurais été plus loin. On ne choisit pas son caractère et Dieu seul sait qui juge nos mérites, et comment. Si j'avais de l'instruction, je comprendrais tout.

Comme je suis un âne, tout est pour moi une énigme. Je ne sais pas si je perds grand-chose.

– L'image, annonça Emilia, qui, au lieu de partager mon amertume et d'écouter mon message, s'était mise à regarder la partie de football sur l'écran-témoin, a disparu de l'écran.

– C'est la fin, dis-je en me levant dans un dernier sursaut d'énergie.

26

L'algorithme des olives

Je fermai les yeux et rentrai le plus possible ma tête dans mes épaules pour tenter d'amortir le choc de ce qui nous venait des airs. Il se passa alors plusieurs choses à la fois. D'abord, le technicien que nous avions cru mort et qui, heureusement, ne l'était pas, reprit ses esprits, se releva sans que je m'en aperçoive, s'approcha silencieusement de moi, me poussa d'une bourrade et me dit :

– Mais qu'est-ce que vous avez fait avec les commandes?

– Le satellite va nous tomber sur la tête, l'informai-je.

Loin de se laisser impressionner par ma prophétie, il se mit à régler ce que j'avais déréglé, tout en me lançant des regards du coin de l'œil pour le cas où je recommencerais à faire des miennes. Chose qui, l'eussé-je voulu, n'était plus possible, car, à la sorte d'écoutille par laquelle nous étions entrés Emilia et moi dans la salle des machines, firent leur apparition, et les cinq individus que nous avions laissés près du tunnel aux prises avec les moines et les moines eux-mêmes, les uns et les autres traînant la patte et mal en point après la raclée qu'ils s'étaient mutuellement administrée – du moins jusqu'à ce qu'un des individus, qui baragouinait le latin, ait pu établir un fragile dialogue avec le prieur et dissiper le malentendu que j'avais créé. Par-dessus le marché, un signal rouge qu'il y avait au mur se mit à lancer des feux intermittents, une sonnerie perçante retentit, et ces deux nuisances conjuguées firent apparaître dans l'enceinte, qui heureusement était vaste, une dizaine d'hommes de la Garde civile et un détachement de soldats qui, à en juger par leur stature, leur mine, leur armement et leur uniforme, ne devaient pas faire partie de l'intendance. Il s'ensuivit naturellement une grande confusion, à l'issue de laquelle je me retrouvai menottes aux poignets et visé par deux douzaines de mitraillettes.

– Ce monsieur, cafarda le technicien dès que l'ordre fut rétabli, m'a frappé puis il a manipulé les commandes. Il en a fait de belles, mais grâce à mon héroïsme on a pu rétablir la connexion. Regardez comme on voit bien la partie.

Nous regardâmes tous l'écran-témoin et vîmes notre équipe faire un barrage du tonnerre.

– Permettez-moi de vous expliquer, commençai-je.

– Tu parleras quand on t'interrogera, coupa le caporal de la Garde civile. Et mets quelque chose sur toi, espèce de dégénéré; il y a ici une demoiselle et tu es là à montrer ta manivelle.

Un des gardes me prêta sa capote dont je me couvris.

» Bon, maintenant, reprit le caporal, explique-nous à quoi tu jouais.

– J'essayais d'empêcher un terrible acte de sabotage, mon commandant.

– Et qui allait le commettre, mon joli?

– Ces messieurs, dis-je en montrant le technicien et les cinq individus de langue anglaise, ou leurs complices.

Après avoir éclaté d'un rire qui n'avait rien de joyeux, le caporal de la Garde civile eut l'obligeance de m'informer que ces cinq individus et le technicien étaient des ingénieurs de l'espace qui travaillaient depuis plusieurs années dans cette station de guidage et que personne, à part moi, Emilia, les moines et les chauves-souris qui zigzaguaient sous la coupole, n'avait pu entrer dans l'installation ou sortir d'elle, attendu qu'elle était entourée par les troupes du double commandement.

– N'est-ce pas, Dumbo? dit le caporal en terminant son explication et en envoyant un coup de coude dans l'estomac du chef de la force étrangère.

– *Whatever you say, old geezer*, concéda l'autre en souriant de travers.

J'eus l'impression que la coopération entre les alliés ne baignait pas dans l'huile. Et je pensais déjà à la façon de mettre à profit cette dissidence légère pour prendre la fuite, quand le caporal s'adressa de nouveau à moi et m'annonça :

– Inutile de te dire que tu es arrêté comme deux et deux font quatre. En vertu de la législation en vigueur, je dois te donner lecture de je ne sais quels droits, mais, comme j'ai laissé chez moi mon code et mes notes, tu devras te contenter de ma bonne intention et de quelques perles de la sagesse populaire.

Sur ce, il se mit à me réciter qu'un arbre se reconnaît à ses fruits et qu'il vaut mieux s'adresser à Dieu qu'à ses saints; mais il fut interrompu par le père prieur à qui l'ingénieur polyglotte avait traduit en latin ce que le commandant étranger lui avait dit en anglais, aux fins de l'informer que ce dernier revendiquait pour lui-même la juridiction sur ma personne.

– Pas question, répliqua le caporal, les mains aux hanches. L'individu ici présent est un sujet de la couronne.

– Ce monsieur dit que le major Webberius dit que la station spatiale ne fait pas partie du territoire espagnol.

– Qu'est-ce qu'il ne faut pas entendre! répondit le caporal en allumant un cigare et en jetant un coup d'œil à l'écran-témoin. Et par-dessus le marché, on nous met un but!

Les étrangers se mirent à discuter entre eux et les nationaux à suivre les péripéties de la partie, ce qui permit à Emilia de s'approcher de moi et de chuchoter à mon oreille :

– J'ai l'impression que nous nous sommes fourrés dans de vilains draps.

– C'est tout à fait mon avis, dis-je; mais, avec un peu de chance, à toi on ne te fera rien. Si on t'interroge, déclare que tu es restée tout le temps avec les moines. On ne te croira pas, mais je pense pas qu'on veuille donner beaucoup de publicité à cette affaire peu reluisante, et puis il n'y a rien comme un joli visage et... d'autres avantages pour que la presse se déchaîne comme une horde de chiens.

– Et toi?

– Tu vois bien : c'est la chaise électrique ou le garrot.

– Il est possible qu'on ne se revoie plus.

– C'est non seulement possible, mais plus que probable. Ne me garde pas rancune et rends-moi un dernier service.

Les yeux d'Emilia s'étaient emplis de larmes.

– Dis.

– Ne raconte à personne ce que tu m'as entendu dire quand j'ai cru que c'était la fin du monde. Je n'étais pas préparé, et maintenant je me sens un peu ridicule.

– Tu as raison, dit-elle passant de la tendresse au mépris.

Mon sort dépendait toujours d'un marchandage international quand la porte s'ouvrit une fois de plus, et qui vit-on entrer dans la salle? Rien de moins que le commissaire Flores.

– Où en sommes-nous? demanda-t-il avant même de se présenter.

– C'est un désastre, annonça le caporal.

On se mit à dire pis que pendre du sélectionneur de l'équipe nationale et on se livra aux plus sombres pronostics en ce qui concernait l'avenir du football espagnol. Comme, ne pouvant plus me contenir, j'intervenais dans la conversation pour manifester mon désaccord, on se souvint de mon existence : le commissaire Flores, après avoir présenté ses lettres de créance aux autorités compétentes qui se trouvaient là, les informa qu'il était venu sur place me chercher et que, s'ils voyaient un inconvénient à cela, ils n'avaient qu'à téléphoner à leurs chefs respectifs et obtenir d'eux les instructions opportunes. Ce qui fut aussitôt fait, et la question tranchée.

– Je resterais volontiers, dit le commissaire Flores une fois réglées les formalités d'usage, pour voir la fin de ce massacre – il faisait naturellement allusion au match de football –, mais je crains qu'on ait hâte de résoudre cette petite affaire et les circonstances ne sont pas favorables en haut lieu. Aussi, donc, avec votre permission, je me retire et j'emmène ce bijou. Messieurs, au plaisir!

Il me fit un signe de la main et se dirigea vers la sortie. Pour éviter des adieux, je le suivis tête basse. Le caporal, très aimable, tint à nous accompagner. Nous sortîmes tous les trois de la station spatiale qui, vue de l'extérieur, ressemblait à un pot de chambre posé à l'envers et nous prîmes un sentier qui menait à une esplanade; attendait là un hélicoptère aux ailes mélancoliques, dans lequel le commissaire me fit monter à coups de poing; puis il y monta lui-même, après avoir pris congé du caporal avec de grandes démonstrations de camaraderie. Le pilote nous souhaita la bienvenue à bord, nous dit d'attacher nos ceintures de sécurité et d'éteindre nos cigarettes ou quoi que ce soit d'autre que nous soyons en train de fumer et, sans s'assurer que nous avions obéi, il fit tourner le moteur, alluma un puissant réflecteur dont le caporal mit à profit la lueur aveuglante pour se baisser et ramasser quelques lactaires. Les ailes tournèrent à une vitesse croissante et l'appareil commença à se détacher du sol, à ma grande frayeur et, à en juger par son expression, à celle également du commissaire Flores. Je regardai en bas et vis le caporal transformé en petit soldat de plomb, abstraction faite de sa capote qui tournoyait dans le vent soulevé par l'hélicoptère. Bientôt la brume qui nous entourait l'ensevelit et nous ne vîmes plus rien jusqu'à ce que, ayant pris de la hauteur, nous pûmes contempler un ciel limpide et étoilé.

Il faisait encore nuit quand nous arrivâmes au bureau du

commissaire Flores, avenue Layetana, après avoir atterri sans histoire à l'aéroport et avoir été conduits au commissariat dans une voiture de patrouille qui nous attendait. A aucun moment du trajet, le commissaire ne m'avait adressé la parole, même pour m'injurier, ce qui me faisait penser qu'il était très fâché contre moi. Une fois dans son bureau, il ordonna qu'on lui monte un café arrosé de rhum blanc et, quand le policier de garde lui signala que les bars étaient fermés, il tapa du poing sur la table en demandant à quoi cela servait d'être commissaire, ou même pape, si l'on ne pouvait pas boire un café-rhum quand l'envie vous en prenait; il était temps qu'un homme à poigne mette fin à toute cette anarchie et à ce laisser-aller, et en attendant le commissaire Flores emmerdait tous les bars de Barcelone, mais plus particulièrement ceux qui étaient fermés à quatre heures moins le quart du matin. Le policier de garde, qui était reparti au début de cette tirade, revint et annonça qu'un monsieur désirait parler d'urgence au commissaire. Pensant peut-être qu'il serait bon d'avoir quelqu'un sur qui décharger sa bile, le commissaire dit qu'on fît entrer cet enfant de putain qui avait le culot de le déranger : et c'est ainsi que mon excellent ami Plutarquet, le vieil historien, obtint une audience à cette heure intempestive.

– Croyez bien, monsieur le commissaire, commença-t-il en pénétrant dans le bureau, que pour rien au monde je n'aurais osé vous faire perdre votre temps et, je le pressens, votre proverbial sang-froid, si je n'estimais pas que ce qui m'amène en cette auguste maison est une affaire de la plus haute importance. J'ai accouru dès que j'ai su ce qui s'était passé. Par chance, à peine m'étais-je posté sur la route pour faire de l'auto-stop, un motocycliste s'est arrêté et il a eu non seulement la délicatesse de me déposer exactement à votre porte, mais il m'a prêté sa peau de mouton pour que je ne prenne pas froid pendant le trajet. Bref, un jeune homme des plus courtois, qu'on interroge en ce moment même dans vos sous-sols parce qu'il conduit sans permis, en état d'intoxication, une moto volée. Mais ce n'est pas le récit de ma modeste odyssée qui m'amène ici ; le fait est que j'ai élucidé certains points de cette histoire qui, je le crains, vous semblent encore confus. Je voudrais avant tout, si ma parole a quelque poids, vous assurer, monsieur le commissaire, que mon ami ici présent n'a agi à tout moment que poussé par les motifs les plus altruistes, sinon par la logique la plus élémentaire. Romanesque par nature, d'une imagination débordante, et inculte pour des raisons qui n'ont rien à voir avec le sujet, le pauvre garçon a cru avoir affaire à une machination diabolique, à un complot apocalyptique. Erreur complète. Une étude sommaire des archives de l'ordre m'a permis de conclure que celui-ci est le propriétaire légitime des terres où sont bâtis ses couvents tout au long du chemin de Saint-Jacques. Si l'ordre venait à s'éteindre, ce qui semble imminent, lesdites propriétés reviendraient à l'Etat espagnol, conformément à la loi de sécularisation de Mendizabal, ou à défaut, aux Etats pontificaux : un cas délicat de droit international sur lequel il serait prématuré de se prononcer. Le fait est que les Conserveries d'olives, dont le siège social a été par ailleurs la proie des flammes cet après-midi même, convoitaient ces antiques immeubles : soit pour les convertir en auberges touristiques qui, grâce au renouveau religieux qui sévit de nos jours, auraient été d'un bon rapport, soit pour spéculer d'une autre façon. Le holding, sachant que l'ordre entrait dans la dernière phase de son histoire, avant que disparaisse son dernier membre et qu'on se mette à parler patrimoine national, commença à manœuvrer pour s'emparer des biens fonciers et pouvoir opposer aux éventuels ayants droit l'efficace forme juridique du fait accompli. Vous voyez comme c'est simple. L'argent, qui a fait tant d'allées et venues dans la fameuse mallette et qui a coûté tant de vies innocentes, était sans aucun doute destiné à suborner un fonctionnaire vénal du cadastre, et à obtenir de lui qu'il falsifie les registres. Je n'en sais rien. Le fait est que, cher commissaire, cher ami, le satellite et la station spatiale n'avaient rien à voir dans le cas qui nous occupe. Le bon sens des gens soutient la théorie esthétique valable, mais historiquement fallacieuse, que l'ampleur d'un crime doit garder une certaine proportion avec la grandeur du résultat recherché ou avec l'importance du butin. Il est pourtant prouvé que ceux qui commettent de tels méfaits ne sont habituellement ni très intelligents ni très imaginatifs. Triste, mais vrai. Si au lieu de perdre son calme et de se laisser emporter par l'attrait de la nouveauté, écoutez-moi bien car c'est ici qu'apparaît la morale de l'histoire, ce brave garçon avait suivi la méthode patiente et ingrate dont le vrai nom est algorithme et qui consiste à examiner froidement toutes les possibilités avant de tirer une conclusion, il ne serait pas maintenant ici, exposé à Dieu sait quels sévices.

Le sermon terminé, le commissaire Flores remercia chaleureusement le docte historien, demanda s'il avait bien l'honneur d'être en présence du célèbre professeur Plutarquet Paillasson, celui qui durant vingt années avait volé les livres de la Bibliothèque centrale; et, une fois qu'il eut vérifié qu'il en était bien ainsi, ordonna qu'on le mît en prison.

Quand on eut emmené le professeur, le téléphone sonna. Le commissaire prit l'appareil, écouta ce qu'on lui disait à l'autre bout du fil, s'inclina plusieurs fois, et assura qu'il exécuterait aussitôt l'ordre reçu, qu'on pouvait compter sur lui, que la chose ne se reproduirait plus. Il raccrocha et me dit :

– En route.

– Pour où?

– Tu verras bien.

Je pensais qu'un peloton d'exécution m'attendait impatiemment et je me tins pour autorisé à formuler un vœu :

– Monsieur le commissaire, dis-je, tirez-moi d'un doute qui me ronge : comment avez-vous su que c'était moi qui avais tripoté les commandes du satellite?

Il me regarda comme s'il était sur le point de vomir :

– Tu penses bien que je t'ai reconnu, imbécile! Même à poil.

Il ne dit rien d'autre et je restai sur ma faim. Nous entreprîmes un long circuit par les charmants couloirs de l'auguste édifice. Dans l'un d'entre eux, par un de ces hasards dont est faite la vie, nous croisâmes deux policiers en uniforme qui emmenaient ma sœur Candida, menottes aux mains.

– Candida! m'écriai-je en m'arrêtant et en me collant au mur pour être hors d'atteinte de ses coups de pied. Qu'est-ce qui t'amène ici?

Le commissaire Flores et les deux policiers eurent l'amabilité de nous laisser parler un moment, ce qui donna à Candida l'occasion de me raconter quelles circonstances avaient permis cette rencontre familiale :

– Peu après votre départ, commença-t-elle, ta prétendue fiancée qui, entre nous, a mauvais genre, s'est réveillée et s'est mise à débiter un chapelet de gros mots que, franchement, je n'aurais pas supporté d'entendre chez moi s'il ne s'était agi de ma future belle-sœur. Après avoir épuisé son répertoire, très abondant, elle m'a demandé si j'avais de l'argent sous la main. Je lui ai donné le peu que j'avais caché dans mon matelas; là-dessus, elle m'a demandé si je savais où elle pourrait se procurer un passeport qui eût l'air vrai. Je lui ai demandé à mon tour si elle en avait besoin pour son voyage de noces et, comme elle m'a dit que oui, je lui ai donné l'adresse d'un expert. Il a déjà exposé deux fois galerie Vandrès, c'est te dire! La fille m'a annoncé qu'elle ne tarderait pas à revenir et est partie avec l'argent. Trois heures après, on frappe à la porte. Je pensais que c'était elle : c'étaient ces deux mariolles qui m'accompagnent maintenant (elle montra les deux policiers en train de donner leur propre version des faits au commissaire Flores) et qui m'ont demandé très poliment où était la fille qui vivait dans mon logement, si, ont-ils ajouté ironiquement, on pouvait appeler ainsi cette auge à cochons. A quoi j'ai répondu que j'étais pauvre, mais que pour la propreté je ne craignais personne;

que je ne savais pas de quelle fille ils parlaient et que je refusais de répondre à leurs questions hors de la présence de mon avocat.

– Tu regardes trop la télévision, Candida. Qu'ont-ils répondu?

– Que ce qu'il me fallait, ce n'était pas un avocat mais un vétérinaire. Tu te rends compte? J'étais furax... et me voilà.

– Ils ne t'ont pas dit pourquoi ils cherchaient Maria Pandora?

– Si, dit ma sœur. Il semblerait qu'elle soit impliquée dans l'assassinat d'un certain Toribio Pisuerga. Tu es au courant?

– Non. Pourquoi ne leur as-tu pas dit la vérité?

– Je n'allais tout de même pas dénoncer ta fiancée! dit ma sœur.

Je réfléchis quelques instants, puis :

– Tu as très bien fait, Candida. Ne t'en fais pas, je vais tout arranger.

– Sûrement, dit-elle.

Ainsi finit notre colloque, car les deux policiers l'emmenèrent dans une direction et je fus entraîné dans une autre par le commissaire Flores à qui, trois pas plus loin, je demandai d'intercéder pour ma pauvre sœur qui n'était coupable de rien, ce qui ne parut pas l'attendrir outre mesure. Nous continuâmes à marcher et sortîmes dans la rue par une porte de côté. Ce n'était pas une exécution sommaire qui m'attendait là, mais la voiture de patrouille qui nous avait pris à l'aéroport et où se trouvaient maintenant deux jeunes et fringants policiers. Nous montâmes, le commissaire Flores et moi, puis la voiture démarra.

Je ne me souviens pas si le trajet fut long ou bref, car j'étais absorbé dans mes pensées et très irrité par cette dernière rencontre qui non seulement avait été pénible, mais qui jetait un doute sur les conclusions jusqu'alors irréfutables auxquelles M. Plutarquet et moi-même étions arrivés, à propos de l'intéressante affaire qui fait l'objet de ce livre. Je me jurai donc que, si je recouvrais un jour la liberté, mon premier soin serait d'essayer de venir à bout de ces énigmes et obscurités qui demeurent, comme toujours, dans les mystères que je résous. En conséquence de quoi, je ne pus m'empêcher de me demander comment il était possible d'envisager le futur avec confiance et avec des intentions droites alors que le passé était un écheveau plein d'ombres et de trous, si on me passe la comparaison, et le présent un inconnu aussi peu prometteur que le silence renfrogné du commissaire Flores.

Le ciel était devenu gris quand nous parquâmes la voiture le long du mur de l'asile et mîmes pied à terre. Le commissaire fit quelques pas, trouva l'endroit qu'il estimait convenable et, sans autres formalités, fit un signe aux deux policiers qui nous accompagnaient. Sachant qu'il était inutile d'offrir la moindre résistance, je me laissai prendre par les chevilles et les poignets, balancer deux ou trois fois et lancer dans les airs.

J'atterris dans la roseraie : le commissaire Flores avait si bien choisi l'endroit, la distance et la parabole, qu'il s'en fallut de peu que je n'écrase Pepito Purulences qui, toujours armé de son seau et de son marteau, continuait à chasser les cloportes.

– Pardon pour le choc, Pepito, dis-je en me relevant et en essayant de m'arracher des chairs les épines qu'en tombant sur les rosiers je m'étais enfoncées dans tout le corps.

Loin d'être fâché, Pepito lâcha ses instruments de tueur, m'embrassa sur les deux joues, me tapa dans le dos avec une effusion qui me sembla non seulement injustifiée, mais de mauvais ton.

– Quelle joie, vieux! Permets-moi d'être le premier à te féliciter, l'entendis-je me dire sans comprendre de quoi il parlait. Quel cachottier! On t'a tous vu, les médecins, les infirmières, les copains, tous sans exception. Tu as été épatant! Très naturel, très sûr de toi. La voix très claire et très ferme. Nous n'avons rien compris de ce que tu as dit, évidemment, mais tu nous as fait une excellente impression. Pour une surprise, c'était une surprise! Le docteur Sugrannes en crève d'orgueil.

J'appris ultérieurement, à ma grande consternation, que, en manipulant étourdiment les boutons et manettes de la station spatiale, j'avais produit un étrange effet sur les ondes et les fréquences; et que, au lieu du match de football, mon image indécente et les propos stupides que j'avais alors tenus avaient rempli durant quelques minutes les écrans de tous les téléviseurs du pays.

Le lendemain, pour le petit déjeuner, au lieu du lait caillé qu'on donnait aux autres, j'eus droit à un croûton de pain et à une bouteille de Pepsi-Cola.

Table

OUVRAGES DE LANGUES ESPAGNOLE ET PORTUGAISE
(collection dirigée par Severo Sarduy)

REINALDO ARENAS
Le Monde hallucinant, 1969
coll. « Points Roman, » nº 356
Le Puits, 1973
Le Palais des très blanches mouffettes, 1975
La Plantation, 1983
Arturo, l'étoile la plus brillante, 1985
Encore une fois la mer, 1987

MIGUEL-ANGEL ASTURIAS
Soluna, 1969

JORGE LUIS BORGES
Evaristo Carriego, 1970
coll. « Points Roman », nº 167

GUILLERMO CABRERA INFANTE
La Havane pour un Infante défunt, 1985

ANTONIO CALLADO
Mon pays en croix, 1971

JOSUÉ DE CASTRO
Des hommes et des crabes, 1966

GERMAN CASTRO CAYCEDO
Je lègue mon âme au diable, 1986

JOSÉ DONOSO
L'Obscène Oiseau de la nuit, 1972

AUTRAN DOURADO
L'Opéra des Morts, 1986

CRISTINA FERNANDEZ CUBAS
L'Année de Grâce, 1987

GABRIEL GARCIA MARQUEZ
Prix Nobel
Cent Ans de solitude, 1968
Prix du meilleur livre étranger
coll. « Points Roman », nº 18

JUAN GOYTISOLO
Juan sans terre, 1977
Makbara, 1982

JOÂO GUIMARAES ROSA
Buriti, 1961
Les Nuits du Sertâo, 1962
Hautes Plaines, 1969

JOSÉ LEZAMA LIMA
Paradiso, 1971
coll. « Points Roman », nº 145
Le Jeu des décapitations, 1984

LUIS MARTIN-SANTOS
Les Demeures du silence, 1963

EDUARDO MENDOZA
Le Mystère de la crypte ensorcelée, 1982
coll. « Points Roman », nº 324
Le Labyrinthe aux olives, 1985
La Ville des prodiges, 1988

HEBERTO PADILLA
Hors-jeu, 1969

VIRGILIO PIÑERA
Nouveaux Contes froids, 1988

SERGIO PITOL
Parade d'amour, 1989

MANUEL PUIG
Les Mystères de Buenos Aires, 1975
coll. « Points Roman », nº 336
Le Baiser de la femme araignée, 1979
coll. « Points Roman », nº 250

ERNESTO SABATO
Alejandra, 1967
coll. « Points Roman », nº 89
L'Ange des ténèbres, 1976
Prix du meilleur livre étranger
coll. « Points Roman », nº 123
Le Tunnel, 1978
coll. « Points Roman », nº 66
L'Écrivain et la Catastrophe, 1986

JOSÉ SARAMAGO

L'Année de la mort de Ricardo Reis, 1988

SEVERO SARDUY

Gestes, 1963

Écrit en dansant, 1967

Cobra, 1972

Prix Médicis étranger

coll. « Points Roman », nº 226

Barroco, 1975

Maïtreya, 1980

Colibri, 1986

ANTONIO SKÁRMETA

T'es pas mort

coll. « Point-Virgule », nº 9

Le Cycliste de San Cristobal

coll. « Point-Virgule », nº 27

Une ardente patience, 1987

coll. « Point-Virgule », nº 65

MARIA ESTHER VAZQUEZ

Borges : Images, Dialogues et Souvenirs, 1985

MANUEL VÁZQUEZ MONTALBÁN

Meurtre au Comité central

coll. « Points Roman », nº 285

Les Oiseaux de Bangkok, 1987

Le Pianiste, 1988

La Joyeuse Bande d'Atzavara, 1989

IMPRIMERIE BRODARD ET TAUPIN À LA FLÈCHE
DÉPÔT LÉGAL JANVIER 1990. N° 11476 (6742B-5)

Collection Points

SÉRIE ROMAN

DERNIERS TITRES PARUS

R308. Aventures dans le commerce des peaux en Alaska
par John Hawkes
R309. La Vie et demie, *par Sony Labou Tansi*
R310. Jeune Fille en silence, *par Raphaële Billetdoux*
R311. La Maison près du marais, *par Herbert Lieberman*
R312. Godelureaux, *par Eric Ollivier*
R313. La Chambre ouverte, *par France Huser*
R314. L'Œuvre de Dieu, la part du Diable, *par John Irving*
R315. Les Silences ou la vie d'une femme, *par Marie Chaix*
R316. Les Vacances du fantôme, *par Didier van Cauwelaert*
R317. Le Levantin, *par Eric Ambler*
R318. Beno s'en va-t-en guerre, *par Jean-Luc Benoziglio*
R319. Miss Lonelyhearts, *par Nathanaël West*
R320. Cosmicomics, *par Italo Calvino*
R321. Un été à Jérusalem, *par Chochana Boukhobza*
R322. Liaisons étrangères, *par Alison Lurie*
R323. L'Amazone, *par Michel Braudeau*
R324. Le Mystère de la crypte ensorcelée
par Eduardo Mendoza
R325. Le Cri, *par Chochana Boukhobza*
R326. Femmes devant un paysage fluvial, *par Heinrich Böll*
R327. La Grotte, *par Georges Buis*
R328. Bar des flots noirs, *par Olivier Rolin*
R329. Le Stade de Wimbledon, *par Daniele Del Giudice*
R330. Le Bruit du temps, *par Ossip E. Mandelstam*
R331. La Diane rousse, *par Patrick Grainville*
R332. Les Éblouissements, par Pierre Mertens
R333. Talgo, *par Vassilis Alexakis*
R334. La Vie trop brève d'Edwin Mullhouse
par Steven Millhauser
R335. Les Enfants pillards, *par Jean Cayrol*
R336. Les Mystères de Buenos Aires, *par Manuel Puig*
R337. Le Démon de l'oubli, *par Michel del Castillo*
R338. Christophe Colomb, *par Stephen Marlowe*
R339. Le Chevalier et la Reine, *par Christopher Frank*
R340. Autobiographie de tout le monde, *par Gertrude Stein*
R341. Archipel, *par Michel Rio*

R342. Texas, tome 1, *par James A. Michener*
R343. Texas, tome 2, *par James A. Michener*
R344. Loyola's blues, *par Erik Orsenna*
R345. L'Arbre aux trésors, légendes, *par Henri Gougaud*
R346. Les Enfants des morts, *par Henrich Böll*
R347. Les Cent Premières Années de Niño Cochise *par A. Kinney Griffith et Niño Cochise*
R348. Vente à la criée du lot 49, par *Thomas Pynchon*
R349. Confessions d'un enfant gâté *par Jacques-Pierre Amette*
R350. Boulevard des trahisons, *par Thomas Sanchez*
R351. L'Incendie, *par Mohammed Dib*
R352. Le Centaure, *par John Updike*
R353. Une fille cousue de fil blanc, *par Claire Gallois*
R354. L'Adieu aux champs, *par Rose Vincent*
R355. La Ratte, *par Günther Grass*
R356. Le Monde hallucinant, *par Reinaldo Arenas*
R357. L'Anniversaire, *par Mouloud Feraoun*
R358. Le Premier Jardin, *par Anne Hébert*
R359. L'Amant sans domicile fixe *par Carlo Fruttero et Franco Lucentini*
R360. L'Atelier du peintre, *par Patrick Grainville*
R361. Le Train Vert, *par Herbert Lieberman*
R362. Autopsie d'une étoile, *par Didier Decoin*
R363. Un joli coup de lune, *par Chester Himes*
R364. La Nuit sacrée, *par Tahar Ben Jelloun*
R365. Le Chasseur, *par Carlo Cassola*
R366. Mon père américain, *par Jean-Marc Roberts*
R367. Remise de peine, *par Patrick Modiano*
R368. Le Rêve du singe fou, *par Christopher Franck*
R369. Angelica, *par Bertrand Visage*
R370. Le Grand Homme, *par Claude Delarue*
R371. La Vie comme à Lausanne, par *Erik Orsenna*
R372. Une amie d'Angleterre, *par Anita Brookner*
R373. Norma ou l'exil infini, *par Emmanuel Roblès*
R374. Les Jungles pensives, par *Michel Rio*
R375. Les Plumes du pigeon, *par John Updike*
R376. L'Héritage Schirmer, *par Eric Ambler*
R377. Les Flamboyants, *par Patrick Grainville*
R378. L'Objet perdu de l'amour, *par Michel Braudeau*
R379. Le Boucher, *par Alina Reyes*
R380. Le Labyrinthe aux olives, *par Eduardo Mendoza*